Das Buch

Sommer 1947: Der hübsche Landsitz Rose Cottage in Todhall soll in ein Hotel umgewandelt werden. Kate Herrick, die dort ihre Kindheit verbracht hat, wird von ihrer Großmutter gebeten, einige Familienerbstücke abzuholen. Das tut Kate einerseits gerne, weil ihr als junger Kriegswitwe jede Abwechslung gelegen kommt. Andererseits ist sie unsicher, wie man sie im Dorf nach all den Jahren aufnehmen wird. Das Leben in London hat eine andere aus ihr gemacht, und seit der Nachricht vom Tod ihrer Mutter ist Kate nie wieder in Todhall gewesen. Doch ihre Sorge scheint unbegründet, denn alle sind freundlich zu ihr und hilfsbereit. Schon bald aber stellt Kate fest, daß in Rose Cottage etwas nicht stimmt. Es ist offensichtlich eingebrochen worden, denn die Erinnerungsstücke, die sie hätte holen sollen, fehlen. Und dann erzählt man Kate von den Gerüchten über ihre Mutter, die man angeblich im Dorf gesehen hat. Die Reise nach Todhall wird für Kate schließlich zu einer Reise in die Vergangenheit ihrer Familie und zu einer Reise in ihre eigene Zukunft.

Mary Stewart versteht es auch in diesem Roman, auf subtile Art und Weise Spannung aufzubauen und den Leser mit ihrer atmosphärisch dichten Geschichte in ihren Bann zu ziehen.

Die Autorin

Mary Stewart gehört seit mehr als dreißig Jahren zu den erfolgreichsten Schriftstellerinnen Großbritanniens. Mit dem vierteiligen Merlin-Zyklus wurde sie weltberühmt.

Im Wilhelm Heyne Verlag liegen vor: *Flammender Kristall.* 1. Roman des Merlin-Zyklus (06/5959), *Der Erbe.* 2. Roman des Merlin-Zyklus (06/5960), *Merlins Abschied.* 3. Roman des Merlin-Zyklus (06/5961), *Tag des Unheils.* 4. Roman des Merlin-Zyklus (06/5962), *Der Prinz und die Pilgerin* (01/10276).

MARY STEWART

DAS LIED DER LERCHE

Roman

Aus dem Englischen
von Gabriele Lichtner

Deutsche Erstausgabe

WILHELM HEYNE VERLAG
MÜNCHEN

HEYNE ALLGEMEINE REIHE
Nr. 01/10789

Titel der Originalausgabe
ROSE COTTAGE

Besuchen Sie uns im Internet:
http://www.heyne.de

Umwelthinweis:
Das Buch wurde auf chlor- und säurefreiem
Papier gedruckt.

Redaktion: Christiane Gsänger

Printed in Denmark 1998
Umschlagillustration: Gavin Rowe
Umschlaggestaltung: Atelier Ingrid Schütz, München
Satz: (3126) IBV Satz- und Datentechnik GmbH, Berlin
Druck und Bindung: Nørhaven, Viborg

ISBN 3-453-14720-0

Den leisen Schatten von Henry, George, Patsy, Nip, Rosy, Maudie und Muffin und all der anderen Freunde, die ich bei meiner Wanderung auf der Straße der Erinnerung wiedergetroffen habe.

1

Dunkel erstreckt sich das Moorland bis in weite Ferne; nur die Glockenheide blüht schon, und emsig fliegen die Bienen darin umher. Irgendwo ruft ein Schneehuhn; noch ist es für ein paar Wochen sicher vor den Menschen mit ihren Gewehren. Es ist ein ruhiger, friedlicher Sonntagnachmittag im Juni 1947.

Das Wetter war schön in letzter Zeit, und die Erde oben auf dem Berg ist trocken. Weiter unten jedoch schimmert das flaumige Weiß des Wollgrases, Riedgräser und Sumpfmyrte künden von feuchtem Boden. Ein Bächlein rinnt bergab, vorbei an schwarzbraunen Teichen, in denen sich das Sumpfwasser sammelt, um gemächlich seinen Weg bis zu dem Fluß am Grunde des Tales fortzusetzen.

Auf der Landkarte heißt das Tal Strathbeg, doch für seine wenigen Bewohner ist es nur ›das Tal‹, und das große Haus, Strathbeg Lodge, das weiter unten zwischen schützenden Bäumen zu sehen ist, heißt einfach ›die Lodge‹. Ursprünglich als Jagdhütte erbaut, gehört es nun schon seit über vierzig Jahren der Brandon-Familie, die aus dem Norden Englands stammt und früher im Sommer hierherzukommen pflegte. Von weitem sieht das Haus recht imposant aus mit seinen stattlichen Türmen, dem in mehreren Stufen ansteigenden Dach, den hohen, schön gewachsenen Bäumen und dem Rasen, der sich bis zum Fluß mit den Lachsteichen erstreckt. Kommt man jedoch näher, sind die durch den Krieg entstandenen Spuren der Vernachlässigung nicht zu übersehen. Die Holzteile bräuchten dringend einen neuen Anstrich, die Dachrinnen müßten gereinigt werden, und der Rasen ist kein Rasen mehr, sondern von Schafen abgegrastes Weideland. Auch zwei Jahre nach Kriegsende ist es noch immer fast unmöglich, Arbeitskräfte und Material zu beschaffen, um das Anwesen in seinen früheren gepflegten Zustand zurückzuversetzen. Aber die Brandons machen das Beste daraus, und damit ist man in diesen Zeiten vollauf zufrieden. In den traumatischen Kriegsjahren herrschte hier an allem Mangel, jetzt gibt es Milch, Eier, Fisch, Hammel- und Rehfleisch in ausreichender Menge. Was bedeuten da schon abgewetzte Teppiche und notdürftig ausgebesserte Rohrleitungen?

Die Brandons – oder zumindest diejenigen, die keinen Kriegsdienst versahen – waren ganz nach Strathbeg übergesiedelt, als 1940 ihr Haus in England von der Royal Air Force beschlagnahmt wurde. Sir James verbrachte den Krieg in London und kam nur für kurze Urlaube in den Norden. 1942 fiel der noch unverheiratete Sohn Gilbert bei El Alamain. Seit Kriegsende wohnt nun auch der Schwiegersohn, Major Drew, in der Lodge; stellvertretend für seinen kleinen Sohn William, den zukünftigen Erben, kümmert er sich um die Geschäfte der Familie. Sir James, der weit über sechzig ist und dem mittlerweile sein Alter zu schaffen macht, ist froh darüber, weniger Verpflichtungen zu haben.

In Todhall, dem Haus der Brandons in England, das von allen nur die Hall genannt wurde, waren seit 1940 mehrere Fliegereinheiten einquartiert gewesen. Das Leben der jungen Leute stand unter einem schlechten Stern, und verständlicherweise wollten sie es in vollen Zügen genießen; man konnte ja nicht wissen, ob es nicht schon bald zu Ende wäre. Während dieser Zeit hatte das Haus so sehr gelitten, daß Sir James ohne großes Bedauern beschloß, es mit den Ausgleichszahlungen in ein Hotel umzuwandeln und sich für immer in den Frieden von Strathbeg zurückzuziehen. Ein Frieden, von dem man in diesem Moment meinen könnte, daß er niemals gestört worden sei.

Das Summen der Bienen und das leise Plätschern des Baches sind die einzigen Geräusche. Doch dann werden sie von dem langgezogenen Flöten eines Brachvogels übertönt, der seinen Gesang einleitet: *du-hier? du-hier?* Gleich darauf ist der Himmel angefüllt von dem melancholischen, weichen Trillern, für mich der vielleicht bewegendste Vogelgesang überhaupt. Den Gesang der Lerche beschrieb George Meredith als ›silberne Tonkette‹, und ein Dichter nach dem anderen fügte dem Lob der Nachtigall noch ein weiteres hinzu; aber sie alle zusammen, bei Wordsworth angefangen, wären nötig, um dem Gesang des Brachvogels gerecht zu werden. Ich jedenfalls kann ihn nicht in Worte fassen, ich kann nur sagen, daß jedesmal, wenn dieses perlende Gold sich in den Himmel ergießt und die Luft mit Wohlklang erfüllt, ein Schauer meine Haut überzieht und Tränen mir die Kehle zuschnüren.

Genauso wirkte der Gesang auf die junge Frau, die nahe der Hügelkuppe ruhig auf der Heide saß und träumerisch dem Gesang des Brachvogels lauschte. Sie war hochgewachsen, Mitte zwanzig und trug einen teuren Tweedrock und eine Seidenbluse. Der Wind auf der Bergkuppe hatte ihr dunkles Haar mit der modischen Frisur etwas zerzaust. Ihre ebenfalls dunklen Augen hingen an dem Brachvogel, der jetzt seinen Gesang beendet hatte und etwa zweihundert Meter von ihr entfernt zur Heide hinabglitt. Sie wußte, daß er in einigem Abstand von seinem Ziel landen und sich erst dann langsam und umständlich dem Versteck seiner Jungen nähern würde; denn bestimmt hatte er den menschlichen Störenfried längst bemerkt und schon genau beobachtet, während er noch am Himmel seinen herzergreifenden Gesang ertönen ließ.

Sie sah den Kopf mit dem langen Schnabel aus der Heide auftauchen und wieder verschwinden; der Vogel war dabei, seine trippelnden Jungen weiter wegzutreiben, um sie in Sicherheit zu bringen. Das Mädchen lächelte. Und wie man ihr schon oft gesagt hatte, zauberte das Lächeln eine anmutige Schönheit auf ihr Gesicht, das sonst etwas zu ernst und selbstbeherrscht wirkte.

Man hatte es ihr oft gesagt – ich allerdings hätte es nicht behaupten können, denn das Mädchen, das jetzt aufstand und sich den Heidestaub vom Rock klopfte, um sich auf den Weg bergab zu machen – dieses Mädchen war ich selbst. Ich selbst, als ich noch jung war, vor mehr als fünfzig Jahren. Mrs. Kate Herrick, vierundzwanzig Jahre alt, verwitwet, begütert und nach Strathbeg gekommen, um ihre Großmutter zu besuchen, die in der Lodge als Köchin arbeitete.

Irgendwo in der Heide hörte man wieder das Schneehuhn rufen: *Zurück! Zurück!* Und tatsächlich war Mrs. Kate Herrick, ehemals Kathy Welland, die früher manchmal in der Küche der Lodge ausgeholfen hatte, nach mehr als vier Jahren zurückgekommen.

Ich sah auf die Uhr. Inzwischen hatte Großmutter ihren Mittagsschlaf sicher beendet. Nach dem Kommen und Gehen am Vormittag war jetzt vielleicht Zeit für ein privates Gespräch. Ich war erst spät am vorigen Abend angekommen und wußte noch immer nicht, warum sie mich eigentlich so dringend gebeten hatte herzukommen. »Ich möchte etwas mit dir besprechen«, waren ihre Worte gewesen. »Nein, nicht am Telefon, Liebes, ich sag's dir, wenn du da bist.« Und dann hatte sie noch hinzugefügt: »Du erinnerst dich doch an Rose Cottage, nicht wahr?«

Natürlich erinnerte ich mich an Rose Cottage. Es war eines der kleinen Häuser auf dem englischen Anwesen der Brandons und lag etwa drei Kilometer von Todhall entfernt. Mein Großvater war als junger Mann dort Gärtner gewesen, und als ›die Familie‹ (wie die Brandons in der Gegend hießen) nach Norden zu ihrem neu erworbenen schottischen Anwesen fuhr, begleitete er sie, um bei der Instandsetzung des lange vernachlässigten Gartens zu helfen. Dort lernte er Mary Campbell kennen und verliebte sich in sie. Im nächsten Frühling wurden sie in Todhall getraut, und ein Jahr später kam eine Tochter zur Welt. In einem ungewöhnlich poetischen Moment nannten sie sie Lilias. Zu diesem Namen waren sie von einem der Ahnenporträts im Haus der Brandons inspiriert worden.

Lilias war meine Mutter. Die wenigen Erinnerungen, die ich an sie hatte, waren nur angenehm. Sie war ausgesprochen hübsch, voller Fröhlichkeit und immer freundlich. Nachdem sie angefangen hatte, wie ihre Eltern in der Hall zu arbeiten, stieg sie schnell von einer Küchenmagd zum Dienstmädchen auf. Aber ihr sorgloses und offenherziges Wesen sollte schon bald Folgen haben.

Als ihre Schwangerschaft bekannt wurde, verlor Lilias sofort ihre Arbeit. Niemand wußte, wer mein Vater war, und auch ich habe es nie erfahren. Entgegen der damaligen Gepflogenheit behielten meine Großeltern ihre Tochter bei sich zu Hause und sorgten liebevoll für sie, und als es soweit war, auch für ihr Baby. Die Brandons ließen ihren Gärtner und ihre Köchin ihre Angelegenheiten nach eigenem Gutdünken regeln, ohne je ein Wort darüber zu verlieren. Eine vernünftige Entscheidung, denn selbst in diesen Tagen fand man nur selten eine so gute Köchin wie meine Großmutter.

Als ich fünf Jahre alt war, starb mein Großvater. In meiner Erinnerung war er ein freundlicher, nach Erde duftender Riese, und wenn meine Mutter nicht da war, nahm er mich mit in den ummauerten Garten der Hall und ließ mich hinter den Gewächshäusern spielen – »Großvater helfen« nannte er es. Bald nach seinem Tod kam Großmutters ältere Schwester Betsy aus Schottland zu uns, »um ihr Gesellschaft zu leisten«, wie sie sagte. Mit ihr veränderte sich alles.

Tante Betsy war tief religiös und wandelte mit äußerster Strenge auf dem Pfad der Tugend. Leider fühlte sie sich auch verpflichtet, darauf zu achten, daß alle anderen es ihr gleich taten. Mit sauertöpfischer Miene mischte sie sich in alles ein und wußte alles besser. Von nun an war Rose Cottage kein Ort der Freundlichkeit mehr, sondern ein Ort der Gottesfürchtigkeit und Strenge. Das ertrug meine Mutter ein Jahr lang, dann – in einer Nacht kurz nach meinem sechsten Geburtstag – ging sie fort.

Das Zimmer, das ich mit ihr teilte, befand sich an der Vorderseite des Hauses über der Küche, die gleichzeitig unser Wohnzimmer war. Ich erwachte vom Lärm lauter Stimmen. Großmutter hörte sich aufgeregt und verzweifelt an. Meine Mutter sprach ungewohnt schrill, und ich merkte, daß sie weinte. Tante Betsys Stimme klang hoch, hart und unbarmherzig. Ich zog mir das Deckbett über den Kopf und hielt mir die Ohren zu.

Eine Tür fiel ins Schloß. Als ich die Decke zurückschob und mich aufsetzte, hörte ich auf der hölzernen, Treppe leichte Schritte. Schon war meine Mutter an meinem Bett und nahm mich in die Arme. Dann legte sie sanft eine Hand auf meinen Mund, um meine Fragen zu unterdrücken.

»Ist schon gut, Liebes. Alles ist gut. Mama geht für eine Weile weg, das ist alles. Sei ein braves Mädchen, ja?«

»Wo gehst du hin?«

»Einfach weg. Nicht weit.«

»Kann ich nicht mitkommen?«

»Nein, Baby, das geht nicht. Aber ich komme bald zurück, paß auf, und dann bekommt der alte Griesgram die Rechnung, und wir werden alle wieder glücklich sein.« Sie kicherte und küßte mich, und ich spürte Tränen auf ihren Wangen. »Ich muß gehen. Sei schön fleißig in der Schule, Kathy. Du bist ein kluges Mädchen, und du wirst es weit bringen. Sieh zu, daß du es besser machst als ich. Jetzt schlaf, mein Schatz, und vergiß deine Mama nicht.« Eine kurze Umarmung und noch ein Kuß. »Gute Nacht, Baby.«

Ich stand am Fenster und sah sie im Mondlicht den Weg vorm Haus hinuntergehen. In einer Hand trug sie Großvaters alten, ramponierten Koffer, in der anderen eine vollgestopfte Tasche, wie man sie für den Transport von Wild und Lachs benutzte.

Ich sah sie nie wieder. Sie war mit den Zigeunern mitgezogen, sagte Großmutter. Jedes Jahr kampierten sie einige Tage auf einem Feldweg in der Nähe unseres Hauses, und sie waren da, als meine Mutter wegging. Am nächsten Morgen war das Camp verschwunden. Ab und zu bekamen wir Post von Lilias, meist schickte sie zu Weihnachten und zu Großmutters und meinem Geburtstag Karten. Ungefähr zwei Jahre später schrieb sie uns, daß sie heiraten würde (›sagt's dem alten Griesgram‹) und nach Irland ginge, wo ›Jamie‹ eine Arbeit angeboten bekommen hatte. Von dort wollte sie sich dann wieder melden und uns alles erzählen.

Aber dazu kam es nicht mehr. Bei einem Busunglück irgendwo im Westen Irlands wurde sie zusammen mit Jamie getötet. Das war alles, was Großmutter mir sagte. Tante Betsy war es, die mir die Details schilderte. Die beiden waren die einzigen Passagiere in einem kleinen Überlandbus gewesen, der mit einem auf die Straße gelaufenen Ochsen zusammenstieß, die Böschung hinabstürzte und in Flammen aufging. Der Fahrer, laut Tante Betsy »ein guter Mann, obwohl bestimmt ein Katholik«, war hinausgeschleudert worden und hatte sich selbst schwere Verbrennungen zugezogen, als er versuchte, die beiden Passagiere zu retten. »Und man kann nur hoffen«, fügte Tante Betsy hinzu, »daß sie schon tot waren.«

Später fragte ich mich, was Großmutter wohl zu Tante Betsys Taktlosigkeit gesagt hätte. Wie Kinder sind, sprach ich nicht mit ihr darüber; doch nachts forderten Kummer und Schrecken ihren Tribut, und noch lange wurde ich von Alpträumen geplagt. Kurze Zeit, nachdem wir von dem Unglück erfahren hatten, saß Tante Betsy in der Küche mit einer Stickarbeit, die die Worte trug: DER SÜNDE LOHN IST DER TOD. Meine Großmutter, normalerweise die Sanftheit in Person, entriß ihrer Schwester den Stoff und warf ihn ins Feuer.

Und diesmal sagte Tante Betsy kein einziges Wort.

2

Als ich sechzehn war, brach der Krieg aus. Damals ging ich zur Oberschule, die außer mir nur noch ein Mädchen aus dem Dorf besuchte, Prissy Lockwood, die Tochter des Pfarrers. Rose Cottage lag fast drei Kilometer vom Dorf entfernt auf dem Weg zum Bahnhof, und Prissy und ich fuhren jeden Tag zusammen die beiden Stationen bis zur Schule. Sie war damals fast mein einziger Kontakt zum Dorf, denn für mich gab es in Todhall wenig zu tun, und unsere Beziehung zur Hall waren nicht gesellschaftlicher Natur. Wenn ich Zeit hatte, arbeitete ich manchmal dort; dann half ich Großmutter in der Küche und bekam dafür einen Shilling pro Stunde. Das Geld reichte gerade aus, um meine Bahnfahrkarte zu bezahlen und das Haushaltsgeld ein wenig aufzubessern.

Zu Hause hielt ich mich hauptsächlich in meinem Zimmer auf, und abends saß ich meist über meinen Schulbüchern – schon um Tante Betsy aus dem Weg zu gehen. Meine Großtante war eine gute Haushälterin, und sicher war sie Großmutter eine Hilfe. Aber ich wußte, daß sie mich noch immer als Sproß – und wahrscheinlich sogar als Erbin – der Sünde ansah. So war unser Verhältnis nie anders als kühl. Manchmal hatte ich den Eindruck, daß ihr Blick offene Ablehnung ausdrückte. Aber vielleicht täuschte ich mich auch, denn ihre Miene war im allgemeinen sauertöpfisch und streng. Sie starb 1945 an Krebs, den sie mit derselben grimmigen Härte ertrug, mit der sie ihren Kampf gegen die Sünde geführt hatte. Zu der Zeit wohnte ich schon seit fast fünf Jahren nicht mehr in Rose Cottage.

1940 wurde die Hall von der Royal Air Force beschlagnahmt; die Brandons zogen sich in ihr Haus in Schottland zurück und baten Großmutter, sie zu begleiten. Großmutter willigte gern ein, ihre einzige Sorge war meine Zukunft. Tante Betsy, die von der Familie nicht einmal gefragt worden war, ob sie mit nach Strathbeg kommen wollte, lehnte es kategorisch ab, Todhall zu verlassen. Da Großmutter in Schottland in der Lodge bei der Familie wohnen würde und das frühere Häuschen der Campbells wieder bewohnt war, blieb ihr Rose Cottage als Heimat erhalten, und Tante Betsy konnte weiterhin dort wohnen. Die Aussichten für mich waren düster.

Zum Glück schalteten sich an diesem Punkt der Pfarrer und seine Frau ein, denen Prissy zweifellos von meiner Situation erzählt hatte. Sie nahmen mich für das letzte Schuljahr im Pfarrhaus auf, und so machten Prissy und ich unsere Prüfung zusammen. Meine Ergebnisse waren um einiges besser als ihre, aber das nahm sie mit fröhlicher Gelassenheit hin; sie hatte niemals Ambitionen gehabt, die über Ehe und Familie hinausgingen. Und tatsächlich verbrachte sie nach unserem Schulabschluß nur ein Jahr an derselben Pädagogischen Hochschule wie ich, um dann einen jungen Offizier zu heiraten, den sie in den Ferien getroffen hatte. Ohne jedes Bedauern gab sie ihren Studienplatz auf. Ich beendete meine Ausbildung und bekam zur Freude und zum Stolz meiner Großmutter eine Anstellung an einer Grundschule in einer kleinen Stadt in Yorkshire. Meine Ferien verbrachte ich in Schottland, wo ich noch etwas Geld dazu verdiente, indem ich in Strathbeg Lodge aushalf. Todhall sah ich in den nächsten Jahren nicht wieder.

Von meiner Ehe gibt es wenig zu berichten. Sie verlief nach einem für die Kriegszeit nur allzu typischen Muster, das in diesen Tagen so weit verbreitet war, daß man es nicht einmal mehr als besonders tragisch ansah. Ich traf Jonathan Herrick bei einem Konzert, das Yehudi Menuhin gab. Es war damals durchaus üblich, daß bekannte Musiker durchs Land reisten und an abgelegenen Orten auftraten, manchmal sogar in Gemeindehäusern. Jon und ich saßen nebeneinander, beide in Uniform. Er war Fliegeroffizier, und ich arbeitete neben dem Schuldienst beim Royal Observer Corps und war gerade vom Dienst gekommen. In den Pausen unterhielten wir uns, und nach dem

Konzert saßen wir stundenlang in einer kleinen Café-Bar bei Ersatzkaffee.

Dann trafen wir uns wieder, fuhren mit einem Bus aufs Land, gingen spazieren und unterhielten uns. Ich weiß heute nicht mehr, worüber eigentlich; er erzählte mir wenig von sich selbst oder von seiner Familie, und überhaupt nichts von seiner Arbeit. Ich wußte nur, daß er Bombenangriffe über Deutschland flog. Von da an achtete ich in den Angriffsnächten auf die Staffeln aus Halifax, und wenn ich Dienst hatte, versuchte ich, ganz genau die Anzahl der abfliegenden und zurückkehrenden Flugzeuge zu verfolgen; dabei wußte ich nie, bei welchem Einsatz er gerade mitflog.

Schon nach kurzer Zeit – Zeit war in diesen Tagen sehr wertvoll – und einigen weiteren Treffen glaubte ich, daß ich ihn liebte. Unsere Heirat war eine dieser typischen eiligen Kriegsheiraten; nicht einmal Großmutter konnte dabeisein, denn sie hielt sich gerade in Todhall auf, um Tante Betsy zu pflegen. Nur fünf Wochen später, in den letzten Kriegsmonaten, wurde Jonathan getötet. Zu meiner Überraschung stellte sich heraus, daß er wohlhabend gewesen war. Seine begüterten Eltern kamen beide um, als eine Bombe ihr Haus in Sussex traf. Das Haus und seine gesamte Einrichtung wurden dabei vollständig zerstört, aber die Familie besaß noch eine Wohnung in London und erhebliche finanzielle Rücklagen. Da Jonathan ein Einzelkind gewesen war, gehörte dies alles nun mir. Es tauchten auch keine erbosten Verwandten auf, um mir das Erbe streitig zu machen – offensichtlich gab es keine. Außerdem teilte mir Jons Anwalt mit, daß mein Mann so umsichtig gewesen war, kurz vor unserer Hochzeit noch ein Testament zu machen. So war ich nun also Kate Herrick (Jon hatte den Namen Kathy gehaßt und mich niemals so genannt), wohlhabend und verwitwet. Gleich nach Kriegsende gab ich meine Arbeit als Lehrerin auf und zog in die Londoner Wohnung. Da ich nicht den ganzen Tag zu Hause sein wollte, begann ich in einer großen Gärtnerei in Richmond zu arbeiten.

Sie gehörte der ebenfalls verwitweten Frau eines gefallenen Freundes von Jon, die ich in den kurzen Tagen unserer Ehe kennengelernt hatte.

Dort erreichte mich Großmutters Anruf.

Ich war gerade in den Räumen hinter dem Laden damit beschäftigt, eine neue Lieferung Topfpflanzen auszupacken, als eine der jungen Verkäuferinnen hereinkam.

»Telefon für Sie, Kate. Ein Ferngespräch.«

Während ich den Topf, den ich gerade ausgewickelt hatte, auf den Tisch stellte und mir die Hände an dem Papier abwischte, fragte ich: »Wissen Sie, wer es ist? Hoffentlich der Holländer. Diese Zwiebeln sollten eigentlich schon vor einer Woche hier sein.«

»Ich glaube nicht. Madam sagt, es ist privat. Es ist in ihrem Büro, sie ist auch da.« »Madam« nannten die jungen Hilfskräfte Angela Platt-Harman, die Eigentümerin von Platt's Pflanzen und meine Arbeitgeberin.

»Ach du meine Güte«, sagte ich. Wir sollten bei der Arbeit keine privaten Telefonate empfangen oder tätigen, aber meine Besorgnis war nur vorgetäuscht, eine Art Solidarität mit meinen Kolleginnen. An der Arbeitsstelle waren Angie und ich sorgfältig darauf bedacht, die Rolle der Arbeitgeberin und der Angestellten zu spielen.

»Ich glaube, das macht nichts, sie sah nicht böse aus.« Die Verkäuferin zögerte. »Ich war im Büro, als das Telefon klingelte. Es ist jemand aus Schottland. Lebt Ihre Familie nicht dort? Ich hoffe, es ist nicht ...«

Ich wartete nicht darauf, mir anzuhören, was sie hoffte, sondern rannte schon zum Büro.

Angie hatte noch immer den Telefonhörer in der Hand. »Nein, das macht überhaupt keine Mühe, wirklich nicht. Ah, hier ist sie, einen Moment.« Sie bedeckte den Hörer mit der Hand. »Kate, es ist deine Großmutter, aber mach dir keine Sorgen, sie sagt, es ist nichts passiert.« Sie reichte mir den Hörer und deutete auf den Stuhl hinter ihrem Schreibtisch. »Laß dir Zeit. Ich kümmere mich um die Lieferung.« Damit verließ sie das Büro.

Ich setzte mich. »Hallo, Gran. Wie schön, dich zu hören. Wie geht es dir? Als sie mir gesagt haben, daß jemand aus Schottland anruft, hatte ich schon Angst, daß etwas nicht in Ordnung ist. Geht es dir gut?«

»Ja, mir geht's ganz gut.« Ich fand allerdings, daß ihre alte Stimme etwas zittrig klang. »Es ist nichts Besonderes, nur eine kleine Erkältung, und du weißt ja, wie mir immer alles gleich auf den Magen schlägt. Der Arzt sagt, ich soll noch eine Weile nicht arbeiten, aber das ist Unsinn, mir geht's jetzt schon besser, und zum Monatsende bin ich wieder in der Küche. Diese Morag mag ja vielleicht ganz gute Klöße zustandekriegen und auch Suppen und so, aber sie muß noch eine Menge lernen, bevor sie einen Fisch ordentlich zubereiten kann oder gar ein ganzes Abendessen, wenn Gäste da sind.«

»Mach dir darüber mal keine Sorgen, Gran. Sie werden schon zurechtkommen. Sieh du zu, daß du wieder gesund wirst, das ist jetzt wichtiger. Aber hör mal, ich wußte gar nicht, daß du krank warst. Was hast du? Du hast gesagt, dein Magen macht Ärger? Was sagt der Arzt?«

»Das ist jetzt egal. Telefonieren ist teuer. Ich weiß, ich hätte dich gar nicht bei der Arbeit anrufen sollen, aber abends komme ich nicht an ein Telefon ran, und wir beide müssen mal richtig miteinander reden, aber nicht am Telefon. Was ich dich fragen wollte, Kathy, Liebes, wann bekommst du Urlaub?«

»Wann ich möchte, eigentlich hätte ich längst welchen nehmen können. Möchtest du, daß ich jetzt komme, Gran? Das tu' ich gerne! Dann kann ich mich um dich kümmern, wenn du noch liegen sollst, das wäre doch wunderbar. London ist im Juni sowieso schrecklich. Meinst du, ich kann in meinem alten Zimmer in der Lodge wohnen?« Ich hatte dort immer in einer Stube auf dem Dachboden gewohnt, ohne jeden Komfort, aber dafür mit einem atemberaubenden Blick über das ganze Tal, und bei klarer Sicht konnte man in der Ferne sogar einen Schimmer der Bucht sehen.

»Nein, Kathy, aber habe ich dir das denn nicht erzählt? Ich habe jetzt mein eigenes Haus. Das von Duncan Stewart, unten am Bach. Du erinnerst dich bestimmt, das mit dem kleinen Garten, in dem immer Kohl angepflanzt wurde.«

»Ja, natürlich erinnere ich mich daran. Wie schön! Nein, das wußte ich gar nicht.«

»Na ja, du weißt ja, im Briefeschreiben bin ich nicht so gut, und der Weg zum Telefon beim Postamt ist ziemlich weit. Leider sind meine Beine nicht mehr, was sie mal waren.«

»Rufst du jetzt von dort aus an?«

»Nein, aus dem Krankenhaus. Aber mach dir keine Sorgen, ich geh' morgen schon nach Hause, und Kirsty Macdonald – du erinnerst dich bestimmt an sie, sie wohnt in dem Haus neben mir – sagt, daß sie sich um mich kümmern kann. Aber ich möchte etwas mit dir besprechen, Kathy, Liebes, und dann hätte ich gern, daß du etwas für mich tust. Es ist wichtig, und es kann nicht allzu lange warten. – Nein, nicht am Telefon, Liebes, die Mädchen hier können alles mithören. Es hat Zeit, bis du hier bist. Es hat mit Rose Cottage zu tun, du erinnerst dich doch an Rose Cottage, nicht? Also gut, kannst du wirklich kommen?«

»Natürlich. Ich besprech' es gleich mit meiner Chefin, und am Wochenende bin ich bei dir. Paß auf dich auf, Gran, hörst du? Bis dann, ich freu' mich schon.«

Ich legte den Hörer auf die Gabel, um ihn gleich wieder aufzunehmen und die Nummer der Lodge zu wählen. Es klingelte sehr lange, bevor eine Frau mit atemloser Stimme antwortete.

»Strathbeg Lodge, hallo.«

»Hallo. Ist dort Mrs. Drew?«

»Ja. Tut mir leid, daß ich Sie warten ließ. Ich war draußen im Garten bei den Kindern. Wer ist am Apparat?«

»Oh, Madam, hier ist Kate Herrick. Kathy Welland. Tut mir leid, daß ich Sie störe, aber ich mache mir Sorgen um meine Großmutter. Sie hat mich gerade vom Krankenhaus aus angerufen, aber sie hat mir nicht viel über ihren Zustand gesagt. Wenn ich es richtig verstanden habe, hatte sie eine Art Magen-Darm-Grippe. Wissen Sie etwas darüber?«

»Kathy, wie schön, von Ihnen zu hören. Ja, Ihre Großmutter mußte letzte Woche ins Krankenhaus. Sie sah schon seit einiger Zeit so blaß aus, aber sie meinte immer, es ist nichts. Schließlich hat Doktor McLeod sie eingewiesen, eigentlich mehr, damit sie sich mal ausruht, und dann meinte er, wenn sie nun schon mal da ist, können sie auch ein paar Untersuchungen machen.«

»Untersuchungen?« Irgendwie schwangen für mich in diesem Wort beängstigende Vermutungen mit.

»Ja. Wegen der Magenprobleme, die sie in letzter Zeit gehabt hat. Hat Sie Ihnen davon nichts erzählt? Ich glaube, Doktor McLeod will sichergehen, daß es kein Magengeschwür ist. William, bring sofort den Hund hier wieder raus, *sofort* – ach du meine Güte, da siehst du, was er angerichtet hat! Hol schnell ein Tuch. Ich weiß nicht, frag Morag – nein, sie soll es nicht aufwischen, das sollst du selbst machen. Oh, Kathy, tut mir leid. Also, Ihre Großmutter kommt morgen wieder nach Hause, und ich denke, ungefähr in einer Woche wird man wissen, ob etwas nicht in Ordnung ist. Aber eigentlich war sie nur ein bißchen müde und erschöpft, und dazu hatte sie noch eine leichte Erkältung. Mehr kann ich Ihnen jetzt auch nicht sagen, aber wenn Sie wieder anrufen wollen ... – Sie kommen her? Oh, das ist wunderbar, das ist natürlich die allerbeste Medizin! Lieber Gott, da ist schon wieder dieser Hund. William! *William!* Wann kommen Sie, Kathy? Samstag abend? Dann schicke ich Angus zum Zug, um Sie abzuholen.«

»Das ist sehr nett von Ihnen, Madam. Geht es Lady Brandon gut?«

»Ja, es geht ihr sehr gut. Uns allen. Ich sage ihr, daß Sie nach ihr gefragt haben. Und kommen Sie bei uns vorbei. Mutter würde sich sehr freuen.«

Ich sprach sofort mit Angie; der Urlaub war kein Problem. So machte ich mich am Sonnabend auf den Weg. Angus holte mich mit dem Pferdewagen vom Bahnhof ab und fuhr mich zu Großmutters Haus, wo mich Kirsty empfing. Großmutter selbst lag im Bett und war so erleichtert und glücklich, mich zu sehen, daß sie gleich darauf zufrieden einschlief.

Am nächsten Morgen kam die Gemeindeschwester, um nach ihr zu sehen. Auch sie konnte mir nichts Genaueres über Großmutters Zustand sagen. Dann schauten zwei Nachbarinnen auf dem Weg von der Kirche vorbei, und Kirsty war da, um sich um den Haushalt und das Essen zu kümmern. Es gab keine Gelegenheit für Großmutter und mich, unser Gespräch unter vier Augen zu führen.

Nachdem Kirsty mittags gegangen war, brachte ich Großmutter ihre Suppe mit Toastbrot. Nach dem Essen sah sie so müde aus, daß ich nur noch ihr Deckbett glattstrich, die Vorhänge zuzog und sie zum Schlafen allein ließ.

Dann ging ich den Berg hinauf, um mich in die Sonne zu setzen und dem Gesang des Brachvogels zu lauschen.

3

Nachdem ich Kirsty verabschiedet hatte, die zum Abendbrot geblieben war, wusch ich das Geschirr ab und ging dann hoch zu Großmutter. Sie saß gegen ihre Kissen gelehnt im Bett.

»Nun, Kathy, wie war dein Spaziergang?«

»Herrlich. Und wie geht es dir jetzt, Gran?«

»Mir geht's gut. Zieh mal den Stuhl näher zu mir, damit ich dich richtig sehen kann. Hm, sehr hübsch, wirklich. Wo hast du diesen Rock gekauft, in London? Haben sie dort jetzt also auch richtige Schottenstoffe?«

»Oh, in England bekommt man heutzutage alles. Aber

weißt du, ich mach' mir doch Gedanken. Warum bist du im Krankenhaus gewesen? Wenn du sagst, daß du eigentlich gar nicht krank bist ...«

»Das bin ich auch nicht. In ein paar Tagen bin ich wieder auf den Beinen, wart's ab. Aber im Moment hab' ich eigentlich nichts dagegen, mich mal ein bißchen auszuruhen. Beim Kochen muß man so viel stehen, und meine Beine sind eben nicht mehr, was sie mal waren. Aber wenn sich mein Magen wieder beruhigt hat, werd' ich so gut wie neu sein. Außer dem bißchen Rheuma, wenn das Wetter verrückt spielt.«

Mir fiel auf, daß sie wieder eine Spur von dem schottischen Akzent aus ihrer Jugendzeit angenommen hatte. Zusammen mit dem singenden nordenglischen Tonfall klang das sehr hübsch.

»Willst du denn unbedingt wieder arbeiten? Du weißt, daß du das nicht brauchst.«

»Was soll ich denn den lieben langen Tag anfangen nur mit mir selbst? Nein, Mädchen, darüber haben wir ja schon gesprochen, und du kennst meine Meinung. Also reden wir nicht mehr drüber. Hier geht's mir gut, ich hab' Menschen um mich herum, die ich kenne, du kommst mich in den Ferien besuchen, und dann arbeite ich ja auch gerne in der Lodge. Ist schon gut so für mich, auch wenn ich manchmal Todhall und die Leute da vermisse. Aber jetzt erzähl mir was von dir und deiner Arbeit in London. Eigentlich hätte ich ja gedacht, du könntest da was Besseres machen als in einem Laden zu arbeiten.«

Es war offensichtlich, daß Großmutter es nicht eilig hatte, mir mitzuteilen, weswegen sie mich hergerufen hatte. Also unterdrückte ich meine Neugier und erzählte ihr von London all das, wovon ich annahm, daß es sie interessierte. Seit meiner Heirat hatte ich Großmutter nur einmal gesehen; das war im Sommer 1945 gewesen, als ich in den Ferien auf eine Stippvisite bei ihr vorbeifuhr, um ihr von Jons Tod und meinen weiteren Plänen zu berichten. Damals hatte ich ihr angeboten, bei ihr in Strathbeg zu bleiben, anstatt nach London zu gehen. Wie vorherzusehen wollte sie davon nichts wissen. Sie sagte, daß ich mir jetzt mit meinen neuen Freunden ein eigenes Leben aufbauen müßte (und ich wußte, daß sie meinte, ein ›besseres als mit mir‹). Ich sollte die Wunden des Krieges heilen lassen. Und wieder sprach sie es nicht aus, aber ich verstand, was damit gemeint war: ›Bleib dort, wo du eher wieder jemanden kennenlernst, wenn du erst mal drüber weg bist.‹

Und jetzt hoffte sie wohl, daß ich ihr eine entsprechende Neuigkeit mitteilen würde, aber sie schnitt das Thema nicht an und gab sich mit dem zufrieden, was ich ihr von meiner Arbeit in der Gärtnerei erzählte. Dann berichtete sie mir alle Neuigkeiten aus dem Tal und von den Brandons.

»Ich habe dort angerufen«, sagte ich, »und Mrs. Drew hat mich eingeladen, sie zu besuchen.«

»Natürlich, du mußt auf jeden Fall bei ihnen vorbeigehen. Lady Brandon fragt viel nach dir. Sie wird es dir dann auch selbst erzählen.«

Während sie dies sagte, schaute sie nicht mich an, sondern ihr Blick war aus dem Fenster gerichtet. Aber sie sah auch nicht auf die an diesem Sommerabend blau schimmernden Bergspitzen, sie hatte etwas vor Augen, was noch weiter weg war.

Wir waren also beim Thema. »Was wird sie mir erzählen?« fragte ich behutsam.

Die rauhen Hinde strichen über die Bettdecke. »Nun, es hat mit Todhall zu tun, mit dem, was sie damit vorhaben.«

»Ah, meinst du, daß sie ein Hotel daraus machen wollen? Das habe ich auch gehört. Ich glaube, sie haben sogar schon damit angefangen.«

»Ja, das stimmt. Annie Pascoe hat mir geschrieben. Jim und Davey arbeiten da.« Jim Pascoe war Tischler in Todhall und Davey sein Sohn. Seine Frau, die ich seit meiner Kindheit ›Tante Annie‹ nannte, war meine Patin.

»Macht dir das sehr viel aus, Gran?«

»Und wenn schon, was würde es nützen?« Ihre Stimme klang gezwungen forsch. »Es war ein hübsches Haus, und ich mochte die Küche dort, sie war besser als meine hier. Aber es mußte so kommen, und mir geht's ja gut hier im Tal, wo ich jetzt sogar mein eigenen Haus habe. Nein, nein, es ist weniger die Hall, es ist das Haus. Unser eigenes Haus. Rose Cottage.«

»Was ist mit ihm? Meinst du, daß sie es auch umbauen? Oder wollen sie es verkaufen?«

»Verkaufen nicht, nein, jedenfalls jetzt noch nicht. Aber ich habe gehört, daß sie es vielleicht verändern wollen, so ein Haus daraus machen, wo die Leute alles selbst machen. Ich hab' vergessen, wie das heißt.«

»Bungalow? Oder Ferienhaus?«

»Ja, so etwas. Wie ein Hotel, aber man kocht selbst. Wenn unser Haus also so etwas werden soll, dann müssen sie dort bestimmt auch eine Menge verändern.«

»Das denke ich auch, ja, bestimmt. Das Badezimmer müßte verändert werden, und sicher werden sie einen Elektroherd hineinstellen und sonst noch ein paar Geräte, einen Kühlschrank, vielleicht eine Waschmaschine. Aber Großvater hat immer gesagt, daß die Bausubstanz sehr gut war, also werden sie doch sicher nichts abreißen.«

»Aber das andere reicht ja schon, der Elektroherd, meine ich. Dafür werden sie den Kamin herausnehmen, oder sie machen aus dem hinteren Zimmer eine dieser winzigen Küchen – Kitchenette heißen die«, fügte sie voller Verachtung hinzu und fuhr fort: »Und dann werden sie sicher meine alte Küche herausnehmen und dafür in den vorderen Raum einen Wohnzimmerkamin einbauen.«

»Ja, das könnte sein. Gran, bist du traurig deswegen? Ich glaube ..., ja, ich glaube, mir tut es schon etwas weh. Und schließlich war es so lange Zeit dein und Großvaters Zuhause. Hast du vielleicht gehofft, daß du eines Tages dorthin zurückkehren würdest?«

Sie hörte mir gar nicht zu. In Gedanken versunken sah

sie vor sich hin und streckte eine Hand aus, um mein Knie zu berühren. »Darum geht es also, Kathy. Deshalb habe ich dich gebeten zu kommen.«

»Ich verstehe nicht ...«

»Hör zu. Du hast nie davon gewußt, und Gott sei Dank auch deine Tante Betsy nicht; gleich neben dem Kamin, links neben dem Sims, ist ein kleines Schränkchen in die Wand eingelassen.«

»Tatsächlich? Das habe ich nie gesehen.«

»Nein, das konntest du auch nicht, ohne daß du es wußtest. Man konnte es gar nicht sehen, höchstens fühlen. Es ist winzig, mehr wie eine in die Wand gemauerte Blechschachtel, und es war ja die ganze Zeit gut versteckt. Es war auch Tapete drüber. Kannst du dich erinnern, wie wir das letzte Mal das Zimmer tapeziert haben, mit dieser schönen Tapete mit Herbstblättern und Beeren?«

»Hm, ich weiß nicht ... War es nicht ... ja, es war kurz, nachdem Großvater gestorben war, nicht? Noch bevor Tante Betsy kam. Du und? ... du hast es selbst gemacht, stimmt's?«

»Ja, Lilias und ich haben es zusammen gemacht.« Sie schwieg einen Moment, dann sagte sie seufzend: »Es war eine schöne Zeit, mal abgesehen davon, daß dein Großvater nicht mehr da war.«

Ich wartete. Als sie wieder sprach, gab sie eine Antwort auf das, was nicht gesagt worden war.

»Und dann kam Betsy. Sie war eine gute Frau, deine Großtante, daran gibt es keinen Zweifel, obwohl es nicht leicht mit ihr war. Und sie war niemand, dem man Geheimnisse anvertraute. Daher hat sie nie etwas von dem Schränkchen gewußt.«

»Gran, du hast gesagt, es ist links vom Kamin. Meinst du, unter dem Bild, das da hing?«

»Ja, genau. Es war ein Spruch aus der Bibel, von denen deine Tante so viel hielt.« Großmutter lächelte spitzbübisch. »Sie hat das Haus saubergehalten, deine Tante Betsy, und sie war eine gute Köchin, aber von Staubwedel und Staubtuch hielt sie nicht allzuviel. Man könnte sagen, beim Staubwischen hatte sie eine gewisse Ehrfurcht vor den Gegenständen, hat nichts groß weggerückt oder hochgenommen, daher hat sie nie etwas bemerkt. Aber ich hab' auch vorgesorgt. Ich hab' das Schränkchen nur einmal geöffnet, als sie nicht zu Hause war, um ... um Lilias' Armband hineinzulegen. Du erinnerst dich sicher. Sie haben es mir aus Irland geschickt, nach dem Unfall. Das war alles, was kam, und ich wollte nicht, daß Betsy es sah ... Jedenfalls habe ich mir alle Mühe gegeben, hab' es wieder sauber verputzt und die Tapete ganz genau angepaßt. Auch wenn sie das Bild abgenommen hätte, wäre nichts zu sehen gewesen. Höchstens eine winzige Erhebung da, wo das Schlüsselloch ist. Nein, es war wirklich sehr sicher, auch beim Frühjahrsputz oder wenn wir neu tapeziert hätten. Dein Großvater hat es immer den Safe genannt.«

Langsam sagte ich: »Ich glaube, ich weiß jetzt, worum es geht. Es ist noch etwas drin in dem Safe, stimmt's?«

»So ist es. Als ich hierherzog, war so viel zu tun, und ich habe ja auch der Familie geholfen, und da habe ich es ganz vergessen. Und als ich da war, um Tante Betsy zu pflegen, war fast jeden Tag die Gemeindeschwester da, oder Annie Pascoe hat mir geholfen, und da habe ich auch überhaupt nicht an den Safe gedacht. Vielleicht glaubte ich auch, daß ich doch eines Tages dorthin zurückziehen würde.« Sie seufzte und sah wieder aus dem Fenster, offensichtlich mit ihren eigenen Bildern aus der Vergangenheit vor Augen. Dann wandte sie sich wieder mir zu. »Also ist noch alles, wie es war – jedenfalls bis sie anfangen, den Kamin herauszureißen, dann würden sie auf jeden Fall darauf stoßen.«

»Was ist denn drin, Gran?«

»Oh, Familiensachen. Nichts Wertvolles, bis vielleicht auf die fünf goldenen Sovereigns, die Sir Giles, der damalige Esquire, deinem Großvater zu unserer Hochzeit geschenkt hat und die wir im Traum nicht ausgegeben hätten. Aber es sind eben Sachen, um die es mir leid täte. Mein Ring, den dein Großvater mir zur Verlobung geschenkt hat, und die Brosche, die die Lady mir als Hochzeitsgeschenk gab. Sie ist wunderschön, du kennst sie, mit Perlen und diesem grünen Stein, ich weiß nicht mehr, wie er heißt.«

»Peridot.«

»Ja, genau. Und dann das Armband von deiner Mutter, wie ich dir erzählt hab', und die Briefe, die dein Großvater mir aus Frankreich geschrieben hat, wo er im Krieg war. Wenn man so was Briefe nennen kann; einer war auf einem Stück Pappe geschrieben, das war von einer Schachtel abgerissen. Aber es kam an, als hätte es einen ordentlichen Briefumschlag. Dann noch seine Orden, zwei hat er bekommen, und seine Uhr und sein Ehering und ein ganzes Bündel Papiere – meine Heiratsurkunde, die Geburtsurkunde deiner Mutter und ... na ja, all so was eben.«

»Meine Geburtsurkunde auch, nicht wahr?«

Sie schwieg.

»Ist schon in Ordnung, Gran. Ich hab' sie gesehen.«

»Du hast sie gesehen?« Ihre Stimme klang ein wenig scharf. »Wie denn?«

»Nur eine Kopie. Ich hab' mir eine schicken lassen. Ich mußte sie einfach sehen, um sicher zu sein. Weiß du, ich habe Jon natürlich alles über uns erzählt, über unsere Familie, meine ich. Ich hab' ihm auch die Geburtsurkunde gezeigt. Das verstehst du doch sicher, nicht?«

»Natürlich, Liebes. Und ich finde es auch richtig.« Sie löste ihre Hände, die verschränkt auf der Bettdecke gelegen hatten, und hob sie in die Luft. »Nun, dann brauche ich dir ja gar nicht zu sagen, daß du daraus nichts erfährst. Er steht nicht drin.«

»Nein, ich weiß.« Ich lehnte mich zu ihr und berührte sanft die alten Hände. »Granny?«

»Ja, was ist?«

»Gran, ich bin nicht mehr sechzehn und geh' nicht mehr zur Schule. Ich war verheiratet und bin verwitwet, und ich bin vierundzwanzig Jahre alt. Außerdem denken die Leute seit dem Krieg sowieso anders. Ich weiß, daß du immer gesagt hast, du weißt nicht, wer er war, aber wenn du nur versuchst, mich vor etwas zu bewahren, was mir vielleicht nicht gefällt ...«

»Kathy, Liebes, so ist es nicht. Ich weiß es wirklich nicht, das mußt du mir glauben. Sie hat es mir nie gesagt. Und irgendwelche Vermutungen nützen ja auch nichts.«

»Vermutungen? Hast du denn welche?«

Meine Stimme muß scharf gewesen sein, denn sie sah auf und hob beruhigend die Hände. »Es gibt nichts, was irgend jemand sicher wußte. Nichts, was man dir hätte sagen müssen.«

»Aber was war es? Gran, bitte sag es mir. Ich habe ein Recht, alles zu wissen.«

»Das ist wahr, das hast du«, sagte sie, und dann nach einem Zögern: »Na gut. Ich kann dir nur sagen, was man sich damals im Dorf erzählt hat. Da waren doch diese Zigeuner auf dem Feldweg – erinnerst du dich an den ›Zigeunerweg‹, wie er genannt wurde?«

»Ja.« Es war ein Weg in der Nähe von Rose Cottage, eine Abkürzung zum Bahnhof, die die Leute aus dem Dorf aber fast nie benutzten.

»Nun, die Zigeuner waren gerade da, als deine Mutter fortging, und am nächsten Tag waren sie weg. Also glaubten die Leute, daß Lilias mit ihnen gegangen wäre.«

»Gut, das kann ich verstehen. Aber was hat das damit zu tun, wer mein Vater war? Ich war ja schon sechs Jahre alt, als sie fortging.«

»Ja, das stimmt. Aber es gab eben Leute, die meinten, daß einer von ihnen wahrscheinlich dein Vater gewesen ist und sie dann später mit ihm mitgegangen ist. Es war nur eine Vermutung, mehr nicht. Ich hab' dir ja gesagt, es ist zu nichts nütze. Die Leute sagen irgend etwas, und irgendwann glauben sie es dann.« Sie berührte wieder meine Hand. »Tut mir leid, mein Liebes. Das ist alles, was ich dir sagen kann. Und nun, da sie nicht mehr ist, werden wir es niemals wissen.«

Wir schwiegen beide. Ich stand auf und ging zum Fenster. Draußen war es noch immer nicht ganz dunkel, es herrschte das blaugraue Zwielicht eines Hochland-Sommerabends. Irgendwo sang eine Drossel. Ich drehte mich wieder um und sagte mit ruhiger Stimme: »Ach, weißt du, jetzt ist es eigentlich auch egal. Ich bin ich selbst, und ich bin niemandem etwas schuldig, außer dir und Großvater und Jon. Danke, daß du es mir gesagt hast. Sprechen wir nicht mehr drüber.«

Ich ging wieder zum Stuhl und setzte mich. »Gut, Gran, du möchtest also, daß ich nach Todhall fahre und deine Sachen aus dem Safe hole, bevor sie jemand anders findet, ja?«

»Ja, genau. Aber noch etwas anderes.«

»Alles, was du willst.«

»Jetzt, wo ich hier mein eigenes Häuschen habe, wäre es schön, wenn meine anderen Sachen hergeschafft werden könnten. Die Möbel, meine ich, und Sachen, die ich für Tante Betsy dagelassen habe. Nicht alle Möbel, die Betten und so brauche ich gar nicht und hab' auch keinen Platz dafür. Aber mein Sideboard hätte ich gern, und die schönen Sachen aus Betsys Zimmer, und paar Bilder, Kerzenhalter, Vasen und so. Und mein Teeservice mit den Rosenknospen und natürlich den Schaukelstuhl von Großvater ... Ich mach' eine Liste. Ich hab' schon mit Lady Brandon gesprochen, du kannst hinfahren und mitnehmen, was du willst. Sie hat die Leute dort benachrichtigt, daß sie in Rose Cottage nichts anrühren, bevor sie es ihnen sagt. Du fährst also für mich hin?«

»Ja, natürlich, gern. Ich kann fahren, sobald du willst.«

»Und du mußt auf die Umzugsleute aufpassen, Mädchen, damit mein Rosenporzellan nicht zerbricht. Diesen Leuten kann man nicht trauen.«

»Ich werde aufpassen, mach dir keine Sorgen.«

»Es gibt allerdings ein kleines Problem ...«

»Was denn?«

»Der Safe ist abgeschlossen«, sagte Großmutter mit schuldbewußter Miene, »und ich weiß nicht mehr, wo der Schlüssel ist.«

Ich lachte. »Das ist gut zu wissen. Falls ich einen nachmachen lassen muß – arbeitet Bob Corner noch immer in der Schmiede?«

»Das tut er, aber ob er mit seinen Händen solche winzigen Sachen machen kann ... Na ja, ich denke noch nach, wo ich ihn hingelegt haben könnte, sonst mußt du eben suchen. Aber für all das wirst du schon zwei, drei Tage brauchen.«

»Das macht überhaupt nichts. Meinst du, ich kann in Rose Cottage schlafen? Ich möchte nicht so gern im Black Bull übernachten, es ist auch zu weit.«

»Natürlich, warum nicht, du wirst dich wohlfühlen zu Hause. Es ist alles so geblieben wie es zum Schluß bei Tante Betsy war, und dein Zimmer ist noch immer wie früher. Annie ist dort gewesen, um alles durchzulüften und nach dem Rechten zu sehen, aber du mußt auf jeden Fall noch die Matratze auslüften ...«

Ich lachte. »Keine Angst. Ich werd's mir schon gemütlich machen. Aber was werden die Leute im Dorf sagen, wenn ich plötzlich auftauche und in dem Cottage wohne?«

»Es ist doch so weit weg vom Dorf, vielleicht merken sie's gar nicht. Aber nein, das kann nicht sein, es gibt ja noch immer die beiden Fräulein Pope, diese neugierigen alten Jungfern. Und Miß Linsey, die kein Stück besser ist und dazu noch ein bißchen übergeschnappt. Aber ...«, spitzbübisch sah sie mich von oben bis unten an, »wer weiß, ob sie diese hübsche junge Dame Mrs. Herrick überhaupt mit der kleinen Kathy Welland in Verbindung bringen, die immer schmutzige Knie und völlig zerzaustes Haar hatte.«

»Ich hatte keine schmutzigen Knie, als ich sechzehn war und zur Oberschule ging! Nein, sie werden mich schon erkennen, und sie können denken, was sie wollen.« Nach einem Blick auf die Uhr sagte ich: »Weißt du, wie spät es schon ist? Du solltest schlafen um diese Zeit, und ich auch. Möchtest du noch etwas Heißes zu trinken oder etwas anderes?«

»Da ich hier auf meiner Heimaterde bin, wie man so sagt«, erwiderte Großmutter tugendhaft, »nehme ich einen kleinen Tropfen. Die Flasche steht in dem Wandschrank da drüben, wo Kirsty nicht ran kann, ohne daß ich sie sehe.«

»Okay. Ich hole ein Glas. Oder zwei, wenn ich darf.« Ich stand auf. »Und mach dir keine Sorgen mehr, Gran, ich bringe deine Schätze schon in Sicherheit, und auch alles andere, was du von zu Hause haben möchtest. Morgen früh machen wir eine Liste.«

4

Am nächsten Morgen ging ich zur Lodge hinüber.

Ich nahm den Weg, der mir von früher vertraut war, an den Ställen und dem ummauerten Garten vorbei in den Hof hinter dem Haus. Dort war eine kräftige Frau mittleren Alters gerade dabei, Geschirrtücher auf eine Wäscheleine zu hängen. Das mußte Morag sein. Großmutter hatte mir gesagt, daß es außer ihr jetzt nur noch eine Hilfe im Haus gab, ein junges Mädchen, das nur am Vormittag kam. Hinter einem der oberen, weit geöffneten Fenster hörte ich den Staubsauger brummen.

Morag war bei meinem letzten Besuch noch nicht in Strathbeg gewesen. Sie war eine kräftige Frau weit über vierzig und sah ganz und gar nicht aus, als müßte sie noch eine Menge lernen. Auf mich machte sie im Gegenteil einen sehr fähigen Eindruck. Ich konnte mir gut vorstellen, daß ich ihre Klöße jeder Haute Cuisine vorziehen würde.

Als ich näherkam, drehte sie sich um.

»Guten Morgen«, sagte ich. »Ich bin Mrs. Wellands Enkelin Kathy. Und Sie sind sicher Morag. Entschuldigen Sie, aber ich kenne Ihren Familiennamen nicht. Mrs. ...?«

»Morag ist schon in Ordnung. Und Sie sind also Kathy.« Wir gaben uns die Hand, und sie musterte mich von oben bis unten, nicht ablehnend, eher vorsichtig abschätzend. »Lady Brandon hat schon gesagt, daß Sie vorbeikommen würden. Sie wird sich freuen.«

»Meinen Sie, daß es ihr jetzt recht ist? Sonst kann ich auch später noch einmal wiederkommen. Allerdings reise ich morgen wahrscheinlich schon wieder ab.«

»Es ist ihr bestimmt recht jetzt, kommen Sie nur herein. Wir können gleich hier entlang gehen, durch die Küche.«

»Ich weiß. Diesen Weg bin ich früher auch immer gegangen.«

Als sie mich diesmal ansah, hatte ich den Eindruck, daß ein Anflug von Freundlichkeit ihr verschlossenes Gesicht aufhellte. »Ach ja? Und wie geht es Ihrer Großmutter?«

»Oh, sie ist froh, wieder zu Hause zu sein. Krankenhäuser sind etwas, das man möglichst schnell wieder verlassen sollte, finden Sie nicht? Merkwürdig, mir kommt es im Moment auch ein bißchen vor, als käme ich nach Hause. Die Küche sieht noch genau wie damals aus, und Sie haben gebacken ... hm, es riecht wunderbar.«

Ihre Lippen verzogen sich leicht, was ich als die Andeutung eines Lächelns interpretierte. »Scones. Ich wollte Mrs. Welland welche schicken, aber vielleicht sind sie ihr nicht gut genug.«

»Oh, sie würde sich bestimmt freuen, und ich mich auch. Ich würde sehr gerne ein paar mit hinaufnehmen.« Ich dachte, ein wenig Diplomatie könnte nicht schaden. »Es ist schön, daß meine Großmutter sich jetzt gar keine Sorgen um den Haushalt zu machen braucht, nachdem Sie hier im Haus sind. Kommen Sie aus dem Tal?«

»Nein. Ich bin aus Inverness, aber mir gefällt's hier gut, jedenfalls im Sommer. Der Winter ist etwas anderes, aber bis dahin ist's ja zum Glück noch eine Weile. Setzen Sie sich einen Moment, ich nehme nur die Scones heraus.« Sie holte das Backblech aus dem Ofen und begann, das köstlich riechende Gebäck zum Abkühlen auf ein Gitter zu legen.

»Es ist so ruhig im Haus«, sagte ich. »Sind die Kinder nicht da? Ich hätte mich gefreut, sie zu sehen. William konnte gerade laufen, als ich das letzte Mal hier war, und Sarah war noch ein Baby.«

Morag erzählte, daß Sir James und der Major unten am Fluß zum Angeln waren und die Kinder mitgenommen hatten. Mrs. Drew erledigte im Dorf Bankgeschäfte. »Aber Lady Brandon ist in ihrem Zimmer und schreibt Briefe«, sagte Morag, während sie die letzten Scones auf das Gitter legte. »Erinnern Sie sich an das Zimmer? Das kleine neben der Seitentür?« Und als ich nickte, fragte sie: »Wollen Sie einfach rübergehen oder soll ich der Lady sagen, daß Sie da sind?«

Ich zögerte. »Würde es Ihnen etwas ausmachen, es ihr zu sagen, Morag? Ich möchte nicht einfach so zu ihr gehen, wenn sie beschäftigt ist.«

Morag nickte beifällig, nahm ihre Schürze ab, nachdem sie die Hände daran abgewischt hatte, und führte mich dann den altvertrauten Flur entlang. Eine mit grünem Tuch bespannte Tür bildete die traditionelle Grenze zwischen Vorder- und Rückseite des Hauses. Ich wußte nicht, was Morag bisher über mich gehört oder was sie von mir erwartet hatte, aber es war offensichtlich, daß sie mein Verhalten billigte. Ich war auf meiner Seite der Grenze geblieben, so wie es sich gehörte.

Als ich die grüne Tür passierte, war es, als ginge ich in der Zeit zurück. Alles war genauso, wie ich es in Erinnerung hatte. Da war die große Vorhalle, ausgelegt mit einst wertvollen, inzwischen abgetretenen und ausgeblichenen Teppichen. Der Raum war vollgestellt mit riesigen Schränken und Kommoden, denen eine Politur gutgetan hätte. In der Mitte befand sich ein Tisch, auf dem ein Durcheinander von diversen Handschuhen, Zeitungen und Exemplaren des *Scottish Field* lagen. Daneben stand ein Korb mit Gartenwerkzeugen. Bilder in schweren Goldrahmen, hauptsächlich in Schattierungen von Sepia und Van-Dyke-Braun gemalt, hingen an den ehemals leuchtend roten, inzwischen vergilbten Wänden. Alles war mir so vertraut, jedes einzelne Stück hatte ich einst abgestaubt oder poliert. Auch die große Schüssel mit Wasser für die Hunde, die auf dem Boden neben der Wohnzimmertür stand, war noch dieselbe. Unzählige Male hatte ich sie nachgefüllt und vorsichtig vom Waschraum an der Eingangstür hierhergetragen. Allerdings, ging es mir durch den Kopf, niemals so vorsichtig, wie ich es heute tun würde, denn erst jetzt erkannte ich, daß diese Schüssel ein wertvolles Stück blauweißes Ming-Porzellan war. Neben ihr lag ein zur Hälfte abgenagter Knochen, den wahrscheinlich Williams Hund dort liegengelassen hatte.

Die Tür zu Lady Brandons Zimmer war nur angelehnt. Morag öffnete sie weit, so daß das Sonnenlicht auf die Kostbarkeiten in der halbdunklen Vorhalle fiel.

»Kathy Welland ist da, Mylady.«

Lady Brandon saß an ihrem Schreibtisch. Sie drehte sich um, legte ihren Füllfederhalter nieder, dann stand sie auf und kam mir lächelnd entgegen.

»Oh, Kathy, guten Morgen. Danke, Morag. Kathy, wie schön, daß Sie gekommen sind. Sie sehen blendend aus. Kommen Sie herein. Ist heute nicht ein wunderschöner Tag? Setzen Sie sich, meine Liebe, und erzählen Sie mir, wie es Ihrer Großmutter geht.«

Seit ich sie das letzte Mal gesehen hatte, waren Jahre vergangen. In dieser Zeit war viel passiert, und sowohl ich als auch die ganze Welt hatten sich sehr verändert. Trotzdem fühlte ich mich etwas verlegen, als ich auf sie zuging, um ihr die Hand zu geben. Das letzte Mal war ich in diesem sonnigen kleinen Zimmer gewesen, um den Kamin zu säubern und Staub zu wischen. Aber Lady Brandon, erfahren im Umgang mit Menschen, verhinderte durch ihre lockere und freundliche Art das Aufkommen jeglicher Spannung. Schon saß ich mit ihr an dem sonnigen Platz vor dem Erkerfenster und beantwortete ihre Fragen.

Sie hatte eine schmale Figur und war etwas zu dünn für ihre Größe, was ihr elegantes Aussehen noch betonte. Amüsiert fiel mir auf, daß wir beide fast gleich angezogen waren: Seidenbluse, Tweedrock und Wolljacke. Auf dieser Seite der grünen Tür war diese Art Kleidung fast eine Uniform. Trotzdem überkam mich schon wieder Verlegenheit, am liebsten hätte ich geschwiegen und nur auf der vorderen Stuhlkante gesessen. Lady Brandon schien nichts davon zu bemerken, freundlich fragte sie nach Großmutter, und während wir miteinander redeten, ließ meine Anspannung nach.

»Ich möchte Ihre Großmutter gerne möglichst bald besuchen«, sagte Lady Brandon. »Vielleicht heute nachmittag? Oder meinen Sie, daß es womöglich noch zu anstrengend für sie ist?«

»Oh, ich glaube nicht, und sie würde sich bestimmt sehr freuen, Sie zu sehen, Mylady. Sie sieht etwas dünner aus, als ich sie in Erinnerung hatte, und zum ersten Mal gibt sie zu, daß sie sich müde fühlt. Aber das sind wohl nur die Nachwirkungen dieser Erkältung.« Ich zögerte. »Ich frage mich nur, was das für Untersuchungen waren, die im Krankenhaus gemacht wurden? Sie hat mir nichts davon gesagt. Wissen Sie vielleicht etwas darüber? Ich meine, ob es sich dabei um etwas Ernsthaftes handelt?«

»Nein, leider weiß ich auch nichts Genaueres, aber Doktor MacLeod scheint sich keine Sorgen um Ihre Großmutter zu machen.«

»Hat er das gesagt?«

»Ja. Deshalb glaube ich, daß Sie ganz beruhigt sein können. Ihre Großmutter ist bestimmt bald wieder auf den Beinen. Haben Sie vor, länger zu bleiben? Sicher wäre sie sehr glücklich, Sie einige Zeit hier zu haben.«

»Nun, ich habe vierzehn Tage Urlaub genommen, aber

wenn es nötig ist, kann ich auch länger bleiben. Allerdings wollte ich jetzt erst einmal so schnell wie möglich nach England fahren.« Als sie mich erstaunt ansah, fügte ich hinzu: »Es ist wegen Rose Cottage. Wegen der Veränderungen, die Sie dort planen. Da Großmutter jetzt hier ihr eigenes Haus hat, möchte sie gern, daß ich den Rest ihrer Sachen herschicken lasse.«

»Ich verstehe. Aber das ist doch nicht eilig. An dem Cottage wird nichts verändert werden, bevor wir nicht das Startzeichen dafür geben. Das habe ich ihr versprochen.«

»Ja, das hat sie mir gesagt. Aber ... nun, es gibt da etwas, weswegen sie sich Sorgen macht. Sie möchte gern, daß ich mich darum kümmere, und ich denke, daß ... also wenn es sie beruhigt ...« Ich stockte. Ich konnte Lady Brandon doch nicht von Großmutters ›Schätzen‹ erzählen, die vergessen in ihrem Versteck lagen.

Ich brauchte nicht zu fürchten, daß sie auf dem Thema beharren würde. Schnell sagte sie: »Ist schon gut, meine Liebe. Natürlich geht das nur Ihre Großmutter etwas an, sie muß tun, was sie für richtig hält. Ich verstehe schon, daß sie ihre eigenen Sachen um sich haben möchte. Es ist schön, daß Sie da sind, um den Umzug in die Wege zu leiten. Ein Umzug ist immer eine lästige Sache.«

»Ich mache es gern, und ich glaube, es wird gar nicht viel. Wir haben eine Liste gemacht, ich habe sie mitgebracht, damit Sie einen Blick darauf werfen können. Großmutter erinnert sich nicht genau, was bei ihrem Einzug alles schon im Haus war. Also zum Beispiel Sachen wie der große Wandschrank in der Küche und der Tisch und die Stühle – das braucht sie ja auch gar nicht – und dann ... Hier, das ist die Liste mit den Möbeln, die ihrer Meinung nach ihr gehören und die sie gerne haben möchte. Könnten Sie so nett sein und einen Blick darauf werfen, ob das in Ordnung ist?«

»Das ist es bestimmt. Ich glaube, ich brauche gar nicht ... aber gut, da Sie sich nun schon die Mühe gemacht haben.«

Sie nahm das Papier. Während sie es las oder doch zumindest vorgab, es zu lesen, sah ich mich in dem vertrauten Zimmer um. Die hübschen Polstermöbel auf dem chinesischen Teppich waren mit ausgeblichenem Chintz bezogen. In einer großen Vase auf einem Blumenständer prangte ein üppiger Strauß, ein kleinerer schmückte den Kaminsims. Daneben standen einige zerbrechliche Porzellanfiguren, an die ich mich nur allzu gut erinnerte. Fotografien in silbernen Rahmen waren überall im Raum verteilt. Einige zeigten die Enkelkinder Lady Brandons in verschiedenen Altersstufen, andere deren Mutter, Mrs. Drew, als junges Mädchen, als Braut und zusammen mit ihren Kindern. Auf dem Schreibtisch stand ein Foto von Lady Brandons Sohn Gilbert, der im Krieg gefallen war. Ein lächelnder junger Mann in Uniform, mit dunklem Haar und dunklen Augen. Wie ich. Wie ein älterer Bruder von mir. Tatsächlich war er für mich wie ein älterer Bruder gewesen. Manchmal hatte er sich zu uns in den Garten der Hall gesellt, wenn ich mich dort mit Großvater aufhielt, und anders als bei seiner eigenen Schwester ließ er es zu, daß ich ihm folgte und ihn bewunderte. Ich warf ihm den Ball zurück, wenn er seine Wurfübungen an dem provisorischen Tor machte, ich sah ihm zu, wie er auf die große Zeder am Tennisplatz kletterte, und ich wartete mit dem Netz, wenn er in dem Bach in der Nähe von Rose Cottage angelte.

Schließlich zwang ich mich, meine Augen von dem Foto und meine Gedanken von dem zu lösen, was sie beschäftigte. Schon früher hatte ich oft dasselbe gedacht, es aber immer schnell wieder beiseitegedrängt.

Lady Brandon faltete das Papier und gab es mir zurück. »Sagen Sie bitte Ihrer Großmutter herzlichen Dank dafür, daß sie mir diese Liste gezeigt hat. Ich bin sicher, es ist alles vollkommen in Ordnung so. Um ehrlich zu sein, ich erinnere mich selbst nicht mehr genau, was einmal in Rose Cottage gestanden hat, und ich weiß auch nicht, ob jemals eine Aufstellung des Inventars gemacht wurde. Aber sagen Sie ihr bitte, daß sie gerne alles nehmen kann, was sie möchte.«

»Und ist es Ihnen auch recht, wenn ich in Rose Cottage wohne, während ich mich um den Umzug kümmere?«

Sie versicherte mir, daß sie nicht das Geringste dagegen hatte, und ich bedankte mich. Dann erzählte ich ihr, wie froh Großmutter war, jetzt hier in Strathbeg ihr eigenes Häuschen zu haben, und wie gut sie sich offensichtlich mit Kirsty verstand. Ein paar Minuten redeten wir noch über die neuen Pläne für Todhall und Rose Cottage. Ich erfuhr, daß für das Cottage bis jetzt noch nichts endgültig beschlossen war; vielleicht würden sie es nur vermieten, vielleicht aber auch verkaufen. »Immer vorausgesetzt, daß Ihre Großmutter nicht dorthin zurück möchte. Ich weiß, wie sehr man an einem Ort hängt, an dem man so viele Jahre zu Hause war«, fügte sie hinzu.

Ich hatte den Eindruck, daß sie selber ähnliche Gefühle hegte, sagte aber nichts. Als hätte sie meine Gedanken gelesen, lächelte sie mich an und sagte: »Ich weiß nicht, ob Ihre Großmutter davon gehört hat, daß wir die Hall nicht ganz aufgeben wollen. Ich habe meinen Mann überzeugt, einen Teil des Südflügels zu behalten, das Stück, von dem aus man auf den Rosengarten blickt. Wir werden dort eine Küche einbauen – erinnern Sie sich an das alte Blumenzimmer? Dort sind im Moment die Schreiner an der Arbeit. Der eigentliche Umbau muß natürlich von einem großen Bauunternehmen durchgeführt werden, aber wir wollen so viel Arbeit wie möglich von den Leuten aus dem Dorf machen lassen. Die Pascoes sind wirklich ausgezeichnete Handwerker.«

»Bestimmt werden alle in Todhall froh sein, daß Sie wenigstens noch manchmal da sind. Man wird die Hall vermissen, so wie sie früher war.«

»Ja, es war eine schöne Zeit.« Sie schwieg gedankenverloren, und ich überlegte schon, ob ich mich zurückziehen sollte. Aber dann sah sie mich an und sagte: »Kathy, ich habe noch gar nicht gesagt, wie leid mir Ihr Verlust tut – uns allen natürlich. Es muß sehr schwer für Sie gewesen sein.« Ich murmelte eine Antwort. Dann fragte sie mich nach meiner Arbeit in London und ob ich plante, meine Arbeit als Lehrerin wieder aufzunehmen, und unser Gespräch bewegte sich zurück zu alltäglichen Dingen.

Als sie mir Kaffee anbot, lehnte ich ab, vor allem um Morags Gefühle nicht zu verletzen. Ich verabschiedete mich und ging zurück durch die grüne Tür, um in der Küche mit Morag Kaffee zu trinken und ihre frischgebackenen Scones zu versuchen.

5

An einem warmen Juninachmittag um sieben Minuten vor drei fuhr der Zug aus Sunderland im Bahnhof von Todhall ein, hielt mit einem Ruck und stieß laut seufzend eine dicke Dampfwolke aus. Auf dem Bahnsteig wartete ein Gepäckträger, den ich nicht erkannte; er war vielleicht sechzehn Jahre alt und mußte noch ein kleiner Junge gewesen sein, als ich mich das letzte Mal in Todhall aufgehalten hatte. Der alte Mr. Harbottle, der jetzt mit der Uhr in der Hand aus seinem Büro kam, war mir wohlvertraut. Solange ich mich erinnern konnte, war er hier Stationsvorsteher gewesen. Ohne mich gesehen zu haben, schaute er zufrieden nickend auf seine Uhr. Der Zwei-Uhr-Dreiundfünfziger war auf die Minute pünktlich, wie es in den Zeiten der privat betriebenen Eisenbahnen durchaus üblich war.

»Toddle!« rief der Gepäckträger. Aber außer mir gab es niemanden, der an diesem verschlafenen Nachmittag aussteigen wollte. »Todhall, Miß?« wiederholte der Junge deutlicher, während er mir die Wagentür öffnete und eine Hand ausstreckte, um meinen Koffer zu nehmen.

Dabei lächelte er so freundlich, daß man wirklich in Versuchung kam, sein Angebot anzunehmen. Aber ich behielt meinen Koffer in der Hand und trat mit den Worten »Ja, vielen Dank« hinunter auf den Bahnsteig. Dann gab ich dem Träger meine Fahrkarte und drehte mich zu Mr. Harbottle um. Der war inzwischen mit seiner grünen Fahne in der Hand schon auf dem Weg zum Anfang des Zuges. Sicher wollte er mit dem Lokomotivführer ein paar ungeheuer wichtige Informationen austauschen, denn schließlich sahen sie sich nur viermal am Tag. Das nächste Mal um fünf Uhr vierzehn, wenn nämlich der Earl Grey – das war der etwas hochtrabende Name für die ziemlich plumpe schwarzgrüne Lokomotive – seine Waggons zurück nach Sunderland ziehen würde.

Wieder sah Mr. Harbottle auf die Uhr, dann hob er die Fahne. Die Lokomotive stieß noch einmal laut zischend eine Dampfwolke aus, die Kupplungen knirschten, und der Zug ratterte davon. Ohne in meine Richtung zu sehen, steckte Mr. Harbottle seine Uhr wieder ein, griff nach einem Spaten, der an einen Pfeiler gelehnt stand, und verschwand. Ich konnte mir vorstellen, welche Beschäftigung er nun nach Abfahrt des Zuges fortführen würde – Kartoffeln ausgraben, um sie sodann liebevoll in verschiedene Behälter zu sortieren.

So also sah Kathy Wellands Heimkehr aus. Der Gepäckträger, der noch immer neben mir stand, unterbrach meine Gedanken. Besorgt sagte er: »Bis ins Dorf sind's drei Kilometer, Miß, und es gibt keinen Bus oder so was. Haben die Ihnen das nicht gesagt, als Sie Ihre Fahrkarte gekauft haben?«

»Das ist schon in Ordnung. Ich habe nicht viel zu tragen. Den großen Koffer brauche ich nicht gleich. Könnten Sie ihn aufbewahren, bis ich ihn abholen lasse? Und die Tasche ist nicht schwer, die kann ich selbst tragen.« Ich hatte eine kleine Reisetasche mit den notwendigsten Sachen mitgenommen.

»Natürlich, wir können den Koffer ins Büro stellen.« Er nahm ihn, und wir gingen den Bahnsteig hinunter, vorbei an demselben Schokoladenautomaten, der schon zu meiner Zeit dort gestanden hatte. Er war leer; ich fragte mich, ob er überhaupt noch einmal nachgefüllt worden war, nachdem

Prissy und ich vor sechs Jahren den letzten Riegel herausgeholt hatten. Auch die Waage mit der Aufschrift »Prüfen Sie Ihr Gewicht« gab es noch. Und genau wie früher war der Bahnsteig üppig mit blühenden Geranien, Pantoffelblumen und Jungfern-im-Grünen geschmückt.

»Bleiben Sie im Dorf, Miß? Wenn Sie im Black Bull übernachten, die wollten morgen früh einen Wagen schicken, weil mit dem Acht-Uhr-Sechzehner Bier für sie kommt. Wenn Sie möchten, kann ich Ihren Koffer mitgeben.«

Der Black Bull war das einzige Gasthaus im Ort, ein paar Häuser vom Pfarrhaus entfernt und gleich neben Barlows Laden, in dem Prissy und ich unsere Halfpennies für Lakritze und Kaugummi ausgegeben hatten. Der Fahrer des Black Bull wäre sicher nicht begeistert davon, mit dem schweren, mit Bier beladenen Wagen in den steilen schmalen Weg einzubiegen, der von der Hauptstraße nach Rose Cottage führte.

»Nein, ich wohne nicht im Black Bull«, antwortete ich, »aber machen Sie sich keine Gedanken, ich kann den Koffer morgen abholen lassen. Vielen Dank jedenfalls.« Ich gab ihm ein Sixpence-Stück, doppelt soviel, wie als Trinkgeld üblich gewesen wäre. Sein Lächeln war es wert. Mit einem fröhlichen »Danke, Miß« trug er meinen Koffer durch die von Geranien und Lobelien eingerahmte Tür mit der Aufschrift ›Stationsvorsteher‹.

Als ich auf die sonnige Straße hinaustrat, entdeckte ich ganz am Ende des Bahnsteigs Mr. Harbottle, der noch immer mit seinem Spaten an der Arbeit war. Zweifellos traf er Vorbereitungen, um im Juli bei der Landwirtschaftsschau der Gegend wieder einmal die meisten Preise einzuheimsen. Soweit ich zurückdenken konnte, war ihm das jedes Jahr gelungen. Außerdem würde Todhall sicher auch noch wie üblich ganz oben auf der Liste derjenigen Bahnhöfe stehen, die für den Ehrentitel ›Schönster Bahnhof der Grafschaft‹ vorgeschlagen waren.

Straße der Erinnerung ... Nun, noch hatte ich drei lange,

heiße Kilometer davon vor mir, jedenfalls wenn ich die asphaltierte Straße nehmen würde. Aber ich kannte alle Nebenwege und Abkürzungen, und ich hatte absichtlich bequeme Kleidung angezogen. Nachdem ich etwa vierhundert Meter auf der Straße gelaufen war, trat ich durch ein Gatter auf einen Sandweg, der Spuren eines Pferdewagens aufwies. Er lag im Schatten einer wildwuchernden Hecke und grenzte an ein Heufeld, auf dem hohe, blühende Gräser sich im Wind wiegten, allemal reif zum Mähen. Ein paar hundert Meter weiter befand sich eine Lücke in der Hecke, die von kreuz und quer stehenden Haselnußzweigen versperrt war.

Die Zweige waren jedoch kein wirkliches Hindernis; ich konnte leicht hindurchkriechen. Dann stieg ich vorsichtig eine steile Böschung hinab und landete auf einem kleinen Feldweg, der an beiden Seiten von hohen, mit Farnen und Unkraut bewachsenen Böschungen begrenzt wurde. Üppige Hecken überschatteten den fast zugewachsenen Weg. Es war ein düsterer, geheimnisvoller Ort: Gipsy Lonnen, der ›Zigeunerweg‹.

Er sah anders aus als zu meiner Zeit. Damals war es ein offener, grasbewachsener Pfad gewesen, auf dem manchmal für ein paar Nächte die Zigeuner ihr Lager aufschlugen. Während dieser Zeit war es uns Kindern aus dem Dorf streng verboten, nach Sonnenuntergang noch aus dem Haus zu gehen. Wir fügten uns dieser Anordnung ohne Widerspruch, eingeschüchtert von Geschichten, in denen Kinder von Zigeunern geraubt wurden. In meiner kindlichen Fantasie vermischten sie sich mit Sagen von entführten Kindern, mit Erzählungen von Wöchnerinnen, denen von bösen Geistern anstelle ihres eigenen Babys Wechselbälger untergeschoben wurden, und mit anderen unheimlichen Wesen aus Gedichten und Märchen.

Selbst am hellichten Tag und wenn keine Zigeuner da waren, fanden wir Kinder Gipsy Lonnen unheimlich. Irgendwann einmal war ein Wohnwagen dort zurückgelassen worden. Vielleicht hatte ein verschrecktes Pferd ihn rückwärts die Böschung hinaufgestoßen, jedenfalls waren ein Rad und die Deichsel gebrochen. Im Laufe der Zeit verrottete der verlassene Wagen und fiel weiter auseinander, aber seine Form war noch immer deutlich erkennbar. In unserer Fantasie lauerten darin die bösen Geister aus den Geschichten, jederzeit bereit, sich auf uns zu stürzen. Wenn die Mädchen zusahen, forderten die Jungen sich gegenseitig zu einer Mutprobe heraus; sie bestand darin, bis zum Wohnwagen zu rennen und die Deichsel oder die Treppe zu berühren. Aber das wagten nur die Mutigsten. Wir anderen fanden uns schon verwegen genug, wenn wir durch die Lücke mit den Haselnußzweigen kletterten und dann schnell die paar hundert Meter bis ans Ende des Weges rannten, wo eine Steintreppe über die hohe Böschung zu den Feldern hinter Rose Cottage führte.

Es gab nur eine Zeit im Jahr, in der der Zigeunerweg seinen Schrecken für uns verlor. Das war die Brombeerzeit, wenn Erwachsene und Kinder zusammen mit Körben und Eimern zu dem Weg gingen, um die Brombeeren zu ernten.

Nun war ich selbst erwachsen, es war ein sonniger Nachmittag, und nicht die geringste Spur von Zigeunern war zu sehen. Warum sollte ich also den Weg meiden, der mir mehr als einen Kilometer ersparte? Irgendwo zu meiner Rechten mußte sich der Wohnwagen befinden. Er war nicht zu sehen, wahrscheinlich war er inzwischen vollständig von Brombeerranken und jungen Bäumen überwuchert. Ich wandte mich in die andere Richtung. Zwischen den hohen Böschungen, auf denen wilde Rosen und weiße Brombeerblüten leuchteten, konnte man den fast zugewachsenen Weg erkennen. Zwischen Farnbüschen und Lauchhederich blühten Feuer- und Kuckucksnelken, und die Luft war mit dem frischen, angenehmen Duft von wildem Knoblauch angefüllt.

Gerade der Geruchssinn vermag die lebendigsten Erinnerungsbilder heraufzubeschwören. Während ich durch das duftende Halbdunkel ging, mußte ich unwillkürlich daran denken, was Großmutter mir über den Dorfklatsch erzählt hatte. Lilias und ein Zigeuner? Meine schöne junge Mutter sollte in dieser Nacht mit Tränen im Gesicht und dem Koffer in der Hand zu dem Lager irgendeines Landstreichers auf diesem Weg gelaufen sein? Wenigstens brauchte ich mich von dem verlassenen Wohnwagen nicht in Schrecken versetzen zu lassen; der konnte nichts mit ihr zu tun haben, denn er war dagewesen, so lange ich zurückdenken konnte. Oder vielleicht doch nicht? Als Lilias von uns fortging, war ich sechs gewesen. Lagen unsere Kinderspiele auf diesem Weg wirklich so weit zurück? Oder war womöglich doch dieser Wagen der Zufluchtsort gewesen, zu dem meine Mutter damals gelaufen war? Wem hatte er gehört?

Ich schob diese unsinnigen Gedanken beiseite und ging energischen Schrittes weiter. Nach einigen hundert Metern auf dem Weg mit dem erinnerungsträchtigen Duft kam die nächste Lücke in der Böschung. Ich kletterte hinüber auf ein weites, ansteigendes Feld, wo mich wieder Sonnenschein und eine frische Brise empfingen. Hierher waren wir als Kinder jedes Jahr zu Ostern gekommen, um unsere hartgekochten Eier das Feld hinabrollen zu lassen, so daß sie gegeneinander stießen und ihre Schalen zerbrachen. Es war eine Art Variante des ›Conkers‹-Spiels, bei dem wir im Herbst Kastanien an Bindfäden gegeneinander schlugen. Am Ende des ›Eier-Feldes‹, wie wir es nannten, schloß sich der nächste Weg an. Anders als Gipsy Lonnen war er offen und sonnig. Er führte abwärts zu einem Fluß, den man auf einer hölzernen Fußgängerbrücke überquerte.

Keine zwanzig Meter stromaufwärts lag Rose Cottage, inmitten des einst so liebevoll gepflegten kleinen Gartens.

Als wär es heut', erinnr' ich mich.
an das Geburtshaus mein,
wo morgens in mein Fenster
die Sonne schien herein.

Ich nehme an, daß jeder, der nach langer Zeit an den Ort seiner Kindheit zurückkehrt, erstaunt ist, wie klein ihm alles vorkommt. Erst sieben Jahre war es her, daß ich hier gewohnt hatte, und trotzdem schien mir Rose Cottage geschrumpft zu sein. Es war winzig, wirklich eine Hütte, zwei Zimmer unten und zweieinhalb oben und mit einem kleinen Anbau an der Rückseite, über dem man noch ein ebenso kleines Badezimmer angefügt hatte. Die Mansardenfenster der oberen Räume traten aus dem Strohdach hervor, und allzuviel Sonne konnte durch das kleine Fenster meines früheren Schlafzimmers nicht hereingekommen sein. Dem Garten sah man an, daß er seit Jahren vernachlässigt worden war; zwischen einem Meer völlig verwilderter Rosenbüsche wuchsen Unkraut und Sommerblumen bunt durcheinander. Aber jemand – wahrscheinlich einer der Pascoes – hatte den vorderen Weg gereinigt, und die Fenster glänzten frisch geputzt.

Ich stellte meine Reisetasche ab, schloß mit Großmutters Schlüssel auf und stieß die Haustür auf.

Man kam sofort in das Wohnzimmer, die ›Küche‹, wie wir immer gesagt hatten. Der Raum war klein, vielleicht zwölf Quadratmeter insgesamt. Neben dem großen Kamin befand sich der Backofen. Die Feuerstelle hinter dem Kamingitter war saubergescheuert, und dort stand noch immer Großmutters alter Tellerwärmer, ein sechsbeiniges Gestell aus gedrechseltem Holz, wie eine riesige Krake. Alles war noch genauso, wie ich es in Erinnerung hatte. Auf der einen Seite des Herdvorlegers in warmen, hellen Farben stand Großvaters Schaukelstuhl, ihm gegenüber der bequeme Stuhl meiner Großmutter. Der solide Tisch, der jeden Tag so lange geschrubbt worden war, bis die Holzmaserung deutlich hervortrat, hatte uns für alles gedient: zum Backen, Kochen und Essen. Wenn er nicht benutzt wurde, bedeckte ihn ein rotes, mit einer Trottelbordüre umrandetes Chenille-Tischtuch. Auf dem Sideboard, das ein reich verzierter Spiegel schmückte, lag ein langer Läufer mit Rändern aus Häkelspitze. Darauf befanden sich zwei Vasen; ihr romantisches Blumenmuster aus Rosen und Vergißmeinnicht hatte ich als Kind immer sehr bewundert. Die hübsche alte Öllampe dazwischen war zur Dekoration geworden, nachdem das Dorf in den zwanziger Jahren Strom bekommen hatte. Über dem Sideboard hing eine von Tante Betsy gefertigte gerahmte Stickerei mit dem Text: DU, GOTT, SIEHST MICH. Daneben stiegen auf einer schrägen Leiste eine Schar Porzellangänse in den Himmel auf.

All das nahm ich mit einem einzigen Blick wahr, während mir gleichzeitig auffiel, daß das Zimmer sauber und aufgeräumt war, als sei es noch immer bewohnt. Das mußte Mrs. Pascoes Werk sein, und darüber hinaus hatte sie auf dem Tisch für mich eine Flasche Milch, ein Brot und ein Päckchen Tee bereitgestellt. Daneben lag ein Zettel, auf dem stand: ›Willkommen zu Hause, und ich hab' wegen der Milch Bescheid gesagt. Die Wärmflasche liegt im Bett. Ich komme später vorbei. A.P.‹

Ich lächelte. Was für ein warmes, herzliches Willkommen. Zunächst machte ich jedoch keine Anstalten, den Kessel aufzusetzen und meinen mitgebrachten Proviant auszupacken. Mein Blick wanderte zu der Stelle an der Wand links neben dem Kamin.

Dort hing noch ein christlicher Text, der einst eine ziemlich einschüchternde Wirkung auf ein fantasiebegabtes kleines Kind wie mich gehabt hatte. Es handelte sich ebenfalls um eine von Tante Betsys Stickarbeiten, auf der in großen Buchstaben zu lesen war: CHRISTUS IST DER UNSICHTBARE GAST BEI JEDEM MAHL, DER UNHÖRBARE ZUHÖRER BEI ALLEM, WAS WIR SAGEN. Ich erinnerte mich, daß ich manchmal erstaunt war, was Tante Betsy zu sagen wagte, obwohl doch der Unsichtbare Gast direkt neben ihr saß und jedes Wort hörte.

Ich nahm den Text von der Wand.

»Du kannst es nicht sehen«, hatte Großmutter gesagt. »Es

ist winzig, eigentlich nur eine in die Wand gemauerte Blechschachtel, und darüber ist Tapete.«

Es war keine Tapete darüber. Jemand hatte fein säuberlich ein kleines Rechteck Tapete und Putz entfernt, und Großmutters dunkler, metallener Safe bildete einen krassen Gegensatz zu dem romantischen Muster in zartem Rosa und hellen Brauntönen auf der übrigen Wand.

Einige Sekunden stand ich wie versteinert davor und starrte auf den Safe, bevor ich den Versuch unternahm, ihn zu öffnen. Erst einmal verschwendete ich keine Zeit damit, den Schlüssel zu suchen; Großmutter hatte mir nach langem Überlegen gesagt, daß er vielleicht in einer der Schubladen oder Vasen oder einem anderen Versteck in der Küche sein könnte, genau wüßte sie es nicht mehr. Ich holte ein Messer, führte es in den Spalt neben dem Schloß und versuchte, die Tür zu öffnen. Sie rührte sich nicht.

Erleichtert trat ich einen Schritt zurück. Vielleicht war der Safe ja gar nicht aufgebrochen worden; es war viele Jahre her, daß die Küche tapeziert worden war, und womöglich hatte Großmutter später selbst die Tapete vor dem Safe abgelöst, um noch etwas hineinzulegen. Dann hatte sie es vielleicht ebenso wie das Versteck des Schlüssels wieder vergessen.

Der Schlüssel. Ich schaute in die Vasen auf dem Sideboard. Die erste enthielt nur zwei Haarnadeln, einen halben Penny und eine tote Motte, während die zweite zu einem Viertel mit Zetteln und im Laufe von Jahren angehäuftem Kleinkram gefüllt war. Nun, ich würde später in Ruhe suchen, es war nicht nötig, daß ich mir noch heute abend Gedanken darum machte. Ich hing den Text wieder an seinen Platz und nahm die rituelle Handlung vor, die bei jeder Heimkehr an erster Stelle stehen sollte: Ich setzte den Wasserkessel auf.

6

Nachdem ich Tee getrunken und meinen Proviant in der Küche verstaut hatte, breitete ich auf dem Tisch eine Zeitung aus und schüttete den Inhalt der zweiten Vase darauf.

Zum Vorschein kamen eine Menge kleiner Zettel, zwei Wäscheklammern, ein eingewickelter, sicher längst ungenießbarer Bonbon, drei Sicherheitsnadeln und ein Fingerhut. Das war alles. Kein Schlüssel.

Als nächstes durchsuchte ich die Schubläden des Sideboards, mit demselben Ergebnis. Kein Schlüssel.

Ich sah mich um. Die Tischschublade. Der große Schrank in dem Alkoven rechts vom Kamin. Noch zwei Vasen auf dem Kaminsims und unzählige andere Stellen, wo ein winziger Schlüssel versteckt sein könnte. Dazu kamen die hinteren Räume und die Schlafzimmer.

Die Suche erschien mir ziemlich sinnlos. Ich hatte sowieso den Verdacht, daß Großmutter den Schlüssel mit nach Strathbeg genommen und es dann vergessen hatte. Ich konnte mir gut vorstellen, wie sie ihn in der Hektik des Umzugs rasch in ein Fach des riesigen Beutels gesteckt hatte, den sie ihre Handtasche nannte. Darin trug sie stets alles Mögliche mit sich herum, angefangen von ihrem Portemonnaie und wichtigen Papieren wie Lebensmittelkarten und Ausweis über Pillen und Brille bis zu ihrem Strickzeug, dem Gebetbuch und noch ein paar anderen lebensnotwendigen Dingen.

Ich nahm meine Reisetasche und ging durch die dem Kamin gegenüberliegende Tür in das enge Treppenhaus. Am Ende der steilen Treppe stand Großmutters geliebte Uhr, eine schmale, hohe Standuhr. Ich erinnerte mich noch genau, wie ihre wohlklingenden Schläge die langen Tage meiner Kindheit in kleine Abschnitte unterteilt hatten.

Mein Schlafzimmer war ganz bestimmt kleiner geworden. Zwei Schritte nur brauchte ich von der Tür zu dem eisernen Bettgestell an der Wand, drei von dort zu dem Fenster in dem Alkoven unter der schräg abfallenden Decke. Es war schwer zu glauben, daß ich dieses Zimmerchen mit meiner Mutter geteilt hatte. Es war ihr Schlafzimmer gewesen, bis Tante Betsy zu uns zog. Großmutter hatte ihrer Schwester den größeren der beiden vorderen Räume gegeben, während sie selbst sich mit dem winzigen rückwärtigen Zimmer begnügte, in dem bis dahin ich geschlafen hatte.

Ich stellte meine Tasche auf den Boden und trat zum Fenster. Um hinaussehen zu können, mußte ich mich bücken. Im Alkoven stand ein Hocker, und ich kniete mich darauf und öffnete das Fenster.

Abgesehen von dem Unkraut und den wildwuchernden Rosenbüschen im Garten hatte sich nichts verändert. Der Bach war hier relativ breit und floß ruhig unter der Brücke hindurch. Noch immer wuchsen an seinen Ufern Weiden und Ulmen, wilde Rosen, Butterblumen und Gefleckter Aronstab. Der vertraute Ruf einer Ringeltaube klang zu mir herüber.

Eine Frau überquerte die Brücke und näherte sich dem Haus. Sie war mir wohlbekannt, es war meine Patin Mrs. Pascoe, die mit meiner Mutter befreundet gewesen war und in der Hall ausgeholfen hatte, wenn dort Gäste logierten. Sie war einige Jahre älter als Lilias gewesen, also mußte sie jetzt auf die Fünfzig zugehen. Eine praktisch veranlagte, gutmütige Frau, die immer die Ruhe und den Überblick behielt – in der manchmal äußerst hektischen kleinen Welt einer überfüllten Küche eine besonders wertvolle Eigenschaft.

Ich ging hinunter und öffnete ihr die Tür.

»Tante Annie, wie schön, dich zu sehen!« Wir umarmten uns herzlich. »Komm herein! Vielen Dank für die Willkommensgrüße. Ich habe schon Tee getrunken, gleich nachdem ich angekommen bin, aber das Wasser ist schnell heiß, wenn du auch eine Tasse möchtest ...«

»Nein, meine Liebe, danke. Ich bleib' nur einen Moment. Eigentlich wollte ich nur sehen, ob du schon da bist.

Ich dachte mir, daß du wahrscheinlich mit diesem Zug kommst. Aber laß dich anschauen. Gut siehst du aus, Kathy. Ein bißchen verändert, aber das ist ja auch kein Wunder. Wie viele Jahre haben wir uns nicht gesehen? Sechs? Sieben?«

»Es sind tatsächlich schon beinahe sieben. Aber du hast dich überhaupt nicht verändert, du siehst keinen Tag älter aus! Wie geht es deinem Mann? Und Davey?« Davey war ihr Sohn, der auch Tischler geworden war und bei seinem Vater arbeitete. Er war etwa so alt wie ich, und wir waren zusammen auf der Grundschule im Dorf und später auch auf derselben Oberschule gewesen.

»Oh, denen geht's gut, wie immer. Beide durch nichts unterzukriegen. Aber was ist mit deiner Großmutter? Sie hörte sich nicht so gut an, als sie mich das letzte Mal angerufen hat.«

»Ja, das glaube ich, sie hat eine schwierige Zeit hinter sich. Erst bekam sie eine Grippe und dann noch irgendwelche Magenprobleme. Sie war zum Auskurieren im Krankenhaus, dabei haben sie auch gleich ein paar Untersuchungen gemacht. Als ich losfuhr, lagen leider noch keine Ergebnisse vor. Hat sie dich vom Krankenhaus aus angerufen? Inzwischen ist sie wieder zu Hause, aber sie soll noch ein paar Tage im Bett bleiben. – Möchtest du dich nicht doch setzen, Tante Annie?«

»Na gut, aber nur ganz kurz. Ich wollte eigentlich nur sehen, ob du alles hast, was du brauchst.«

»Das habe ich, danke. Für heute abend habe ich genug zu essen mitgebracht, und morgen gehe ich ins Dorf. Danke auch für die Milch und den Tee – Großmutter hat mir gesagt, daß du herkommen und das Haus in Ordnung bringen würdest; es war wunderbar, hier alles so frisch und sauber vorzufinden. Man könnte denken, daß wir nie fortgewesen wären! Ich hoffe, du hattest nicht allzuviel zu tun.«

»Nein, nein, es war überhaupt nicht schlimm. Ich war sowieso einmal im Monat hier, um alles durchzulüften, damit das Haus nicht feucht wird. Also mußte ich nur ein paar Spinnen rausjagen, und dort neben dem Kamin war etwas Putz abgefallen. Aber sonst ist alles in gutem Zustand, sieh dir die Decke an, sie ist vollkommen in Ordnung.«

Sie zeigte nach oben, und ich richtete den Blick zur Decke, aber meine Gedanken waren anderswo. Mir war das kleine Rechteck ohne Putz an der Wand hinter dem Bibelspruch vom ›Unsichtbaren Gast‹ eingefallen. Tante Annie hatte das Bild sicher nicht abgenommen und davon nichts bemerkt. Wenn sie jedoch alle paar Wochen hier war und den Putz erst jetzt entdeckt hatte, konnte er auch erst in den letzten Wochen abgefallen sein. Ein ziemlich unangenehmer Gedanke.

»Wie lange hast du vor zu bleiben?« fragte sie.

»Hm? Oh, nicht lange. Ich bin nur hier, um Großmutters Sachen zusammenzupacken und den Umzug zu veranlassen. Du weißt ja wahrscheinlich, daß sie sich entschlossen hat, in Strathbeg zu bleiben? Ich glaube kaum, daß sie jemals wieder hierherkommt.«

»Ja, jedenfalls hat sie gesagt, daß sie ein paar von ihren eigenen Möbeln um sich haben möchte. Nun, Hauptsache, sie fühlt sich dort zu Hause. Weißt du, Liebes, vielleicht trinke ich doch eine Tasse Tee? Wenn du noch eine mittrinkst?«

Während wir bei dem frisch aufgebrühten Tee saßen, erzählte ich ihr von Großmutter, ihrer Nachbarin Kirsty, ihrem neuen Haus in Strathbeg und von den Brandons. Dann sprachen wir über den Umzug, und es stellte sich heraus, daß Tante Annie schon mit ihrem Mann darüber gesprochen hatte. Er kannte eine Umzugsfirma in Sunderland, die er mir empfehlen würde.

»Und ich und Davey können dir beim Packen helfen, das heißt, wenn Davey Zeit hat.«

»Er und dein Mann arbeiten jetzt in der Hall, nicht? Lady Brandon hat mir erzählt, daß sie wenigstens ein paar Zimmer für sich behalten wollen, die gerade umgebaut werden.«

»So ist es. Es wird sehr hübsch werden, dieser Teil für die Brandons, und ich freue mich, daß sie dann ab und zu hier sein werden. Todhall ist nicht mehr wie früher ohne sie. Ich habe gehört, daß Sir James wahrscheinlich nicht viel Zeit hier verbringen wird, aber Lady Brandon hat das Haus immer sehr geliebt, und ich kann mir auch vorstellen, daß Miß Margery bestimmt gerne mit den Kindern herkommt.«

»Hast du etwas von den Plänen für Rose Cottage gehört?«

Darüber wußte sie nichts. Eine Baufirma aus Darlington war engagiert worden, um den Umbau der Hall in ein Hotel vorzunehmen. Doch auch dabei hatten die Brandons zur Bedingung gemacht, daß so weit wie möglich Handwerker aus dem Dorf beschäftigt werden sollten.

»Das ist ja auch vernünftig«, sagte Mrs. Pascoe, »keiner weiß mehr über die Innereien des alten Hauses als mein Jim. Und was die Installationen angeht, da gibt es keinen Besseren als Peter Brigstock.« Sie setzte ihre Tasse ab. »Aber nun zu dir, Liebes. Ich wollte dir eigentlich gleich sagen, wie leid es mir tut, daß du deinen Mann verloren hast. Uns allen hier tut es leid. Er war Flieger, nicht?«

»Ja, bei einer Bomberstaffel. Ihr Auftrag war fast beendet, noch viermal hätten sie ausfliegen müssen. Aber so war es nun mal, man muß es hinnehmen. Es kommt mir vor, als sei es schon ewig her. Wir hatten nicht viel Zeit zusammen, aber während dieser Zeit waren wir glücklich.«

»Eine furchtbare Geschichte. Wir waren alle entsetzt, als wir davon gehört haben. Aber deine Großmutter hat gesagt, er hat dir etwas hinterlassen? Ich meine, finanziell? Nun, das freut mich für dich. Und du wohnst jetzt in London und hast eine neue Arbeit?«

»Ja, aber nichts Besonderes. Eine Freundin besitzt dort eine große Gärtnerei und hat mir eine Arbeit angeboten. Ich verdiene nicht viel, aber es macht mir Spaß. Und das ist die Hauptsache, glücklicherweise bin ich ja nicht auf das Geld angewiesen.«

»Also hast du in London gar nicht mehr als Lehrerin gearbeitet?«

»Nein, das wollte ich nicht. Aber ich mußte mich irgendwie beschäftigen.« Mehr sagte ich dazu nicht. Sogar mir selbst gegenüber hatte ich nie zugeben wollen, wie groß die Leere war, die Jons Tod in meinem Leben hinterlassen hatte. Durch die Heirat war ein Gefühl der Zugehörigkeit entstanden, wir schmiedeten Pläne für die Zukunft, mein Leben hatte von nun an einen klar erkennbaren Sinn. Ein Bedürfnis war befriedigt, das wohl in den meisten Menschen wie eine Art Urinstinkt schlummert: eine eigene warme Höhle zu haben und eine Familie, die sich um das Feuer schart. Abgesehen von dem Schmerz, den ich über Jons Tod empfand, hatte er mich auch sozusagen wieder zurück in die Welt gestoßen. Nun mußte ich erneut meinen eigenen einsamen Weg gehen, ohne recht zu wissen, welche Richtung ich einschlagen sollte.

Ich schob meine Gedanken beiseite, um in die Gegenwart zurückzukehren. »Ich bin gespannt auf Todhall. Hat sich viel verändert?« fragte ich.

»Eigentlich nicht. Das Dorf hatte Glück im Krieg. Aber das hat deine Großmutter dir sicher schon erzählt.«

»Sie hat mir erzählt, daß Arthur Barton einen Arm verloren hat und Sid Telfer umgekommen ist. Wie kommt Mrs. Telfer damit zurecht? Sie hatten drei Kinder, nicht wahr?«

»Es waren drei. Und jetzt sind es fünf, also je weniger man über sie sagt, desto besser.« In dem Moment fiel ihr wohl ein, daß sie mit einem ebenfalls unehelichen Kind sprach, denn ziemlich hastig schob sie ihre leere Tasse zurück und stand auf.

»Jetzt muß ich aber wirklich gehen. Ich hab' gestern mit Ted Blaney gesprochen – du erinnerst dich doch an Ted Blaney von der Swords Farm? Er kommt morgen früh bei dir vorbei, dann hast du frische Milch. Bestimmt bringt er dir auch gerne etwas aus dem Dorf mit, wenn du möchtest.«

»Oder vielleicht kann er mich mit ins Dorf nehmen? Das hat er früher immer getan.«

»Ich bin sicher, daß er es noch immer gerne tut«, sagte sie und lächelte plötzlich. »Aber du weißt ja, daß es hier nicht wie in London ist. Sein Wagen ist normalerweise halb voll Stroh, und oft hat er noch ein oder zwei Hühner in einer Kiste mit. Aber du wirst dich gut machen da drauf. So, ich geh' jetzt wieder zur Hall. Ich bin fast jeden Tag da. Im Moment arbeiten dort nur Jim und Davey. Komm doch einfach mal vorbei, wenn du Lust hast, dann kannst du dir alles anschauen.«

»Ja, das mach' ich gerne, danke.«

Ich brachte sie zur Gartentür, wo ich noch einen Moment stehenblieb und ihr nachsah, wie sie die Brücke überquerte. Auf der anderen Seite des Baches führte ein Weg zwischen den Feldern entlang und in den kleinen Wald, der direkt an den Park des Gutshauses grenzte. Durch den mit einer Mauer umgebenen Gartenteil gelangte man dann in die rückwärtigen Bereiche der Hall. Das war der Weg, den mein Großvater zur Arbeit gegangen war, und auf dem ich ihn als kleines Kind unzählige Male begleitet hatte.

Tief atmete ich den Duft der Rosen ein, bevor ich wieder das Haus betrat. Dort blieb ich einen Moment vor dem versteckten Safe stehen, zuckte dann jedoch nur die Achseln und ging in mein Schlafzimmer, um meine Sachen auszupacken.

7

So sehr ich mich auch bemühte, ich konnte meine Neugier nicht unterdrücken. Schnell packte ich meine wenigen Sachen aus, füllte heißes Wasser in die Wärmflasche, die in dem frisch bezogenen Bett lag, und ging dann zu dem Werkzeugschuppen hinterm Haus.

Die kleine Holzhütte mit nur einem Fenster war ein Ort, den mein Großvater immer besonders gemocht hatte. Unter dem Fenster stand eine stabile Werkbank, an der Wand gegenüber befanden sich eine Reihe langer Nägel, an der die großen Gartengeräte wie Harke, Spaten, Hacke und Heugabel hingen. Wir bewahrten hier nur die wichtigsten Sachen auf, wenn Großvater etwas Besonderes brauchte, lieh er es sich in der Hall aus. In einem Regal unter dem Fenster lagen Hecken- und Gartenschere, eine Kelle, ein Fuchsschwanz und noch einige andere Dinge. Unter der Bank befanden sich in einem metallenen Werkzeugkasten Hammer und Meißel, Kneifzange, Schraubenzieher und Schachteln mit Nägeln und Schrauben. Die Schubkarre stand draußen unter einem Dachvorsprung. Einen Rasenmäher besaßen wir nicht; es gab keinen Rasen.

Mein Großvater hatte diesen Schuppen immer liebevoll in Ordnung gehalten, aber als ich ihn jetzt betrat, war er so aufgeräumt wie noch nie: er war leer. Kein einziges Werkzeug befand sich mehr darin, auch der Werkzeugkasten war verschwunden. Die Tür war verschlossen gewesen, und ich hatte den Schlüssel an seinem üblichen Platz in der hinteren Küche gefunden. Es gab keinerlei Anzeichen dafür, daß sich jemand an dem Schloß zu schaffen gemacht hatte. Ich trat hinaus; die Schubkarre war noch da.

Es konnte natürlich sein, daß Großmutter die Sachen verkauft oder verschenkt hatte, als sie nach Schottland gezogen war. Ich machte mir erst einmal keine Sorgen darum, aber zum Öffnen der Safetür brauchte ich nun einmal ein anderes Werkzeug als nur ein Küchenmesser. Und mittlerweile wurde ich ungeduldig. Ich sah auf die Uhr. Halb sechs. Ich konnte zur Hall gehen und mir die Werkzeuge leihen, die ich brauchte. Wenn dort noch immer ein Gärtner arbeitete, war er wahrscheinlich schon um fünf Uhr gegangen und das Tor in der Gartenmauer verschlossen. Aber ich wußte, wo der Schlüssel lag. Rasch zog ich mir eine Jacke über und machte mich auf den Weg.

Es war ein merkwürdiges Gefühl, den altvertrauten Weg entlangzugehen: über die Brücke, dann durch das kleine Waldstück, das an den Park des Gutshauses grenzte, und über eine Lichtung zu dem Torbogen in der hohen Mauer des Gemüsegartens. Das schöne, schmiedeeiserne Tor, eine fast hundert Jahre alte Arbeit des damaligen Dorfschmiedes, war tatsächlich verschlossen.

Noch bevor ich an der mir bekannten Stelle in der Mauer hinter dem wilden Wein nach dem Schlüssel tasten konnte, öffnete sich das Tor, und ein junger Mann kam heraus. Er schob ein Fahrrad, und nach seiner Kleidung zu urteilen, war er ein Arbeiter. Außerdem war er das, was mein Großvater immer einen ›gutaussehenden jungen Mann‹ genannt hatte. Er war etwa so alt wie ich und hatte volles braunes Haar und graue Augen. Sein Anblick rief mir das Bild des ruhigen, klugen Siebzehnjährigen in Erinnerung, der in derselben Klasse wie ich gewesen war.

Als er mich sah, blieb er stehen. »Suchen Sie jemanden? Ich bin der letzte. Alle anderen sind schon um fünf gegangen.«

»Ich ... du bist doch Davey, stimmt's?«

»Ja, aber ... Einen Moment, du bist Kathy, Kathy Welland. Mutter hat gesagt, daß du hier bist. Also ...« Er sprach nicht weiter, sah mich nur von oben bis unten an.

»Hättest du mich nicht erkannt?« Ich hörte selbst, daß in meiner Stimme eine Spur Wehmut mitschwang. An diesem Ort hatte ich als Kind so viele Stunden mit meinem Großvater verbracht, so viel von dem gelernt, was ich später in der Welt brauchte. Und manchmal hatte ich hier auch mit dem Jungen gespielt, der mir jetzt gegenüberstand, wenn nämlich sein Vater auch gerade in der Hall zu tun gehabt hatte. Die Bilder einer glücklichen Kindheit riefen eine überwältigend starke Empfindung in mir hervor. Ein Teil dieser Erinnerung war Davey, der mir so verändert gegenüberstand und mich nun mit einer Mischung aus freundlicher Überraschung und Reserviertheit ansah.

Sogar meine Stimme reagierte wie ein Echo auf die Impulse früherer Zeiten; etwas von dem ländlichen Klang schwang darin mit, den ich mir schon seit Jahren abgewöhnt hatte. Kate Herrick oder Kathy Welland? Welche von beiden war ich? Welche wollte ich sein?

»Klar hätte ich dich erkannt«, sagte Davey. »Die Sonne steht nur genau hinter dir, und du hast anders gesprochen als früher. Aber jetzt, wo ich dich richtig sehe, würde ich dich überall erkennen.« Er lächelte. »Schön, dich wiederzusehen, Kathy. Ist in Rose Cottage alles in Ordnung?«

»Ja, danke. Wo gehst du hin?«

»Zum Bahnhof, ein Paket für meinen Vater abholen. Wir können zusammen gehen, wenn du möchtest. Wolltest du etwas Bestimmtes hier, oder machst du nur einen Spaziergang? Mutter hat gesagt, daß du irgendwann vorbeikommen würdest, aber sie ist schon mit Vater im Wagen nach Hause gefahren.«

»Eigentlich bin ich hergekommen, um mir einen Hammer und einen Meißel auszuleihen. Das Werkzeug aus unserem Schuppen ist verschwunden. Wenn du einen Moment wartest, dann hole ich sie schnell.«

»Oh, deswegen brauchst du nicht extra reinzugehen. Ich hab' mein Werkzeug dabei und kann dir alles leihen. Wofür brauchst du's denn? Mutter hat gar nicht gesagt, daß etwas zu reparieren ist.« Jetzt sah ich, daß auf dem Fahrrad eine Werkzeugtasche befestigt war. Er war schon dabei, sie zu öffnen, und drehte sich mit einem Meißel in der Hand wieder zu mir um. »Ist der richtig? Wofür brauchst du ihn? Wenn du möchtest, komm' ich mit rein und bring's in Ordnung.«

Ich nahm den Meißel. »Danke, der ist gut. Aber ...« Ich hielt inne. Der Meißel kam mir bekannt vor, und tatsächlich – auf dem Griff waren die Initialen H. W. eingebrannt!

Fragend blickte ich Davey an, der verschmitzt grinste. Dadurch sah er um Jahre jünger aus und glich verblüffend dem Jungen, den ich gekannt hatte, bevor die Zeit und die Kriegsjahre uns beide verändert hatten.

Davey nickte. »Genau, nun weißt du, wo euer Werkzeug geblieben ist. Hättest du dir eigentlich denken können. Deine Großmutter hat es mir überlassen. ›Und sieh zu, daß du etwas Nützliches damit anfängst, Junge‹, hat sie zu mir gesagt. Du weißt ja, wie sie redet. Aber natürlich kannst du alles haben, was du brauchst, ist ja klar.«

»Nein, nein, ich brauche nichts. Nur für diese eine Sache, und ... Ich traf eine Entscheidung. »Okay, Davey, es wäre schön, wenn du mir helfen könntest. Natürlich nur, wenn du Zeit hast. Laß uns schon mal losgehen, dann erzähl' ich dir unterwegs, wozu ich die Sachen brauche.«

Davey ging neben mir und schob sein Fahrrad, und ich erzählte ihm von dem Safe. »Sachen wie Großvaters Uhr und Orden sind drin, und ein paar Schmuckstücke von Großmutter und Familiendokumente. Ich wußte überhaupt nie davon, und ehrlich gesagt glaube ich, daß auch Großmutter ihn ganz vergessen hatte. Wahrscheinlich fiel er ihr erst wieder ein, als sie hörte, daß das Haus vielleicht umgebaut wird.«

»Wir holen die Sachen raus, kein Problem. Aber gab es denn keinen Schlüssel?«

»Schon, aber sie hat vergessen, wo sie ihn versteckt hat. Ja, und dann ist da noch etwas sehr Merkwürdiges. Ich habe das Bild abgenommen, und der Safe liegt frei. Großmutter hat aber gesagt, daß er verputzt und mit Tapete überklebt war. Irgend jemand muß also drangewesen sein, aber ich konnte nicht erkennen, ob die Tür geöffnet worden war oder nicht. Falls ja, dann jedenfalls mit dem Schlüssel, denn sie war wieder verschlossen.«

»Hm. Hört sich wirklich merkwürdig an. Jetzt verstehe ich, daß du unbedingt Bescheid wissen willst.« Nach einer Pause fügte er hinzu: »Könnte es nicht sein, daß deine Großmutter selbst doch noch einmal an dem Safe gewesen ist und es wieder vergessen hat?«

»Daran habe ich auch schon gedacht. Aber deine Mutter hat mir eben erzählt, daß auf dem Fußboden ein bißchen

Putz lag, und der muß ja dann erst vor kurzem heruntergefallen sein.«

»Aber der Putz könnte lose gewesen sein. Ich meine, vielleicht ist jemand vor langer Zeit drangewesen, und erst jetzt hat sich der Putz gelöst. Na, wir werden's gleich wissen. Ich nehme an, du hast schon nach dem Schlüssel gesucht?«

»Ja, aber nicht sehr gründlich. Er muß sehr klein sein – das Schlüsselloch ist winzig –, Großmutter kann ihn überall hingelegt haben. Deswegen wollte ich versuchen, die Tür aufzustemmen. Langsam werde ich doch ungeduldig, und Großmutter wird den Safe ja nicht mehr brauchen.«

Wir waren bei der Brücke angekommen. Mitten auf der Treppe blieb er mit dem geschulterten Fahrrad stehen. »Also stimmt es, was Mutter gesagt hat? Ihr geht für immer aus Todhall weg?«

»Ja. Großmutter will offenbar in Strathbeg bleiben, und ich habe jetzt in London eine Arbeit, die mir gefällt. Aber wenn es nötig wäre, würde ich sie auch aufgeben und nach Schottland ziehen, um mich um Großmutter zu kümmern. Rose Cottage wird doch sowieso verkauft oder umgebaut, nicht wahr?«

»Bisher weiß hier niemand genau, was damit werden soll.« Er trug sein Fahrrad den Rest der Treppe hoch und schob es über die Brücke. »Jedenfalls hast du recht, es macht bestimmt nichts aus, wenn wir den Safe aufbrechen. Oder möchtest du, daß ich erst meinen Vater frage, ob er vielleicht noch einen Schlüssel hat? Hört sich an, als hätte er oder eher noch mein Großvater dieses Versteck eingebaut. Aber wenn du's eilig hast«, fügte er fröhlich hinzu, während er sein Fahrrad neben dem Gartentor abstellte, »öffnen wir ihn lieber gleich. Ist sicher kein Problem.«

»Wann mußt du am Bahnhof sein?«

»Das ist egal. Das Paket wird im Büro hinterlegt, und dort ist jemand, bis der letzte Zug kommt.« Er folgte mir ins Haus, legte seine Werkzeugtasche auf den Tisch und sah zu, wie ich den Unsichtbaren Gast abhängte.

»Hmhm.« Nachdenklich sah er auf das metallene Rechteck in der säuberlich durchtrennten Tapete. »Und meine Mutter hat gesagt, daß hier unten Putz lag?«

»Ja. Davey, könnte es sein, daß jemand aus dem Dorf etwas von dem Safe gewußt hat? Ich meine, wenn jemand dran war, dann auf jeden Fall mit einem Schlüssel, und ...«

Ich hielt inne. Er hatte sich mir zugewandt, und seine Haltung glich genau der des jungen Davey, wenn er sich auf dem Schulhof für eine Rauferei bereitmachte.

»Jetzt hör mal gut zu, Kathy Welland! Ich hab' dir doch eben gesagt, wenn dein Großvater diesen Safe hat einbauen lassen, dann wird es wahrscheinlich mein Großvater gewesen sein, der das getan hat. Und wenn niemand davon wissen sollte, dann kannst du drauf wetten, daß mein Großvater auch niemandem davon erzählt hat. Vielleicht weiß es noch mein Vater, denn der hat alle Geschäftsunterlagen, auch die von früher; aber mir hat er nie etwas davon gesagt, und meiner Mutter ganz sicher auch nicht. Und wenn er einen Ersatzschlüssel hat ...«

»Davey! Das habe ich nicht gemeint, wirklich nicht! Ich würde gar nicht auf die Idee kommen, daß einer von deiner Familie etwas damit zu tun hat. Vielleicht war es tatsächlich Großmutter selbst, weil sie noch irgend etwas hineinlegen wollte oder so. Dann hat sie es wieder vergessen und mir deshalb auch nichts gesagt.«

»Das glaube ich nicht.« Er klang besänftigt. »So lange ist es nicht her, daß da jemand dran war. Sieh dir mal die Ränder von dem Putz an.« Mit dem Daumen fuhr er über den Rand des Rechtecks. Trockene Putzkörnchen rieselten zu Boden.

»Hm, na gut. Was meinst du, wenn dein Vater vielleicht einen Schlüssel hat, wäre es dann nicht einfacher, zu warten und ihn erst danach zu fragen?«

»Findest du?« Plötzlich breitete sich ein Grinsen auf seinem Gesicht aus. »Das hältst du doch nie aus, bis morgen zu warten. Also laß uns an die Arbeit gehen, okay?«

»Okay.«

Eine Weile hantierte er mit dem Meißel neben dem Schloß, dann trat er zurück und schüttelte den Kopf. »Die Tür sitzt so dicht, ich komm' mit dem Meißel nicht ran. Ich muß es aufbrechen. Ist das in Ordnung?«

»Ja.«

Er hielt den Meißel an den Türrand und schlug ein paarmal kräftig mit dem Hammer darauf. Die Tür schwang auf. Davey murmelte etwas und trat zurück.

Obwohl es nicht unerwartet kam, durchfuhr mich doch ein Schrecken. Der Safe war leer.

Davey faßte in Worte, was ich nicht sagen mochte, nachdem er eben so aufbrausend reagiert hatte.

»Also *hat* jemand einen Schlüssel gehabt.«

»Vielleicht war es doch Großmutter – o nein, der Putz. Na dann«, sagte ich, und dabei war mir gar nicht wohl, »ist doch klar, was passiert sein muß, oder? Jemand hat sich im Haus aufgehalten, vielleicht Landstreicher oder so. Sie haben hier übernachtet, dann haben sie zufällig den Schlüssel gefunden und versucht, ob er zu dem Safe paßt.«

»Dann hätten sie erst einmal wissen müssen, daß er hinter dem Bild war.«

»Vielleicht haben sie einfach alles durchsucht und ihn dabei entdeckt.«

»Er war doch mit Tapete überklebt.«

»Ach so, ja, du hast recht. Mein Gott, das ist ja furchtbar. Was soll ich Großmutter sagen? Und was machen wir jetzt?«

»Sag deiner Großmutter besser erst einmal überhaupt nichts. Aber ich finde«, sagte Davey langsam, »daß wir es meinem Vater erzählen sollten.« Mir fiel auf, daß auch er ganz selbstverständlich ›wir‹ sagte. »Also erst einmal frage ich ihn, ob er von dem Safe gewußt hat und ob es noch einen Schlüssel gab. Dann spreche ich noch mal mit Mutter wegen dem Putz auf dem Boden.«

Er drückte die Safetür zu, so gut es ging, und hing den

Unsichtbaren Gast zurück. »Und Landstreicher waren es ganz bestimmt nicht. In den letzten fünf Monaten bin ich bestimmt zweimal die Woche abends hier mit dem Fahrrad vorbeigekommen, weil ich drüben auf Swords Farm zu tun hatte. Ich habe nie jemanden gesehen. Außerdem hätte Mutter gemerkt, wenn jemand im Haus gewesen wäre. Du brauchst also keine Angst zu haben, aber falls du ...

»Ich hab' keine Angst. Wirklich nicht. Ich hab' nur versucht, irgendeine Erklärung zu finden. Allerdings, wenn es Diebe gewesen wären, dann hätten sie die Sachen genommen, die vielleicht ein bißchen was wert waren, aber doch nicht die Familienpapiere. Die hätten sie einfach in den Kamin geworfen oder so. Warte mal ...« Ich ließ mich auf die Knie nieder und nahm die von Mrs. Pascoe sorgfältig aufgeschichteten Holzscheite auseinander. »Nein, nur Zeitungspapier. Irgendwie ist das schon sehr merkwürdig. Wieso haben sie alles so sauber hinterlassen? Keine Spur von dem Stück Tapete, nur dieses bißchen Putz ...« Ich stand wieder auf. »Na ja, im Moment können wir nichts weiter tun. Aber vielen Dank, Davey, und mach dir keine Sorgen um mich. Mir geht's gut, wirklich.«

»Na gut, wenn du meinst. Dann gute Nacht.«

Als er gegangen war, saß ich noch eine Weile in Gedanken versunken auf einem Stuhl. Dann schichtete ich die Holzscheite wieder aufeinander und zündete sie an. Der helle, bewegte Schein der Flammen ließ das Zimmer lebendig erscheinen und kam mir fast wie eine Art Gesellschaft vor. Zu Hause. Es war lange her, daß ich vor diesem Kamin gesessen hatte, aber im Moment fühlte ich mich, als sei es gestern gewesen. Ich aß etwas, dann holte ich mein Buch, das ich für die Zugfahrt mitgenommen hatte. Es fiel mir schwer, mich zu konzentrieren, immer wieder erschien das Bild des leeren Safes vor meinen Augen. Als die Uhr auf dem Treppenabsatz elf schlug, ging ich schlafen.

8

Am nächsten Morgen war ich sehr früh auf. Während ich noch beim Frühstück saß, hörte ich, wie sich ein Pferdewagen dem Haus näherte. Ich ging hinaus. Gerade sprang der Bauer, Mr. Blaney, von seinem Wagen herab. Er öffnete das Gartentor und kam auf mich zu, in der Hand einen Drahtkorb mit Milchflaschen. Mr. Blaney war ein untersetzter, kräftiger Mann mittleren Alters, dessen sonnengebräuntes Gesicht wie aus Teakholz geschnitzt aussah.

»Guten Morgen. Schön, Sie wieder mal zu sehen. Wie geht es Ihnen?«

»Guten Morgen, Mr. Blaney. Mir geht's gut, danke. Und Ihnen?«

»Kann nicht klagen. Und Mrs. Welland?«

»Sie hatte eine Erkältung, aber es geht ihr schon wieder besser. Ich richte ihr aus, daß Sie nach ihr gefragt haben.«

»Tun Sie das. Wieviel soll es denn sein?«

»Habe ich eine Wahl? In der Stadt bekommen wir nur festgelegte Rationen.«

»Hier nicht, nein. Reicht Ihnen ein halber Liter? Und dann vielleicht noch zwei, drei frische Eier? Ich habe welche im Wagen. Und Ihren Koffer hab' ich auch, hab' ihn vom Bahnhof mitgebracht. Mr. Harbottle hat gesagt, ich könnte ihn doch gleich für Sie mit nach Hause nehmen.«

Nach Hause? *Als wär' es heut', erinnr' ich mich ...* Aber ich war nur einige Tage hier, nur um Großmutters Sachen zu packen. Dann würde ich mein Geburtshaus wieder verlassen, auch wenn es mich schon jetzt mit seiner altvertrauten Atmosphäre wie in einen weichen, warmen Kokon einzuspinnen schien. Doch ich hatte jetzt anderswo eine Arbeit, ich lebte an einem anderen Ort, an den ich bald zurückkehren würde. Hier gab es nichts, was mich hielt, nicht für Kate Herrick.

Ich dankte Mr. Blaney und sagte ihm, daß ich gerne zwei Eier nehmen würde. In aller Ruhe erkundigte er sich nach

innerte mich, daß die Pope-Schwestern äußerst interessiert an allem waren, was im Dorf vorging. Jedenfalls hätten sie selbst es so ausgedrückt. Die Dorfbewohner beschrieben sie weniger freundlich; für die einen waren sie kurz und bündig die neugierigen alten Tanten, andere meinten, sie würden sich in alles einmischen, was sie nichts anging. Neugierig waren sie bestimmt, aber Miß Mildred, die jüngere Schwester, mischte sich immer nur mit den besten Absichten in die Angelegenheiten anderer Leute ein. Die beiden waren einfach in einer Zeit aufgewachsen, wo man an die Armen, die es verdienten, aus Mildtätigkeit Ratschläge und Suppe verteilte. Und trotz der zweifelhaften Lebensführung meiner Mutter hatte unsere Familie für sie in diese Kategorie gehört und war manches Mal froh darüber gewesen. Ich hatte Miß Mildred immer gemocht; sie war so herzensgut, daß ihre Mildtätigkeit sogar Tante Betsy einschloß. Die ältere Schwester war praktischer veranlagt, sie arbeitete in Sunderland und hatte dort passenderweise eine leitende Stelle bei einer Wohltätigkeitsorganisation inne.

Rose trottete zu der zweiten Gartentür weiter, senkte ihren Kopf und begann, das hochgewachsene Gras des Seitenstreifens abzurupfen. Offenbar erwartete sie hier keinen Keks. Die Vorhänge in Miß Linseys Haus waren noch zugezogen. Miß Linsey war einer ganz anderen Kategorie zuzuordnen als die beiden anderen Damen. Sie war eine Mystikerin. Man sah sie häufig mit den Bäumen und den Wolken reden, und sie selbst, aber auch einige andere waren überzeugt, daß sie die Gabe des Zweiten Gesichts besaß. Als Kind hatte ich Angst vor ihr gehabt, und auf dem Heimweg von der Schule war ich das Stück an ihrem Haus vorbei immer gerannt. Wir Kinder hatten unseren eigenen Namen für die Jungfernecke, wir nannten sie Hexenecke.

Mr. Blaney tauschte die leere Milchflasche vor der Haustür gegen eine volle aus, und wir fuhren weiter. Bald darauf tauchte am Rand der Straße die Friedhofsmauer auf. Als wir am ersten Haus des Dorfes hielten, stieg ich ab. Ich dankte Mr. Blaney für die Mitfahrgelegenheit und tätschelte Rosy den Hals. Sie ignorierte mich; schließlich hatte ich auch keinen Keks mehr. Dann ging ich schnellen Schritts über den Dorfanger auf meine erste Station zu. Es war das Pfarrhaus.

Todhall war ein Dorf mit etwa zweihundert Seelen, das sich um einen Dorfanger mit der Kirche im Mittelpunkt scharte. Zu beiden Seiten des Rasens lagen die Häuser bunt verstreut, darunter der einzige Pub namens Black Bull, das Postamt, ein Laden, in dem man so ziemlich alles kaufen konnte, das Pfarrhaus und die Schmiede, über der sich im selben Haus Mr. Pascoes Tischlerei befand. Dazwischen lagen Wohnhäuser, Gärten und kleinere Gutshöfe. Nur am südlichen Ende des Dorfes, wo Mr. Blaney mich abgesetzt hatte, gab es zwei moderne Gebäude, die dem ansonsten recht malerischen Charakter des Dorfes nicht entsprachen: die Schule und das Gemeindehaus. Gleich daneben verlief die unverputzte Ziegelsteinmauer des neuen Friedhofs.

Die Kirche war in normannischem Stil erbaut, mit allen entsprechenden Merkmalen und einem perfekten Kreuzrippengewölbe im Mittelschiff. Schon als Kind hatte ich das gewußt, konnte damals allerdings noch nicht verstehen, was daran Besonderes war. Wilde Rosen überwucherten die Steinmauer des kleinen alten Friedhofs neben der Kirche, der im Schatten von hohen Ulmen lag. Auf dem Rasen des Dorfplatzes waren drei Ziegen und ein Esel angebunden und grasten, und neben dem kleinen Teich sonnte sich eine Schar weißer Gänse.

Alles war wie immer. Nichts hatte sich verändert, nichts würde sich jemals verändern. So schien es jedenfalls. Und genau wie ich es früher so oft getan hatte, ging ich auf die Tür des Pfarrhauses zu.

Auch dort sah alles aus wie in alten Zeiten. Allerdings kam mir das Haus heute nicht mehr wie ein riesiges Herrenhaus vor; so war es mir erschienen, als noch die Lockwoods darin wohnten und die kleine Kathy Welland zum ersten Mal hierherkam, um mit der Tochter des Pfarrers zu spielen. In Wirklichkeit war das Haus niedrig, kompakt und von einfacher Architektur. Doch verliehen ihm die weißverputzten Wände mit den grünen Fensterläden und die mit einem Spalier versehene, von großen Jasminsträuchern umstandene Veranda ein helles, charmantes Aussehen. Die Gartenmauer war fast vollständig von Efeu überwachsen. Als ich an der vorderen Gartentür vorbeiging, warf ich einen Blick in den hübschen, gepflegten Garten. Gerade flog eine Amsel schimpfend aus einem Gewirr von Blättern auf; und solange ich mich erinnern konnte, war genau an derselben Stelle jedes Jahr ein Amselnest gewesen.

Ich ging nicht durch die vordere Tür, das hatte ich niemals getan. Statt dessen lief ich um das Grundstück herum, stieß die hintere Gartentür auf und betrat den Hof. Hier befanden sich der Hühnerstall mit einem großen Auslauf und der Käfig, in dem Prissy ihre Kaninchen gehalten hatte. Der Käfig war leer, aber Hühner gab es noch; sie waren eifrig dabei, ihr morgendliches Futter aufzupicken. Gerne wäre ich einen Moment stehengeblieben, um meinen Erinnerungen nachzuhängen. Aber hinter dem Küchenfester bewegte sich jemand, und schon wurde die Tür geöffnet. Ein junges Mädchen sah mich fragend an, während sie ihre Hände an der Schürze abwischte. Sie war vielleicht sechzehn Jahre alt, und ich erkannte sie nicht.

»Guten Tag«, begrüßte sie mich freundlich. »Haben Sie vorne geklingelt? Ich habe gar nichts gehört.«

»Nein, ich habe nicht geklingelt. Ich weiß, daß es noch sehr früh ist, aber ist der Pfarrer vielleicht zu Hause? Mr. Winton Smith ist sein Name, nicht wahr?«

»Ja, das ist richtig. Er ist leider nicht da, er ist vor einer Weile fortgegangen, um jemanden im Dorf zu besuchen. Mrs. Foster vom Postamt, sie ist krank gewesen. Aber Mrs. Winton Smith ist vorne im Garten. Soll ich sie holen, oder möchten Sie vielleicht selbst zu ihr gehen? Sie müssen durch diese Tür dort neben den Hühnern.«

Ich zögerte. »Nein, ich komme lieber später wieder. Was meinen Sie, wann wird der Pfarrer zu Hause sein?«

»Schwer zu sagen. Manchmal bleibt er bis zum Essen fort, das wäre um zwölf. Aber ich kann ihm ausrichten, daß Sie da waren. Wie ist Ihr Name?«

»Herrick, Mrs. Herrick. Ich glaube, er weiß, wer ich bin. Also dann sehen wir uns später. Und wie heißen Sie?«

»Ich bin Lil Ashby.«

Die Ashbys waren Bauern, deren Hof ein paar Kilometer jenseits des Bahnhofs lag. Ich erinnerte mich an Mrs. Ashby. Sie hatte manchmal Großmutter besucht und die Hall und uns mit Eiern und Geflügel versorgt.

»Also dann, Lily, vielen Dank für Ihre Hilfe.«

»Nichts zu danken. Aber eigentlich heiße ich nicht Lily, sondern Lil, das ist eine Abkürzung von Lilias. Mutter hat mich nach jemandem genannt, den sie kannte. Sie war sehr hübsch, hat sie gesagt, wie der Name.« Lil kicherte fröhlich. »Und der Name ist das Hübscheste an mir, das sagt sie auch. Was ist denn? Ist etwas nicht in Ordnung?«

»Nein, nein, schon gut. Ja, es ist wirklich ein hübscher Name, und er paßt gut zu Ihnen. Also Sie sind so nett und richten dem Pfarrer aus, daß ich da war? Ich komme später wieder. Auf Wiedersehen, Lil.«

Auf der Straße blieb ich stehen. Etwas weiter nach rechts stand ein Pferdewagen, dessen Deichsel in die Luft ragte. Aus der Schmiede hörte ich Hammerschläge und das Scharren von Hufen. »Hooh!« rief die Stimme des Schmieds.

Ich ging auf die offene Tür zu. Diesen Ort hatte ich immer geliebt. Als Kind war er für mich eine geheimnisvolle dunkle Höhle gewesen; von Zeit zu Zeit loderte das Feuer im Hintergrund auf, angefacht vom Blasebalg; der Klang der rhythmischen Hammerschläge mischte sich mit dem Zischen, wenn das Eisen ins kalte Wasser getaucht wurde; und beim Anpassen der Hufeisen roch es nach verbranntem

Horn. Ich mochte auch den Anblick des alten Schmiedes mit der Lederschürze und den schwieligen Händen, deren Bewegungen ruhig und sanft waren, die friedlichen Pferde mit ihrem glatten Fell, das glänzte wie feuchte Toffee-Bonbons, ihre klugen Augen, die Art, wie sie auf ein Wort des Schmieds hin ihre Füße hochholen und niemals die Nägel oder das heiße Eisen zu spüren schienen, ihre weichen zuckenden Nüstern, die am Hals des Schmieds schnupperten und ihm den Atem in den Nacken bliesen, während er arbeitete. Das alles war eine ganze Welt für sich. Und eine Welt, die leider bald für immer verschwunden sein würde.

Der Schmied beschlug gerade den Hinterhuf eines Clydesdale-Pferdes. Gebückt stand er dicht neben dem mächtigen kastanienfarbenen Rumpf und hielt das kräftige Bein des Tieres zwischen seinen Knien. Als ich am Eingang stehenblieb und mein Schatten in den Raum fiel, blickte er kurz auf, spuckte einen Nagel aus und murmelte etwas, das wie »schöner Morgen heute« klang.

»Guten Morgen, Mr. Corner.«

Noch einmal schaute er in meine Richtung, dann schlug er den letzten Nagel ein, ließ das Bein des Pferdes los, tätschelte ihm die Flanke und richtete sich auf. »Also wenn das nicht die kleine Kathy Welland ist! Lange her, daß du in der Gegend warst, wenn man überhaupt noch du sagen kann.«

»Bitte tun Sie das, es ist mir lieber.«

»Ist deine Großmutter auch hier?«

»Nein. Sie ist noch in Schottland, und wahrscheinlich wird sie jetzt auch dort bleiben. Ich bin hier, um den Rest ihrer Sachen zu holen.«

»Ah. Nun, das ist schade, aber schön, daß du mal wieder zu Hause bist. Bleibst du lange?«

»Nur bis ich Großmutters Sachen erledigt habe. Ich freue mich auch, hier zu sein. Alles ist noch genauso wie früher. Wie geht es Ihrer Frau?«

»Gut, gut. Und deiner Großmutter? Annie Pascoe hat gesagt, sie war nicht ganz gesund.«

»Das stimmt. Aber jetzt geht es ihr wieder besser. Sie meint, daß sie langsam ihr Alter spürt.«

»Oh, dann achte ich wohl besser auch mal auf meins«, scherzte der Schmied und lachte dröhnend. »Ah, Jem, da bist du ja. Sie ist fertig, einmal rundherum, das sollte wieder 'ne Weile halten.«

Ich wartete, bis der mir unbekannte junge Mann mit dem Schmied das Geschäftliche erledigt und seine Stute hinausgeführt hatte. Dann sagte ich: »Ich wollte Mr. Pascoe besuchen. Ist er oben im Laden?«

»Nein, Mädchen. Er und Davey sind zusammen weggefahren. Sie arbeiten in der Hall. Dort gibt es eine Menge zu tun, jetzt, wo ein Hotel draus gemacht werden soll. Aber das weißt du wahrscheinlich schon.«

»Ja, ich hab' davon gehört. Ich hab' Davey gestern getroffen. Ach, was ich Sie noch fragen wollte – machen Sie eigentlich auch Schlüssel oder nur größere Sachen?«

»Ich kann alles machen, was aus Eisen ist«, antwortete Mr. Corner. »Aber Schlüssel? Also das kommt hier nicht oft vor. Einmal habe ich einen Ersatzschlüssel für den Kirchturm gemacht, als der alte Tom Pinkerton – du erinnerst dich sicher an ihn, er ist noch immer unser Küster –, also als ihm seiner in den Brunnen gefallen ist. Das war ein großer alter Schlüssel, fast so alt wie die Kirche.«

»Ich meine eher einen kleinen Schlüssel, sehr klein sogar, ungefähr wie der für eine Ladenkasse, würde ich sagen.« Als er den Kopf schüttelte, fuhr ich fort: »Und einen Türschlüssel, einen von diesen alten großen? Wie dieser hier.« Ich zeigte ihm den Schlüssel von Rose Cottage. »Hat Sie vielleicht in letzter Zeit jemand gebeten, so einen zu machen?«

Mr. Corner sah mich einen Moment unter seinen buschigen Augenbrauen hervor schweigend an, dann sagte er bedächtig: »Nein, Mädchen. Mit so etwas würde man eher zu einem Schlosser gehen. Baines in Durham wär der nächste.«

»Aha, vielen Dank. Nun, Sie haben zu tun, ich glaube, ich

geh' dann jetzt besser. Es war schön, wieder mal hier bei Ihnen zu sein, Mr. Corner.«

»Und auch, dich zu sehen, Mädchen. Wenn du danach angezogen wärst, würde ich dir eine Arbeit geben, so wie ich damals immer dir und der jungen Prissy etwas zu tun gegeben hab'. Warst du schon im Pfarrhaus? Ich dachte, ich hätte dich rauskommen sehen, aber ich war nicht sicher. Meine Augen sind nicht mehr das, was sie mal waren.«

»Ja, ich war drüben. Ich wollte den Pfarrer besuchen, aber er ist nicht da. Der Garten sieht sehr schön aus; wer kümmert sich darum, Mrs. Winton Smith?«

»Ja, und sie ist andauernd darin beschäftigt. Na gut, wenn ich dich nicht zum Arbeiten bringen kann, dann muß ich wohl selber wieder ran. Ich muß nebenan ein Rad in Ordnung bringen.« Nebenan – das war der Schuppen, in dem Mr. Corner seine Arbeit als Wagenbauer erledigte. »Komm noch mal vorbei, bevor du zurückfährst, Mädchen. Oder besser, komm eine Tasse Tee mit uns trinken. Meine Frau würde sich bestimmt auch freuen, dich zu sehen. Jeden beliebigen Tag um sechs, und ich bring' dich dann mit dem Pferdewagen nach Hause.«

»Das mache ich gerne, vielen Dank.«

Und heute nach sechs Uhr, dachte ich, während ich hinaus in den Sonnenschein trat, würde jeder in Todhall wissen, daß Kathy Welland da war. Und es würde sich ebenfalls herumgesprochen haben, daß ich mich nach Schlüsseln erkundigt hatte. Wie in jedem Dorf gab es auch bei uns einen sehr effizienten Informationsfluß, den ich auf diese Art für mich zu nutzen gedachte. Vielleicht konnte mir ja irgend jemand einen Hinweis geben, der mir dabei half, das rätselhafte Verschwinden des Safeinhalts aufzuklären.

9

Etwa hundert Meter weiter lag der Dorfladen und davor der Ententeich. Gerade hatte eine Schar Gänse das Wasser verlassen und zog zielstrebig über den Rasen in Richtung eines kleinen Bauernhofes; ›Scurr's Farm‹ hatten wir ihn immer genannt, obwohl dort schon seit vielen Jahren niemand namens Scurr mehr wohnte. Jetzt nahmen Enten den Platz der Gänse im Wasser ein. Es waren weiße Aylesbury-Enten, in deren Schlepptau eine Stockente und ein Wasserhuhn schwammen. Am Rand des Teichs saß ein Terrier und beäugte die Flotte sehnsüchtig.

Ein schriller Pfiff hinter mir ließ mich erschrocken herumfahren. Der Terrier verließ seinen Posten und kam auf die geöffnete Ladentür zugerannt, durch die ein junges Mädchen heraustrat.

Als sie mich sah, blieb sie stehen. »O Verzeihung! Ich hab' Sie gar nicht gesehen. Muffin, komm her! Du sollst die Enten in Ruhe lassen! Wollten Sie gerade in den Laden kommen? Er würde sich zu gern eine Ente schnappen, aber er hat Angst vor dem Wasser. Kann man ihm nicht verübeln, nicht wahr, mit diesem Schlamm und dem Grünzeug und so. Es ist eine richtige Schande, aber niemand tut was dagegen. Kommen Sie rein. Ich bin Jinnie Barlow, Mrs. Barlows Nichte, und ich führe den Laden, solange meine Tante in Ferien ist. Eigentlich wohne ich in Ashhurst. Haben wir uns schon mal gesehen?«

»Nein. Ich bin Kate Herrick. Nett, daß Sie Mrs. Barlow vertreten. Ist sie lange weg?«

»Nur eine Woche. Sie ist drüben in Hartpool bei ihrer Schwester, meiner anderen Tante. Sie ist gerade aus dem Krankenhaus gekommen, meine andere Tante, meine ich, also hab' ich gesagt, ich kümmer' mich um den Laden und die Katze und den Hund. Der Laden ist das geringste Problem.« Sie lachte fröhlich. »Wem gehören eigentlich die Enten?«

»Ich weiß es auch nicht, wahrscheinlich gehören sie zu Scurr's Farm, wie die Gänse. Aber ich glaube, daß sie an Hunde gewöhnt sind, ganz bestimmt kennen sie jedenfalls Muffin. Da brauchen Sie sich gar keine Sorgen zu machen.«

»Das ist gut. Was kann ich Ihnen geben? Wollen Sie Ihre Ration abholen?«

»Ja, genau. Hier ist mein Heft.«

»Danke. Das macht es einfach für mich. Heute ist erst mein zweiter Tag, und so genau kenn' ich mich hier im Laden noch nicht aus, aber mit den Rationen weiß ich Bescheid, und ich hab' auch schon ein paar vorbereitet.«

Während sie mich bediente, redete sie weiter. Ashhurst lag ungefähr acht Kilometer von Todhall entfernt. Jinnie hatte ihre Tante bisher nur ab und zu kurz besucht, aber es machte ihr Spaß, im Laden zu arbeiten, zumal eine ihrer Freundinnen im Pfarrhaus als Haushaltshilfe angestellt war.

»Lil Ashby?« fragte ich. »Ja, natürlich. Der Hof ihrer Eltern liegt ganz in der Nähe von Ashhurst. Sind Sie zusammen zur Schule gegangen?«

Die ganze Zeit über behielt ich das Postamt auf der anderen Seite des Dorfplatzes im Auge. Ich wollte den Pfarrer nicht verpassen, falls er gerade jetzt seinen Besuch bei Mrs. Foster beendete. Daß Mrs. Barlow nicht selbst im Laden war, fand ich sehr bedauerlich. Sie war eine gute Informationsquelle, denn fast jeder, der das Dorf besuchte, kam auch irgendwann in den Laden. Von ihr hätte ich sicher erfahren, ob Fremde hiergewesen waren.

»Ist das alles?« fragte Jinnie, als sie das letzte Päckchen in meinen Korb legte. »Wir haben gerade Frühstücksfleisch in Büchsen da, falls Sie das mögen, oder wie wär's mit Mehl?«

»O nein, vielen Dank, das ist sehr nett. Ich habe alles, was ich brauche, und ich möchte auch nicht so viel tragen. Der Weg nach Rose Cottage ist doch ziemlich lang. Wieviel macht das?«

Sie sagte mir den Preis, und ich bezahlte. Als sie mir das

Wechselgeld gab, fragte sie: »Rose Cottage? Ist das nicht das Häuschen auf dem Weg zum Bahnhof? Wo die alte Dame gestorben ist, deren Schwester nach Schottland ging? Davon habe ich gehört.«

Ich zögerte, dann versuchte ich es mit der Frage, die ich eigentlich Mrs. Barlow hatte stellen wollen. »Hat Ihre Tante etwas davon gesagt, daß dort in letzter Zeit Fremde gesehen wurden? Oder hat vielleicht irgend jemand nach Rose Cottage gefragt?«

»Nicht, daß ich wüßte. Hier, vergessen Sie Ihr Lebensmittelheft nicht.« Als sie es mir reichte, fiel ihr Blick auf meine Adresse. »Richmond, Surrey? Oh, Sie sind also gar nicht aus Todhall? Und Sie wohnen in Rose Cottage? Ganz alleine? Ist Ihnen das nicht zu einsam?«

»Eigentlich nicht.« Ich sah den Pfarrer aus dem Postamt kommen.

»Machen Sie dort nur Urlaub? Sind Sie verwandt mit den ehemaligen Bewohnern? Meine Tante hat mir erzählt ...«

»Entschuldigen Sie, aber ich muß mich beeilen. Dort drüben geht jemand, den ich gern sprechen möchte. Nochmals vielen Dank, Jinnie. Auf Wiedersehen.« Ich griff nach meinem Einkaufskorb und ging schnell zur Tür. Dabei stolperte ich über Muffin, der darauf wartete, wieder zu den Enten hinausgelassen zu werden. Jinnie kam hinter dem Ladentisch hervorgelaufen, hielt ihn fest und entschuldigte sich, und so entkam ich weiteren Fragen und lief schnell über den Dorfplatz zur Kirche hinüber.

Ich betrat die Kirche durch die südliche Tür, der Pfarrer war jedoch nirgends zu sehen. Unter der Kanzel stand eine Frau, neben sich einen Eimer voller Blumen und einige große Kupfervasen, die offensichtlich gerade damit gefüllt werden sollten. Es waren dieselben Vasen, die schon früher zu beiden Seiten des Altarraums gestanden hatten. Damals war es mein Großvater gewesen, der an den Feiertagen blühende Zweige vom Anwesen der Hall als Schmuck für die

Vasen mitgebracht hatte. An normalen Sonntagen waren sie meist leer geblieben.

Die Kirche erschien mir unverändert; anders als Rose Cottage oder das Pfarrhaus kam sie mir nicht kleiner vor als früher. Sie war dieselbe, gestern, heute und für alle Zeiten. Genauso, wie es sein sollte. Während ich in eine der hinteren Kirchenbänke schlüpfte, um ein kurzes Gebet als Gruß der Sterblichen an den Herrn der Kirche zu sprechen, kam mir in den Sinn, daß allen Kirchen eine Atmosphäre von Zeitlosigkeit gemeinsam war. Sicher wurde ein solches Empfinden zu einem gewissen Grad durch die in den Himmel strebenden, hohen Decken und das halbdunkle diffuse Licht hervorgerufen, durch die Schatten und die dunklen, geschnitzten Holzfiguren. Aber bestimmt spielten auch die langen Jahre eine Rolle, in denen hier die Worte und Gedanken, der Kummer, die Hoffnung und die Freude unzähliger Menschen ihre unsichtbaren Spuren hinterlassen hatten. In Todhall waren es immerhin fast neun Jahrhunderte gewesen.

Ich stand auf und ging auf die Frau zu. Bei meinem Eintritt hatte sie sich nicht umgedreht, jetzt jedoch stand sie auf und begrüßte mich. Sie war groß und hager und hatte ihr braunes Haar, das einige graue Strähnen aufwies, nachlässig unter einem Filzhut festgesteckt. Ich schätzte, daß sie um die sechzig Jahre alt war. Zu einem halblangen, grauen Rock trug sie eine weiße Hemdbluse und darüber eine Strickjacke. Ihre Haltung mir gegenüber grenzte an Herablassung.

»Guten Morgen. Ein schöner Tag heute, nicht wahr? Interessieren Sie sich für unsere alte Kirche?«

»Guten Morgen. Sie müssen Mrs. Winton Smith sein?«

»Ja?«

Das war eine Frage, und sie wartete auf die Antwort. Also sagte ich: »Ich bin Kate Herrick, Mrs. Herrick. Ich habe vorhin beim Pfarrhaus geklingelt, aber der Pfarrer war nicht da. Es geht darum, daß ich gerne etwas mit ihm besprechen würde, und da dachte ich, ich könnte ihn vielleicht hier treffen. Ich war gerade drüben im Laden und habe gesehen, wie er über den Dorfplatz in Richtung der Kirche ging. Wahrscheinlich ist er zur Sakristeitür hereingekommen. Meinen Sie, ich könnte ihn kurz sprechen?«

»Ich habe die Tür nicht gehört, aber es kann sein, daß er dort ist. Er sagte heute morgen, daß er noch einige Papiere durchsehen muß, und ich weiß, daß er im Moment sehr viel zu tun hat.« Liebenswürdig fuhr sie fort: »Aber vielleicht kann ich Ihnen weiterhelfen? Sie sind fremd hier im Dorf, nicht wahr? Wenn Sie Interesse an der Kirche haben, es gibt eine sehr gute Broschüre, die der letzte Pfarrer verfaßt hat. Sie liegt dort hinten auf der Bank bei dem Taufstein. Leider kostet sie drei Pence, aber das Geld kommt natürlich der Kirche zugute.«

Offenbar hatte sie Übung darin, ihren Mann gegen Leute abzuschirmen, die nur seine Zeit verschwendeten. Ich mußte einen Weg finden, um ihre Verteidigungshaltung zu überwinden. Mein Blick fiel auf den Eimer voller Blumen. »Was für wunderschöne Blumen. Sind sie aus Ihrem Garten?«

»Ja, sie sind aus dem Garten des Pfarrhauses, und ich kümmere mich selbst darum. Kennen Sie sich aus mit Blumen, Mrs. Herrick?«

Ich lächelte. »Nun, ein wenig. Mein Großvater war Gärtner, und ich arbeite in einer Gärtnerei in Richmond.«

»Besuchen Sie Freunde hier?«

»Ich bin nur für ein, zwei Tage hier, ich wohne in Rose Cottage. Sicher kennen Sie es, es liegt auf dem Weg zum Bahnhof.«

»O ja, ich kenne es. Aber Sie sind doch sicher nicht alleine dort? Haben Sie keine Angst?«

»Überhaupt nicht. Sie sind heute schon die zweite, die mich das fragt. Wieso sollte ich denn Angst haben?«

»Nun, ich weiß nur, daß meine Enkelkinder, als sie in den Ferien hier waren, nicht in die Nähe dieses Hauses gegangen sind. Jemand hat ihnen gesagt, daß es dort spukt.«

»Es spukt?«

»Ja. Ich weiß nichts Genaueres, es hat irgendwie mit Zigeunern zu tun. Sie haben früher dort gecampt, glaube ich, und sie hatten etwas mit den Leuten aus Rose Cottage zu tun, mit einer furchtbaren Familie, die dort wohnte. Es gab wohl irgendwelche skandalösen Verbindungen. Das war natürlich alles vor unserer Zeit hier. Welland hieß die Familie, ja, genau, das war der Name, Welland.«

Hätte sie etwas Passenderes sagen können, um unser Gespräch zum Erliegen zu bringen? In diesem Moment trat der Pfarrer aus der Sakristeitür. Ganz im Gegensatz zu seiner Frau war er klein und dicklich. Sein rundes Gesicht hatte einen freundlichen Ausdruck und war gekrönt von einem dichten Schopf weißer Haare. Über eine halbmondförmige Brille mit Goldrand hinweg, die ihm fast auf die Nasenspitze gerutscht war, sah er uns aus hellblauen Augen an.

Automatisch schob er die Brille hoch, die sofort wieder hinabrutschte. »Ah, Muriel. Ich meinte zu hören, daß du mit jemandem sprichst.« Und dann zu mir: »Guten Morgen. Ein wunderschöner Tag, nicht wahr? Ein wunderschöner Tag.«

»Das ist Mrs. Herrick«, stellte seine Frau mich vor. »Sie besucht Todhall, und sie interessiert sich für die Kirche. Ich glaube, sie wollte mit dir darüber sprechen, aber ich habe ihr schon gesagt, daß du heute sehr beschäftigt bist, weil du am Mittwoch immer den Abendgottesdienst vorbereiten mußt, und ...«

Der Pfarrer war schon die Altarraumstufen heruntergeeilt und kam mit ausgestreckter Hand auf mich zu. »Mrs. Herrick? Mrs. Herrick, nicht wahr? Wie geht es Ihnen? Wie geht es Ihnen? Erst gestern habe ich mit Lady Brandon telefoniert, und sie hat erwähnt, daß Sie nach Todhall kämen, um Ihre alte Heimat aufzusuchen. Und da sind Sie, da sind Sie. Und Sie möchten mit mir sprechen? Natürlich, natürlich, es ist mir ein Vergnügen. Wenn Sie jetzt Zeit haben, können wir hinüber zum Pfarrhaus gehen und dort in Ruhe miteinander plaudern.« Er wandte sich an seine Frau. »Mrs.

Herrick, meine Liebe, dürfte diese Kirche besser kennen als du oder ich. Ihre Familie hat seit langer Zeit in Todhall gelebt. Sie war vor ihrer Heirat eine Welland. Kathy Welland, nicht wahr, und Sie wohnten in Rose Cottage?«

Ich schwieg. Mrs. Winton Smith schwieg. Der Pfarrer sagte: »Gehen wir?« Das hielt ich für einen ausgezeichneten Vorschlag. Wir verließen die Kirche.

10

Das Arbeitszimmer des Pfarrers war noch immer der kleine Raum rechts von der Eingangstür. Der Schreibtisch befand sich in einem etwas erhöhten Erker, und von seinem Arbeitsplatz aus konnte der Pfarrer den Zugangsweg zum Haus überblicken. Jenseits der mit Efeu bewachsenen Gartenmauer ragte der Kirchturm in die Höhe.

Auf dem Kaminsims standen zwei silberne Pokale und ein College-Wappen, darüber hing ein Stich, der ein Oxford College zeigte. Die anderen Wände waren von Bücherregalen bedeckt. Mir kam der Gedanke, daß dieses Zimmer die ideale Theaterkulisse für das ›Arbeitszimmer eines Kirchenmannes‹ abgegeben hätte. Tatsächlich sah es genauso aus wie zur Zeit von Prissys Vater, nur daß dieser in Cambridge gewesen war und über einem der Bücherregale ein Ruder gehangen hatte. Sogar dieselben zwei alten ledernen Sessel gab es noch. Mr. Winton Smith bat mich, in einem von ihnen Platz zu nehmen. Er selbst setzte sich auf seinen Schreibtischstuhl und drehte ihn so, daß er ins Zimmer sah. Dies war vermutlich die übliche und mit Bewußtsein gewählte Sitzordnung; der Pfarrer saß mit dem Rücken zum Fenster und auf einer höheren Ebene als sein Besucher. Eine verständliche Taktik, denn in diesen Wänden hatten gewiß schon viele schwierige und heikle Gespräche stattgefunden.

Nun, dazu würde unseres nicht gehören. Mr. Winton

schien derselben Ansicht zu sein; gut gelaunt nahm er eine Schachtel Zigaretten vom Schreibtisch und bot mir eine an. Als ich den Kopf schüttelte, sagte er lächelnd: »Kluges Mädchen.« Dann nahm er sich selbst eine.

Ich begann das Gespräch. »Sie haben gesagt, Sie wußten bereits von Lady Brandon, daß ich nach Todhall kommen würde?«

»So ist es, ja. Ich entnahm ihren Worten, daß Sie in Rose Cottage wohnen würden, und daß sie Mrs. Pascoe gebeten hatte, dort vorher ein wenig nach dem Rechten zu schauen. Ich hoffe, alles ist in Ordnung? Es war lange Zeit nicht bewohnt.«

»Alles ist wunderbar, danke. Ich dachte eigentlich, daß ich nicht länger als ein, zwei Tage bleiben würde.«

»Tatsächlich ...« Über seine Brillengläser hinweg warf er mir einen kurzen Blick zu. »Heißt das, daß Sie jetzt vorhaben, länger zu bleiben?«

»Es kann sein, daß das nötig ist. Es ist etwas Merkwürdiges passiert. Deswegen bin ich auch zu Ihnen gekommen. Hat Lady Brandon Ihnen gesagt, weshalb ich in Todhall bin?«

»Ja, das hat sie. Sie meinte, daß Ihre Großmutter sich entschlossen hat, in Schottland zu bleiben, und daß sie Sie gebeten hat, den Rest ihrer Möbel aus Rose Cottage für sie in den Norden zu verschicken. Ich muß sagen, Mrs. Herrick, daß es mir leid tat, das zu hören. Ihre Großmutter ist eine großartige Person, eine wirkliche Persönlichkeit, und ich habe meine Besuche bei ihr immer sehr genossen.«

»Sie war nicht gerade eine große Kirchgängerin – jedenfalls erinnere ich mich nicht daran.« Ich lächelte. »Allerdings hat sie mich regelmäßig wie ein Uhrwerk dorthin geschickt – zur Kirche, zum Kindergottesdienst, zu allem Drum und Dran, aber sie selbst ging fast nie mit. Tante Betsy ist manchmal mitgewesen.«

»Ah, ja. Eine ehrenwerte Dame«, sagte der Pfarrer vorsichtig.

Sein Gesichtsausdruck war so bewußt zurückhaltend, daß ich lachen mußte. »Erzählen Sie mir nicht, daß Sie nicht wußten, daß sie während des Gottesdienstes draußen vor der Kirche saß; sie hatte immer Angst, daß der wahrhaftige Glaube – und das war natürlich ihrer – vergiftet werden könnte. Das hat Ihnen doch bestimmt jemand erzählt, ich würde sogar wetten, daß sie selbst es getan hat!«

»Und Sie würden gewinnen. Sie ... nun ja, sie neigte dazu, ihre Ansichten unmißverständlich klar zu äußern. Aber immerhin sagen Sie ja, daß sie Sie zur Kirche begleitet hat, und auch recht regelmäßig.«

»Nur weil sie sicher sein wollte, daß ich nicht womöglich meinen Spaß hatte, das heißt, irgendwelchen Unsinn trieb.«

Wieder warf er mir über den Rand seiner Brille einen dieser prüfenden Blicke zu. »Tatsächlich ... Nun ja, die kleinen Sünden der Kindheit. Sie wollten mir gerade erzählen, wieso Sie nun vielleicht länger hierbleiben. Ich hoffe, es ist kein unangenehmer Grund. Sie sagten doch, in Rose Cottage sei alles in Ordnung?«

»Was meinen Aufenthalt dort angeht, ist alles bestens. Aber es ist etwas Merkwürdiges passiert. Ich wollte ein paar private Dinge meiner Großmutter mitnehmen, die sie im Haus versteckt hatte, und sie sind nicht mehr da.«

»Nicht mehr da?«

»Ja, sie sind verschwunden. Jemand muß sie weggenommen haben.«

»Du liebe Güte! Das tut mir sehr leid. Was für eine unangenehme Sache. Ich nehme an, Sie haben überall gründlich danach gesucht?«

»Nein, noch nicht. Aber eigentlich müßten sie an dem Platz sein, an dem meine Großmutter sie versteckt hatte, und da ist keine Spur mehr davon.«

»Könnte es vielleicht sein, daß Ihre Großmutter sich geirrt hat? Ich meine, daß sie vergessen hat, wo sie versteckt waren?«

»Das ist sehr unwahrscheinlich. Das Versteck, von dem

sie mir erzählt hat, ist ein sicheres, abschließbares kleines Metallschränkchen, eine Art Safe, in die Wand eingebaut und von Tapete bedeckt. Sie hatte den Schlüssel dazu irgendwo versteckt, und den Platz hat sie tatsächlich vergessen. Ich hatte noch keine Zeit, überall danach zu suchen, aber als ich gestern abend nach dem Safe gesehen habe, war die Tapete entfernt, und er war leer.«

»Tatsächlich ... Nun, das ist schlimm, sehr schlimm. Heißt das ... glauben Sie, daß Diebe den Schlüssel gefunden haben?«

»Es muß wohl so sein. Sie hatten ganz sicher einen Schlüssel, denn der Safe war wieder verschlossen.«

»Er war verschlossen? Aber wenn Sie sagen, Sie selbst hatten gar keinen Schlüssel ...«

»Ich habe ihn aufgebrochen, beziehungsweise Davey Pascoe hat es für mich getan. Er war bei mir. Nachdem wir gesehen hatten, wie die Wand aussah, wollten wir natürlich unbedingt wissen, ob Großmutters Sachen noch in dem Safe waren. Und das war die einzige Möglichkeit, es herauszufinden.«

»Ja. Ja, natürlich. Nun, das tut mir wirklich sehr leid, Mrs. Herrick.« Er schwieg, während er seinen Stuhl zum Fenster und wieder zu mir zurückdrehte. »Waren die Dinge im Safe sehr wertvoll?«

»An sich nicht, es waren Sachen wie Orden und ein oder zwei Ringe und eine Brosche. Sie hatten keinen großen Wert, aber es waren genau die Dinge, an denen man hängt. Ich glaube, am wertvollsten waren noch fünf goldene Sovereigns. Außer diesen Sachen waren vor allem Familienpapiere in dem Safe, Geburtsurkunden, Trauscheine und so etwas.«

»Verstehe, verstehe. Was für eine ärgerliche Sache. Haben Sie irgendeinen ... nun, Verdacht, was passiert sein könnte?«

»Nein, ich habe nicht die geringste Ahnung. Die einzigen, die Zugang zu dem Haus haben, sind die Pascoes, aber sie kommen ja als Verdächtige nicht in Frage. Dann natürlich noch die Familie – ich meine die Brandons –, aber für sie gilt das gleiche, und sie sind ja sowieso gar nicht hiergewesen.«

»Tatsächlich ...« Er drückte seine Zigarette aus, sah einen Moment stirnrunzelnd auf die Asche und wandte sich dann wieder mir zu. »Und Sie wollten mich fragen, ob ich etwas für Sie tun kann? Natürlich helfe ich Ihnen gerne, wenn ich irgendwie kann, nur sehe ich im Moment nicht, wie das möglich wäre.«

»Ich wollte Sie fragen, ob Sie vielleicht gehört haben, daß jemand dort gesehen worden ist, in der Nähe von Rose Cottage, ein Landstreicher vielleicht oder überhaupt eine fremde Person. Aber das hätten Sie mir ja jetzt sicher schon gesagt. Also kann ich Sie im Moment nur bitten, ob Sie mir ... ah, mir fällt noch ein, sind eigentlich die Zigeuner jemals wieder dagewesen? Früher haben sie immer auf dem Weg in der Nähe von Rose Cottage ihr Lager aufgeschlagen, aber schon als ich noch in Todhall wohnte, waren sie seit Jahren nicht mehr da. Gab es noch mal ein Zeichen von ihnen?«

»Nein. Ich kenne diesen Weg, den man hier Gipsy Lonnen nennt, und seit ich hier bin, ist er nur mehr und mehr zugewachsen. Aber Sie wollten mir sagen, was ich für Sie tun kann?«

»Ja. Ich habe mich gefragt, ob Sie mir wohl Einblick in das Register der Kirche gewähren könnten? Dort sind doch alle wichtigen familiären Ereignisse festgehalten, nicht wahr?«

»Einige jedenfalls. Nicht die Geburten selbst, natürlich. Diese Urkunden – und auch die Sterbeurkunden – befinden sich in Somerset House, der zentralen Registrierstelle. Von dort können Sie auch Kopien erhalten. Ich kann Ihnen die Adresse geben, dann können Sie sie schriftlich anfordern.«

»Vielen Dank, das habe ich bereits getan. Aber bei Ihnen sind doch die Urkunden von den Taufen und den Beerdigungen und den Hochzeiten – man bekommt doch eine Urkunde von der Taufe, nicht wahr?«

»Ja, natürlich«, sagte er. Sein einfühlsamer Ton machte klar, daß er wie seine Frau alles wußte, was es über die furchtbare Welland-Familie zu wissen gab. Aber seine Reaktion war anders, und ich glaubte sogar zu spüren, daß das nicht nur professionelle Gründe hatte. »Natürlich können Sie die Kirchenbücher einsehen. Aber wir können noch mehr tun. Ich kann Ihnen Kopien von allen Einträgen ausstellen, die mit Ihrer Familie zu tun haben. Sie brauchen sich keine Sorgen darüber zu machen, daß diese Papiere aus dem Safe verschwunden sind.«

»Das können Sie machen? Das wäre wunderbar, vielen Dank.«

»Ich wünschte, ich könnte mehr für Sie tun. Und wissen Sie, wegen der anderen Sachen, der Schmucksachen und so ... ich würde an Ihrer Stelle einmal mit Ihren Nachbarn sprechen.« Die Andeutung eines Lächelns erschien auf seinem Gesicht. »Die Damen Pope verpassen eigentlich kaum etwas von dem, was im Dorf vor sich geht. Vielleicht haben sie etwas gesehen.«

»Ja, daran habe ich auch schon gedacht. Ich werde heute noch vorbeigehen.« Ich erwiderte sein Lächeln. »Und vielleicht kann ja auch Miß Linsey etwas für mich tun.«

»Tatsächlich, tatsächlich ...« Seine Lieblingsbemerkung war offensichtlich ein Ausdruck dafür, daß er nachdachte. Wieder schwang er halb in seinem Drehstuhl herum und wieder zurück, um mich anzusehen. »Was ich Ihnen unter den Umständen noch vorschlagen könnte ... Möchten Sie, daß ich mit Bob Crawley rede?«

»Bob Crawley? Wer ist das?«

»Unser Polizist. Der alte Mr. Bainbridge hat vor zwei Jahren aufgehört und lebt seitdem bei seiner Tochter in Ferryhill. In seinem Haus wohnt jetzt Bob Crawley, Sie kennen es sicher, das Polizeihaus oben in Lane Ends. Wenn es Ihnen helfen würde ...?« Er sah mich fragend an.

»O ja, vielen Dank. Das wäre sehr nett. Aber jetzt habe ich Ihre Zeit lange genug in Anspruch genommen. Ich weiß, daß Sie sehr beschäftigt sind, vor allem am Mittwoch. Also vielen Dank noch einmal, daß Sie sich die Zeit für mich genommen haben. Und wegen der Bescheinigungen – wann meinen Sie, könnte ich noch einmal vorbeischauen?«

Ich hatte mich schon erhoben, und er stand ebenfalls auf. »Am einfachsten wäre es für mich, wenn Sie mir eine Liste machen könnten, mit den Daten der Papiere, die verschwunden sind. Könnten Sie vielleicht Ihre Großmutter fragen? O nein, ich sehe schon, Sie wollen sie natürlich nicht beunruhigen, bevor Sie nicht mehr über die ganze Geschichte herausgefunden haben. Nun, dann eben von den Dokumenten, von denen Sie selbst wissen, daß sie hier in der Kirche sein müßten, also Urkunden von Hochzeiten, Beerdigungen und Taufen. Wenn Sie mir davon die Daten sagen könnten, würde es mir die Suche sicher sehr erleichtern. Von wann werden die ersten Dokumente etwa sein, was meinen Sie?«

»Ich weiß es auch nicht genau. Vielleicht von Großmutters Heirat an, aber ich erinnere mich nicht mehr ... ah, da fällt mir etwas ein. Sie hatte ein altes Fotoalbum, und wenn es noch da ist, kann ich die Daten vielleicht dort finden. Ich könnte mich heute abend darum kümmern, wäre es Ihnen recht, wenn ich sie Ihnen dann morgen bringe?«

»Wenn Sie mir die Liste mit dem Milchwagen mitschicken, suche ich alles heraus, und Sie können später am Tag vorbeikommen, um es abzuholen.« Er warf einen Blick auf seinen Terminkalender, der vor ihm auf dem Schreibtisch lag. »Um vier Uhr habe ich eine Taufe. Wäre es Ihnen um halb vier in der Kirche recht?«

»Natürlich, das wäre sehr schön, vielen Dank. Ich kümmere mich um die Liste.«

Ich ging zur Tür. Genau in dem Moment, als mein Blick aus dem Fenster fiel, betrat Mrs. Winton mit dem leeren Eimer durch die Vordertür den Garten. Ich machte mich schon darauf gefaßt, ihr zu begegnen. Doch sie schaffte es, seitlich am Haus vorbei in den hinteren Garten zu gehen, gerade als der Pfarrer mich zur Haustür hinausließ.

Fürs erste hatten wir also beide unser Gesicht gewahrt. Während ich hinaus auf die sonnige Straße trat, fragte ich mich, weshalb mir ihre Bemerkung überhaupt etwas ausgemacht hatte und um wen es mir dabei ging. Um Lilias? Oder Tante Betsy? Großmutter? Oder ging es um mich selbst?

Nach allem, was ich von ihr wußte, hätte Lilias selbst sich keinen Deut um Mrs. Wintons Meinung geschert. Außerdem war sie tot. Tante Betsy hätte es wohl etwas ausgemacht, sehr viel sogar, aber sie war auch tot. Großmutter? Sie hatte so lange mit dem Makel der Schande gelebt, was konnte ihr da eine einzige Bemerkung noch anhaben? Außerdem war sie weit weg. Blieb also nur ich selbst.

Als Kind war es mir tatsächlich unangenehm gewesen, wenn man in meiner Gegenwart Bemerkungen über meine Mutter fallen ließ oder allzu offen meine vaterlose Situation bedauerte. In der Schule hatte ich häufig gedankenlose Fragen von den anderen Kindern und oft auch ihre Hänseleien ertragen müssen, allerdings nur bis zu einem bestimmten Tag. Damals hatte Billy Comstock, ein zehnjähriger vierschrötiger Junge aus Lane Ends, einen neuen Ausdruck aufgeschnappt, den er nun an mir ausprobieren wollte. »Bastard« hatte er mehrmals in der Pause zu mir gesagt, bis Davey, damals neun, sich auf ihn stürzte und ihn nicht wieder losließ, so daß Billy schließlich um Hilfe schrie. Der Lehrer mußte die beiden blutüberströmten Jungen mit Gewalt auseinanderziehen. Danach bin ich nie wieder gehänselt worden.

Aber das war lange her, und notgedrungen hatte ich mir inzwischen längst meine eigene, der Situation angemessene Lebensphilosophie zurechtgelegt. Nicht wer man war, zählte, sondern was man war. Ich hatte das Leben akzeptiert, so wie es mir gegeben worden war, und ich hatte viele glückliche Zeiten erlebt, als Kind in Todhall, später mit Jon.

Und ich würde wieder glücklich sein. Wenn die Situation in der Kirche also überhaupt jemandem unangenehm sein mußte, dann doch nur Mrs. Winton Smith. Sie hatte einen gesellschaftlichen Fehltritt begangen, und offensichtlich war sie ein Mensch, dem das zu schaffen machte.

Muffin saß wieder am Teich, aber ich bezweifelte, daß er sich dort noch lange aufhalten würde. Die Gänse waren auf dem Rückmarsch von Scurr's Bauernhof, und der Gänserich mochte weder Hunde noch Kinder. Gerne wäre ich noch stehengeblieben, um das zu erwartende Aufeinandertreffen mitanzusehen, doch dafür hatte ich zu viel zu erledigen. Ich machte mich auf den Heimweg.

11

Als ich an der Hexenecke ankam, war die jüngere Miß Pope, Miß Mildred, gerade in ihrem Garten beschäftigt. Das war sie allerdings fast immer, und entsprechend tadellos gepflegt und prachtvoll sah der Garten aus. Dabei besaß Miß Mildred wenig oder gar kein fachmännisches Wissen über Gartenpflege, meist kannte sie nicht einmal die Namen ihrer Blumen. Ich hatte oft gehört, wie mein Großvater über sie sagte: »Sie hat wirklich einen grünen Daumen, und sie weiß überhaupt nicht, was sie damit anfangen könnte.« Großvater war nämlich einmal an ihrem Gartentor stehengeblieben und hatte sie auf eine Pflanze angesprochen, eine ziemlich seltene Sorte, die üppig über ihre Gartenmauer rankte. Ihre enthusiastische Antwort war gewesen: »Dieses rosa Ding da? Was haben Sie gesagt, wie das heißt? Ich habe es immer mein liebes kleines Felsenkraut genannt.«

»Sie schneidet auch nie ihre Rosen«, hatte Großvater gebrummelt. »Und sieh sie dir an! Wirkliche Schönheiten, jede einzelne von ihnen! Und sie blühen zwei Wochen früher als meine bei der Hall. Wo bleibt da die Gerechtigkeit?« Dann hatte er lachend seine furchtbare alte Pfeife gestopft und nachsichtig gesagt: »Da sieht man's mal wieder, es ist eine Frage der Liebe. Ist mehr wert als tägliche Düngung.«

Aber aufgrund welcher Methode oder welchen Mangels an Methode auch immer, Miß Mildreds Garten war einfach eine Augenweide. In üppiger Pracht blühten darin Rittersporn, rosa und violette Lupinen, Rosen und vieles andere mehr, und das Geißblatt mit seinen leuchtend orangefarbenen Blüten kletterte an jedem Halt hoch, den es nur finden konnte. Haus und Garten waren ausschließlich Miß Mildreds Territorium. Ihre ältere Schwester Agatha war sozusagen der Mann des Hauses. Sie verdiente das Geld und fuhr jeden Tag nach Sunderland zur Arbeit.

Von der Gartentür aus war nur Miß Mildreds in geblümten Baumwollstoff gehüllter, gebückter Rücken inmitten der Lupinen zu sehen. Als ich ihren Namen rief, richtete sie sich zu ihrer vollen Größe von einem Meter sechzig auf und spähte durch die Lupinen, die größer als sie waren. Dann brach sie in Freudenrufe aus.

»Kathy, meine Güte, wenn das nicht die kleine Kathy Welland ist!« Miß Mildred hatte eine rundliche Figur, rote Pausbacken und lebendige blaue Augen. Man sah ihr an, daß sie vor langer Zeit recht hübsch gewesen sein mußte. Ihr dünnes weißes Haar war zerzaust, kein Wunder nach dem Morgen in den Lupinen. »Kommen Sie herein, meine Liebe, kommen Sie herein! Wie schön, Sie zu sehen! Annie Pascoe hat schon gesagt, daß Sie kommen würden, und da sind Sie! Es ist wie ein Wunder!«

Während sie meine beiden Hände nahm und mir einen federleichten Kuß auf die Wange gab, fragte ich mich, was diese Bemerkung bedeutete. War Mrs. Pascoe nun eine Lügnerin oder eine Prophetin? Dann überschüttete mich Miß Mildred geradezu mit Fragen, und ich antwortete, so gut es ging. Sie wollte alles wissen, von Großmutter, den Brandons, von meiner Arbeit, meiner Ehe und meinem Leben in London nach dem Tod meines Mannes. Man brauchte sich nicht zu wundern, wie es kam, daß die beiden Popes ›über alles und jeden Bescheid wußten‹, wie man im Dorf sagte. Miß Mildreds Fragen drückten jedoch ein so echtes Interesse aus, daß man sie gern und ausführlich beantwortete. Sie entbehrten jeder Kritik, und auch nicht die Spur von Neid, Mißgunst oder auch nur Unfreundlichkeit war darin enthalten. Wie Großvater von ihrem Garten gesagt hatte, was Miß Mildred tat, war eine Sache der Liebe. Sie strahlte eine so ursprüngliche Unschuld aus, daß man ihr selbst die persönlichsten Fragen und Kommentare nicht übelnehmen konnte.

»Dann sind Sie also gut versorgt zurückgeblieben, nun, das ist eine Gnade. Ich meine, das darf man doch nicht geringschätzen, es ist etwas wert, nicht wahr? Und was Sie für eine schöne Arbeit haben, immer Blumen um sich.« Sie warf einen Blick auf die Lilienknospen, die sich durch Nelken und Rosen ihren Weg nach oben bahnten. »Ich nehme an, daß man in diesen großen Läden in London die exotischsten Blumen bekommt, nicht? Aus Afrika oder Indien und von den Südseeinseln und so?«

»Ja, in einigen tatsächlich. Es sind auch sehr schöne darunter, aber sie sind alle nichts gegen Ihre Blumen hier, Miß Mildred! Wirklich, Ihr Garten ist wunderschön, genau wie ich ihn in Erinnerung hatte.«

»Nun ja, wir haben aber dieses Jahr auch einen so schönen Sommer.« Nachdem sie das Kompliment sozusagen weitergereicht hatte, wandte sie sich wieder meiner Person zu. »Sind Sie lange hier? Sie müssen einmal zum Abendessen kommen, meine Schwester möchte Sie unbedingt auch sehen.«

»Das würde ich sehr gerne, wenn ich kann. Aber ich weiß noch nicht genau, wie lange ich bleibe. Sicher hat Mrs. Pascoe Ihnen erzählt, warum ich hier bin?«

Das war eine vorsichtige Andeutung, aber sie reagierte mit völliger Offenheit. »O ja, das hat sie. Sie hat mir alles darüber erzählt. Und sie hat auch gesagt, daß sie und Davey Ihnen beim Packen helfen werden und wahrscheinlich Caslaw aus Sunderland den Umzug machen wird. Welche Sachen möchte Ihre Großmutter denn haben? Sicher das Sideboard, nicht wahr? Und den Schaukelstuhl. Gehört ihr auch der Tisch und die anderen Stühle? Sie wird sich freuen, wieder ihre eigenen Sachen um sich zu haben.« Sie hielt inne, offenbar war ihr plötzlich etwas eingefallen: »Du meine Güte, ich habe ganz vergessen ...«

Da sie nicht weitersprach, fragte ich: »Was denn?«

»Wie dumm von mir, aber als ich Sie so plötzlich sah, und dann war ich so mit dem Garten beschäftigt ... Ich wollte eigentlich vorbeikommen und es Ihnen sagen, aber wo Sie nun schon hier sind ... Kommen Sie hier rüber, wir setzen uns.« Sie ging voraus zu einer Bank unter einem eisernen Bogen, der überladen war mit rosafarbenen Kletterrosen, zwischen denen violette Klematis leuchteten. Wir setzten uns.

»Als ich über die Möbel Ihrer Großmutter gesprochen habe, muß mich das wohl daran erinnert haben. Obwohl ich gar nicht weiß, wie ich es eigentlich vergessen konnte. Meine Schwester meinte, ich muß es Ihnen sagen, aber ich dachte, vielleicht ängstige ich Sie nur, wo Sie doch ganz allein dort in Rose Cottage wohnen.«

Sie sah mich besorgt an. Schnell beruhigte ich sie: »Es macht mir überhaupt nichts aus, dort alleine zu sein, wirklich nicht. Bitte erzählen Sie mir, worum es geht.«

»Nun, wenn Sie ganz sicher sind ... Also es war am Montag, an dem Tag, bevor Sie angekommen sind. Meine Schwester hatte mir gesagt, daß sie spät nach Hause kommen würde, weil im Büro so ein Durcheinander war, in der Woche davor war jemand krank gewesen. Sie wollte also den späteren Zug nehmen und auch noch Papiere zum Arbeiten mit nach Hause bringen. Am Montag ist aber auch Markt in Sunderland, und da kauft sie immer die Sachen für die Woche für uns ein, die wir hier im Dorf oder bei dem Wagen von Barlow nicht bekommen. Ich wußte also, daß sie eine Menge zu tragen haben würde, und in Todhall steigt ja normalerweise keiner aus, der ihr helfen könnte. Deswegen wollte ich sie vom Bahnhof abholen. Ich bin ein bißchen zu spät losgegangen, und als ich an Rose Cottage vorbeikam, dachte ich, ich könnte ja die Abkürzung über Gipsy Lonnen nehmen. Es wurde schon dunkel, aber ich kenne den Weg ja genau, und er spart eine Menge Zeit.«

Als sie schwieg, drängte ich sanft: »Also haben Sie die Abkürzung genommen?«

»Nein, ich bin nicht so weit gekommen. Ich war ungefähr auf der Hälfte des Weges, der von der Straße abgeht, als ich es gesehen habe. Wenigstens glaube ich, daß ich es gesehen habe, aber meine Schwester sagt ...«

»Was haben Sie gesehen, Miß Mildred?«

»Ein Licht im Garten von Rose Cottage. Hinter dem Haus. Ein Licht, das sich bewegt hat.«

Ich überlegte. »Könnte das nicht Mrs. Pascoe gewesen sein? Vielleicht kam sie gerade von der Hall, wo Mr. Pascoe und Davey arbeiteten, und wollte nun Rose Cottage saubermachen.«

»Um die Zeit? Außerdem geht Mrs. Pascoe Montag abend immer zum Treffen vom Mütterverein, und dort war sie an dem Abend auch, ich hab' sie gefragt. Ich hab' sie auch gefragt, ob noch jemand anders einen Schlüssel hat, und sie sagte nein.«

»Wie spät war es denn an dem Abend? Sie sagten, Ihre Schwester kam mit dem letzten Zug? Könnte es dann nicht sein, daß sich das Mondlicht in einem Fenster gespiegelt hat?«

»Nein, bestimmt nicht. Und ich sagte ja, das Licht hat sich bewegt. Es sah aus wie jemand mit einer Taschenlampe.«

Einen Moment lang schwiegen wir beide. Ich sah im Geiste den gerahmten Text und dahinter den leergeräumten Safe. Zwar hatte ich mich entschlossen, dem Pfarrer diese unangenehme Entdeckung anzuvertrauen, aber noch wollte ich nicht, daß durch Miß Mildred das ganze Dorf davon erfahren würde. Also sagte ich nur: »Das muß ja schrecklich für Sie gewesen sein. Kein Wunder, daß Sie mich gefragt haben, ob es mir etwas ausmacht, dort allein zu sein. Was haben Sie dann gemacht?«

»Nun, ich habe selbst überhaupt keine Angst im Dunkeln«, antwortete sie, »aber ich mag es nicht, im Dunkeln Fremden zu begegnen. Ich wußte ja, daß niemand in Rose Cottage wohnte, aber eigentlich gibt es dort doch auch nichts zu stehlen. Außerdem war ich schon viel zu spät dran, also bin ich einfach gegangen. Allerdings nicht über den Zigeunerweg. Ich ging den Weg zurück und dann die Straße entlang zum Bahnhof.«

»Natürlich, das verstehe ich. Aber ... haben Sie nur das Licht gesehen? War niemand im Garten?«

»Ich bin nicht extra nahe herangegangen, um mehr zu erkennen«, antwortete Miß Mildred würdevoll. »Und ich hatte nicht die Zeit, um zu warten, ob jemand in den Vorgarten käme. Ich hatte es ja eilig. Als ich zum Bahnhof kam, war der Zug schon wieder weg, und meine Schwester kam mir auf der Straße entgegen.«

»Haben Sie ihr von dem Licht erzählt?«

»O ja. Sie meinte, daß wir uns nicht selbst darum kümmern, sondern Bob Crawley Bescheid sagen sollten. Das ist der Polizist, Sie kennen ihn nicht, er ist erst seit zwei, drei Jahren hier. So ein netter junger Mann, mit zwei süßen kleinen Kindern, Zwillinge, ein Junge und ein Mädchen. Und er liebt seinen Garten, ich konnte ihm eine Menge Pflanzen geben, als er einzog. Jetzt hat er es wirklich schön, obwohl das meiste Gemüse ist.«

»Und Sie haben ihm also gesagt, was Sie gesehen haben?«

»Ja. Das heißt, der junge Freddie Smart – Sie haben ihn vielleicht schon gesehen, der Gepäckträger vom Bahnhof –, also er kam auf seinem Fahrrad vorbei. Er geht nach dem letzten Zug nach Hause, und wir haben ihn gebeten, auf seinem Weg in Lane Ends vorbeizuschauen und Bob von dem Licht zu erzählen. Bob fuhr dann sofort noch nach Rose

Cottage, er kam hier vorbei, als wir gerade beim Abendbrot saßen. Auf dem Rückweg kam er wieder herein. Er sagte, daß es keine Spur von einem Einbruch gab, nur hinter dem Haus hätte jemand gegraben, neben dem Werkzeugschuppen. Also habe ich mich wohl nicht getäuscht.«

»Gegraben?« fragte ich erstaunt. Mir war eingefallen, daß das Licht vielleicht von Davey stammen konnte, der die Werkzeuge aus dem Schuppen geholt hatte. Aber wieso hätte er graben sollen, und dann auch noch im Dunkeln?

»Das hat Bob gesagt, ja. Man konnte deutlich erkennen, daß jemand neben dem Schuppen gegraben hatte. Bob hat dann auch noch Davey Pascoe gefragt, weil er wußte, daß Davey die Sachen von Ihrem Großvater aus dem Schuppen geholt hat. Aber das war schon eine Woche vorher gewesen. Das wußten Sie doch, nicht wahr? Daß Ihre Großmutter Davey gesagt hatte, er könnte das Werkzeug aus dem Schuppen haben?«

»Ja, ich habe ...«

Ein durchdringender Schrei ließ uns beide erschrocken auffahren. Er kam aus der Richtung einer dichten Hecke, hinter der Miß Linseys Garten lag. Wir liefen beide zur Hecke, um zu sehen, welch fürchterliches Verbrechen wohl gerade dahinter verübt wurde, da tauchte über den Sträuchern ein Kopf auf. Eine Stimme, die jeder tragischen Schauspielerin zur Ehre gereicht hätte, sagte: »Ich habe ihn!«

12

Miß Linsey sah noch ganz genauso aus, wie ich sie in Erinnerung hatte. Sie war mittelgroß, mittelalt und mittelschlank, sonst jedoch entsprach nichts an ihr dem Durchschnitt. Aus ihrem langen, schmalen Gesicht stach eine Adlernase hervor, und ihre kurzsichtigen blauen Augen hatten einen stechenden Ausdruck. Wahrscheinlich lag es an ihrer Kurzsichtigkeit, daß sie die Gewohnheit hatte, ihren Kopf vorzustrecken und ihre Gesprächspartner intensiv anzustarren. Ich fühlte mich immer an einen Falken erinnert, der an seinem Schnabel vorbei seine Beute fixiert, die er irgendwo weit unten am Boden ausgemacht hat. Miß Linseys Haar hatte die Farbe von Pfeffer und Salz. Normalerweise trug sie es in einer altmodischen Frisur, die ein bißchen wie ein Vogelnest aussah. Im Moment jedoch hing es ihr unordentlich um den Kopf, den sie offensichtlich mitten in die Hecke gesteckt hatte. Sie hielt etwas in beiden Händen und wiederholte triumphierend: »Ich habe ihn! Gerade ist er durch die Hecke gekommen! Er war die ganze Zeit in deinem Garten.«

»Wer?« fragte Miß Mildred verständnislos.

»Henry! Falls er deine Zuckerschoten gegessen hat, tut es mir sehr leid. Er liebt Zuckerschoten, und wenn sie so nahe am Zaun sind, ist das natürlich eine ungeheure Versuchung für ihn. Ich habe schon Maschendraht gezogen, aber er findet überall einen Weg. Böser, böser Henry! Oh, hallo, ist das nicht Kathy Welland? Annie Pascoe hat gesagt, daß Sie hier sind. Ich würde gern ein bißchen mit Ihnen plaudern, aber ich kann Sie nicht zum Kaffee einladen, weil er mir gerade ausgegangen ist. Kekse habe ich auch nicht, aber vielleicht ein andermal ...«

»Vielen Dank, ich bin sowieso gerade auf dem Heimweg. Sagen Sie, wer ist Henry?«

»Oh, einen kleinen Moment, ich komme rüber. Wirklich, Mildred, eigentlich hättest du ihn doch sehen müssen, er ist schon fast eine Woche weg, und ...« Ihre Stimme wurde leiser und verebbte ganz, während sie aus unserem Blickfeld verschwand. Wir hörten ihre Gartentür zuschlagen, dann tauchte sie in Miß Mildreds Garten wieder auf. In den Händen hielt sie eine Schildkröte.

»Henry?« fragte ich.

»Ja, dieser ungezogene Junge! Ich habe ihn zufällig gesehen, wie er gerade dabei war, sich unter der Hecke hindurchzuquetschen. Dieses Mal hatte ich wirklich Angst, daß er ein für allemal verschwunden ist. Wenn sie im Winter draußen bleiben, sterben sie, wissen Sie.« Ihr durchdringender Blick richtete sich auf mich. »Nun, da sind Sie. Es stimmte also. Ich wußte es. Es ist nicht immer einfach zu erkennen, aber diesmal war ich sicher. Sie müssen um die Zeit sogar schon auf dem Weg hierher gewesen sein. Es ist wie ein Wunder.«

Dieses Wunder war eindeutig von anderer Art als das von Miß Mildred. Ich versuchte, einen Sinn in ihre Worte zu bringen. »Was meinen Sie, Miß Linsey? Was stimmte?«

Genausogut hätte ich gar nichts gefragt haben können. Miß Linsey winkte mit der Schildkröte in Richtung des Dorfes und fuhr fort: »Und als Annie Pascoe gesagt hat, daß Sie gestern mit dem Zug gekommen sind, wollte ich schon antworten ›Aber natürlich‹. Wenn sie's gar nicht gesagt hätte, hätt' ich trotzdem gewußt, daß Sie's waren, obwohl Sie all die Jahre nicht mehr hiergewesen sind. Und Sie haben sich so verändert, Sie sind jetzt eine richtige junge Dame und ...«

»Bella ...«, unterbrach Miß Mildred sie milde protestierend, aber Miß Linsey war nicht aufzuhalten. Abwehrend winkte sie mit der Schildkröte diesmal in Miß Mildreds Richtung, wobei ihre Augen auf mich fixiert blieben. »Sie sind wirklich überhaupt nicht wie Ihre Mutter, nicht wahr?«

»Wie bitte?«

»Oh, ich wollte Sie nicht beleidigen. Sie sehen sehr gut aus, das wissen Sie ja sicher, aber Sie haben dunkles Haar, und Ihre Mutter hatte dieses blonde Haar, richtig golden, als sie noch jung war, nicht wahr, Mildred?«

»Ja, aber Bella, wirklich ...«

»Natürlich verändert sich das mit der Zeit, aber für ihr Alter sieht sie immer noch sehr gut aus. Ich habe sie erst vor ein paar Tagen gesehen.«

Miß Mildred hob die Hände, um den Redefluß ihrer Nachbarin zu stoppen. Beruhigend flüsterte ich ihr zu:

»Schon gut.« Dann fragte ich laut: »Wann war das, Miß Linsey?«

»In einer der letzten Nächte, ich weiß es nicht mehr genau. Die Nächte sind alle gleich. Die Leute kommen und gehen. Einige bleiben in den Träumen, aber manche kommen auch bei Tageslicht wieder. Es ist schwer vorherzusagen. Der Mann, der bei ihr war, den kannte ich nicht. Er sah aus wie ein Zigeuner. Sie ist mit einem Zigeuner weggegangen, nicht wahr?« Sie schwieg einen Moment, aber nicht etwa, weil sie eine Antwort erwartete. In ihrer Stimme und ihrem Blick war nicht die Spur von Böswilligkeit. Während sie wieder eine weitausholende Geste mit der armen Schildkröte machte, lächelte sie mich an »Aber Sie müssen sich deswegen keine Sorgen machen, meine Liebe. Es gibt keinen Grund, Angst vor ihnen zu haben. Vor den Geistern, meine ich. Glauben Sie mir, ich weiß das. Sie kommen nur zurück, wenn sie einsam sind oder wenn sie einem etwas sagen wollen. Niemals fügen sie jemandem Schaden zu.«

»Aber dein Henry«, mischte sich Miß Mildred jetzt mit lauter Stimme ein, offenbar fest entschlossen, das Gespräch zurück auf den Boden der Tatsachen zu holen, »dein Henry hat meinen Blumen sehr wohl Schaden zugefügt. Bis jetzt hatte ich's noch gar nicht bemerkt, aber sieh dir das an.« Sie zeigte auf eine Stelle mit Glockenblumen. »Meine kleinen blauen Glöckchen, so nenne ich sie immer, und alle so zerdrückt und angeknabbert. Das muß Henry gewesen sein, aber vielleicht hatte die arme Seele ja Hunger. Es ist wohl besser, du bringst ihn nach Hause und bietest ihm etwas von dem Salat an, den ich dir mitgegeben habe. Und was hältst du davon, wenn du dann zurückkommst und mit mir Kaffee trinkst? Ich habe heute morgen gebacken.«

»Einen Moment«, sagte ich und bückte mich. Zwischen den Glockenblumen lag etwas. Es war weiß, oval und etwa fünf Zentimeter lang. Vorsichtig nahm ich es in die Hand und richtete mich auf. Keine Frage, es war ein Ei, allerdings kein Hühnerei. Die Schale war matt und etwas uneben.

Leicht befremdet betrachteten die beiden Damen das Ei auf meiner ausgestreckten Hand, die Schildkröte sah gleichgültig drein.

»Damit war Henry also beschäftigt«, sagte ich. »Oder besser Henrietta. Sie hat ein Ei gelegt.«

»Ein Ei?« Verwirrt schüttelte Miß Mildred den Kopf. »Ein Ei? Aber ... er ist doch kein Vogel. Wie kann er ein Ei legen?«

»Er ist ein Reptil, und Reptilien legen auch Eier«, erklärte ich. »Ich habe schon mal eins gesehen, es sah genauso aus. Es ist ein Schildkrötenei, bestimmt.«

Miß Linsey schaute mit einer Art Stolz zwischen dem Ei und der Schildkröte hin und her. »Wer hätte das gedacht! Henry! Und sie legen sie zum Ausbrüten einfach in die Sonne, ja? Glauben Sie, daß wir es wirklich ausbrüten könnten? Vielleicht über dem Herd oder so?« Ganz plötzlich war Miß Linsey in die Wirklichkeit zurückgekehrt. Sie sah Miß Mildred an, und in ihrem Blick lag eine Art nachsichtiger Sympathie. »Wäre das nicht nett, eine Babyschildkröte großzuziehen? Was meinen Sie dazu, Kathy?«

»Ich weiß nicht ... Sie können es ja versuchen. Aber ... lebt Henry denn allein, oder hat noch irgend jemand anders im Dorf eine Schildkröte?«

»Nein, ich hab' noch nie von einer anderen gehört, und ich habe ihn schon seit drei Jahren. Na dann«, sagte Miß Linsey achselzuckend und steckte das Ei in ihre Tasche. »Also, Mildred, ich bringe Henry jetzt nach Hause in seinen Käfig. Meine Güte, es ist viel zu schwierig, mit einemmal sie zu ihm zu sagen. Und ich komme gerne zum Kaffee, danke.« Zu mir gewandt fragte sie: »Bleiben Sie auch, Kathy?«

»Ich kann leider nicht. Ich muß heute noch eine Menge erledigen, aber ich hoffe, wir sehen uns noch einmal, bevor ich wieder abfahre. Vielleicht ...« Doch Miß Linsey war schon wieder verschwunden. Wir konnten ihre leiser werdende Stimme hören, die ermahnend auf Henry einredete.

»Hm, Kathy, meine Liebe«, sagte Miß Mildred leise, »was

sie da über Ihre arme Mutter gesagt hat, das ist einfach so ihre Art, wissen Sie. Es bedeutet überhaupt nichts. Sie sieht dauernd solche Sachen. Erst neulich hat sie mir erzählt, daß unser lieber Vater hier war und im Garten gearbeitet hat. Uns Sie wissen ja, daß er schon bald fünfzehn Jahre tot ist, und er war auch nicht gerade ein großer Gärtner. Ich weiß nicht, ob Sie sich erinnern, wie sie manchmal redet ...«

»Ja, ich erinnere mich daran.« Ich erinnerte mich auch daran, was ich von dem alten Vater Pope gehört hatte. Er war ein Tyrann gewesen, der nie in seinem Leben einen Spaten angefaßt hatte. Liebevoll war er von seinen beiden Töchtern versorgt worden, bis deren Chance, ein eigenes Leben zu führen, längst vorbei war. Lächelnd sagte ich: »Ich weiß schon. Es war nur einer ihrer Träume. Machen Sie sich keine Sorgen um mich, es macht mir nichts aus.«

»Nun, das ist gut.« Erleichtert wechselte sie das Thema, während sie mich zum Gartentor begleitete. »Wenn Sie also wirklich gehen müssen ... Ist das nicht eine merkwürdige Geschichte mit Henry? Das Ei, meine ich. Und wäre es nicht wirklich hübsch – und natürlich auch für Henry selbst bestimmt besser – wenn wir es irgendwie ausbrüten könnten? Was meinen Sie, vielleicht könnte eine von Mrs. Blaneys Hennen ... Mrs. Blaney hat mir neulich erzählt, daß gerade welche brüten.«

»Ich glaube nicht, daß man das Ei ausbrüten kann. Wenn es keine andere Schildkröte im Dorf gibt ...«

»Was hat das denn damit zu tun?«

Nachdem ich einen verblüfften Blick auf ihr freundliches Gesicht mit dem fragenden Ausdruck geworfen hatte, nahm ich zu einer Ausrede Zuflucht. »Hennen brüten nicht lange genug. Schildkröteneier brauchen ewig lange, wissen Sie. Und ... nein, nein, glauben Sie mir, Miß Mildred, es würde nicht funktionieren.«

»Nein? Wie schade. Na gut. Also lassen Sie sich von Bellas Träumen und Erscheinungen nicht beunruhigen. Manchmal ist sie etwas durcheinander. Sie ist wirklich sehr nett, aber man könnte sagen, etwas weltfremd. Können Sie wirklich nicht zum Kaffee bleiben?«

»Nein, vielen Dank. Ich muß unbedingt heute noch etwas heraussuchen, und dann wird es auch einige Zeit dauern, die Sachen für Großmutter zusammenzustellen. Aber ich würde gerne noch einmal kommen, bevor ich abfahre, um Sie – und natürlich Miß Agatha – zu besuchen. Dann also auf Wiedersehen, Miß Mildred.«

Als ich mich auf den Heimweg machte, kam ich mir ein bißchen vor wie Alice, die aus dem Wunderland kommt.

13

Es war tatsächlich so; neben der seitlichen Schuppenwand hatte jemand gegraben. Die frisch aufgeworfene Erde war erst oberflächlich getrocknet.

Während ich regungslos dastand und auf den Erdboden starrte, gingen mir die Erzählungen der beiden Damen von Witches' Corner durch den Kopf. Geister, Erscheinungen, Dunkelheit und sich bewegende Lichter, jemand grub in der Erde … In meinen Gedanken formte sich aus all dem das Wort *Grab.* Selbst an einem so sonnigen Tag wie heute ließ mich die Vorstellung frösteln.

Ich rief mich selbst zur Vernunft. Ein Grab? Der Flecken frisch aufgeworfene Erde war vielleicht einen halben Quadratmeter groß. Wenn dort wirklich jemand etwas vergraben hatte, konnte es nicht größer als eine Katze sein.

Vergraben. Dieses Wort rief eine ganz andere Assoziation hervor. Dazu paßte ›Schatz‹. Man vergrub einen Schatz. Und eine Art Schatz war gestohlen worden. Zwar konnte ich mir keinen Grund vorstellen, warum jemand erst Großmutters Safe ausrauben und dann die Beute ein paar Meter weiter im Garten vergraben sollte, aber trotzdem – ich mußte herausfinden, ob vielleicht genau das passiert war.

Allerdings hatte ich keinen Spaten. Davey – daran wurde ich immer wieder erinnert – hatte alle Werkzeuge und Gartengeräte. Diesmal wollte ich nicht erst zur Hall laufen. In dem Raum für die Kohlen gab es eine Schaufel. Sie war schwer und für meinen Zweck nicht besonders geeignet, aber es mußte gehen. Fast erwartete ich schon, daß sie mit all den anderen Sachen verschwunden war, doch sie stand gleich hinter der Tür an die Wand gelehnt.

Als ich die Schaufel für den ersten Stich ansetzte, bemerkte ich, daß an dem Metall außer den Resten von Kohlenstaub auch trockene Erde haftete. Ich bückte mich, um näher hinzusehen, und dabei entdeckte ich in der umgegrabenen Erde Spuren von Kohlenstaub.

Offensichtlich hatte also die Person, die hier gegraben hatte, ebenfalls die Schaufel benutzt. Nach Miß Mildreds Aussage war das Montag abend gewesen, und Davey hatte die Werkzeuge in der Woche davor geholt. Das paßte.

Ich begann mit der Arbeit. Nach etwa zwanzig für meinen Rücken äußerst anstrengenden Minuten war ich etwa einen halben Meter tief gekommen und stieß nun auf unberührten Lehm. Hier war nichts vergraben.

Also mußte ich wohl weiter nach dem vermißten Schatz suchen. Ich stellte die Schaufel wieder weg und ging ins Haus, um mich zu waschen und mir etwas zu essen zu machen.

Wenigstens war es nicht schwierig, das Fotoalbum zu finden. In Rose Cottage hatte es nie viele Bücher gegeben; Großmutter las Wochenzeitschriften, die sie Bücher nannte, und sonst sehr wenig außer der Bibel. Diese lag im untersten Schub des Sideboards, und dort war auch das Album. Es war eigentlich mehr als ein Fotoalbum, es war eine Art Familiendokumentation; außer den Fotos befand sich darin noch ein Briefumschlag voller alter, vergilbter Zeitungsausschnitte aus dem Echo, unserem Lokalblatt. Ein oberflächliches Durchsehen ergab, daß in den meisten etwas über die Brandons und die Ereignisse in der Hall stand oder über die Preise, die Großvater bei Wettbewerben für seine Blumen gewonnen hatte. Über den Weggang meiner Mutter oder ihren Tod fand ich nichts. Entweder war den Zeitungen beides nicht wichtig genug gewesen, um darüber zu berichten, oder meine Großmutter hatte die Artikel nicht aufheben wollen.

Ich holte Kugelschreiber und Notizblock und setzte mich an den großen Tisch, um die Daten für den Pfarrer herauszusuchen. Vermutlich wird kaum jemand in der Lage sein, schnell durch ein altes Fotoalbum zu blättern, das er jahrelang nicht gesehen hat. Ich jedenfalls brauchte bis weit in den Nachmittag, um die paar Daten zusammenzustellen. Nach einer Teepause nahm ich als nächstes Großmutters Liste in Angriff. Ich suchte all die kleinen Dinge zusammen, die sie haben wollte, und stellte sie zum Einpacken auf das Sideboard oder auf den Tisch in die hintere Küche.

Schließlich setzte ich mich nach dem ereignisreichen Tag mit gutem Appetit zum Abendbrot nieder. Draußen wurde es schon dunkel. Ich hatte gerade das Geschirr abgewaschen und weggestellt, als es leise an der Tür klopfte. Verwundert fragte ich mich, wer wohl so spät noch bei mir vorbeikommen würde, und öffnete die Tür. Miß Linsey stand draußen. Das Licht, das aus dem Haus fiel, ließ sie in der Dämmerung fast gespenstisch aussehen. Sie trug eine Art Umhang, in den sie sich fest eingewickelt hatte, und ihr zerzaustes Haar umgab ihren Kopf wie ein Heiligenschein.

Während sie mich flüsternd begrüßte, warf sie einen nervösen Blick über die Schulter, so daß ich mich unwillkürlich draußen umschaute, ob noch jemand anders in der Nähe war. Aber im Garten und auf dem Weg war niemand zu sehen.

»Ich bin's nur, Kathy. Darf ich hereinkommen?«

»Aber natürlich, Miß Linsey. Was für eine nette Überraschung.« Ich trat zurück und hielt ihr die Tür auf. »Leider habe ich kein Feuer angemacht, aber bitte ...«

»Egal, egal.« Sie huschte an mir vorbei.

»Darf ich Ihnen den Mantel abnehmen, oder möchten Sie ihn lieber anbehalten?«

Die höflichen Floskeln hatten nicht die gewünschte besänftigende Wirkung. Sie verhielt sich weiter, als befänden wir uns in einer äußerst dramatischen Situation, aus welchen Gründen auch immer. Kaum hatte sie die Küche betreten, sah sie sich um, ob ich auch die Tür verschlossen hatte. Dann blickte sie im ganzen Zimmer umher, als wollte sie sich vergewissern, daß sich außer uns beiden niemand anders mehr hier aufhielt.

»Sie hatten die Tür nicht abgeschlossen«, sagte sie mit noch immer gedämpfter Stimme.

»Nein, wir haben hier eigentlich nie abgeschlossen. Hat sich denn die Situation seit damals verändert?« Ich lächelte sie beruhigend an. Fast hätte ich auch geflüstert. »Ich habe den Pfarrer nach den Zigeunern gefragt, aber er sagte, sie seien nie wiedergekommen. Und auch wenn sie hier gewesen wären ...«

»Das ist es ja. Genau das ist es. Sie sind hier gewesen.«

Ich war gerade dabei, eine Schachtel Streichhölzer vom Kaminsims zu nehmen, um das Feuer anzuzünden, und hielt mitten in der Bewegung inne. Als ich sie ansah, nickte sie heftig. Unruhig blickte sie nach rechts und links, und ich hatte den Eindruck, sie sah weniger verwirrt als ernsthaft besorgt aus.

»Lassen Sie mich erst einmal das Feuer in Gang bringen«, sagte ich besänftigend, »und kommen Sie, setzen Sie sich hier in den Schaukelstuhl. Gleich wird es warm werden, dann können wir uns in Ruhe unterhalten.«

Die Holzscheite, die ich in bewährter Manier aufgeschichtet hatte, fingen schnell Feuer, und die aufzüngelnden Flammen verbreiteten einen behaglichen Schein. Miß Linsey war in Großvaters Schaukelstuhl gesunken, hatte ihren Umhang zurückgleiten lassen und streckte ihre Hände der Wärme entgegen.

»Ich mache uns einen Tee.« Ohne eine Antwort abzuwarten, ging ich den Wasserkessel aufsetzen. Als ich mit den Teeutensilien und zwei Tassen auf einem Tablett zurückkam, hatte Miß Linsey das Fotoalbum auf den Knien und blätterte langsam die Seiten um.

Ich stellte das Tablett ab. »Milch und Zucker?«

»Keinen Zucker, vielen Dank.« Während ich die Tasse neben sie auf den Ofen stellte, seufzte sie und sagte: »Ach ja. Sie war es. Ich wußte es.«

Ich warf einen Blick auf die aufgeschlagene Seite des Albums, die vier Schwarzweißfotos zeigte. Ich konnte mich noch erinnern, daß sie mit der billigen kleinen Brownie-Kamera aufgenommen worden waren, die Großvater so geliebt hatte. Die Aufnahmen waren nicht größer als vier mal sechs Zentimeter, aber sie waren scharf, und man konnte alle Einzelheiten erkennen. Auf einem Foto saß Großmutter auf einer Bank vor dem Cottage, auf den Knien ein Spitzenkissen. Früher hatte sie manchmal wunderbar zarte Spitze angefertigt, um sie zu verkaufen. Eine andere Aufnahme zeigte Großmutter neben der Gartentür beim Bohnenpflücken. Daneben stand ich. Ich war noch sehr klein, hatte keine Schuhe an und trug ein bedrucktes Baumwollkleid und eine Haube. Mit beiden Händen hielt ich den Korb für die Bohnen. Auf dem dritten Foto hockte ich vor der Haustür, die Arme um unseren Hund Nip gelegt. Das vierte Bild war besonders schön, der Schnappschuß eines glücklichen Moments. Ein hübsches, schlankes Mädchen stand mit einem armvoll Blumen vor der Gartentür. Sie lachte. In meiner Erinnerung hatte sie immer gelacht, nur nicht in der Nacht, als ich sie zum letzten Mal gesehen hatte. Es war meine Mutter, Lilias.

»Sie sind schön, nicht wahr?« Ich gab mir Mühe, meine Stimme so sachlich wie möglich klingen zu lassen. »Ich habe gerade ein paar Daten herausgesucht. Das Album ist ziemlich schwer, warten Sie, ich nehme es Ihnen ab.« Ich legte es zurück auf den Tisch, dann setzte ich mich neben Miß Linsey vor das Feuer.

Bevor ich etwas sagen konnte, lehnte sie sich vor und fixierte mich eindringlich. »Sie können sich wahrscheinlich kaum an sie erinnern, nehme ich an. Wie alt waren Sie, als sie fortgegangen ist? Fünf? Sechs? Aber ich habe sie gut gekannt. Und sie war niemand, den man schnell vergißt, sie war eine so außerordentlich hübsche Person. Das arme Mädchen. Wenn ich nur damals schon gewußt hätte, was ich heute weiß, dann hätte ich sie warnen können. Aber dann wäre alles anders gewesen, nicht wahr?«

»Hm, ja, das nehme ich an. Aber Miß Linsey, Sie haben eben gesagt, daß die Zigeuner wieder da waren. Hat Miß Mildred Ihnen erzählt, worüber sie heute mittag mit mir gesprochen hat?«

»Nicht, wenn es etwas Wichtiges war«, entgegnete Miß Linsey und hörte sich plötzlich überraschend normal an. »Das tut sie nie. Ich glaube, ihre Schwester warnt sie davor, weil sie mich für verrückt hält. Das kommt daher, daß sie nur das sehen kann, was sich direkt vor ihren Augen abspielt. Und Miß Milly kann manchmal noch nicht mal das sehen. Sie ist wirklich liebenswert, aber so weltfremd.« Miß Linsey schüttelte den Kopf und trank einen Schluck Tee. »Wissen Sie, ich glaube, sie weiß noch nicht einmal, was die Bienen mit ihren schönen Blumen anstellen.«

Ich lachte. »Sie meinen, wegen Henry?«

»Ja. Heute morgen hat sie mich eine halbe Stunde lang davon zu überzeugen versucht, daß wir uns irgend etwas überlegen sollten, um dieses dumme Ei auszubrüten. Dabei wußte sie doch, daß Henry drei Jahre lang allein in meinem Garten gelebt hat. Aber sie ist so nett, und wenigstens zieht sie nicht über andere her wie Agatha.«

Ich wußte, was sie meinte, Großmutter hatte manchmal darüber gesprochen. Agatha war eine Geschäftsfrau und hatte wenig Geduld mit ihrer oft in einer anderen Welt lebenden Nachbarin. Sie war der Meinung – und hielt damit nicht hinter dem Berg –, daß Miß Linsey sich doch als Wahrsagerin niederlassen und mit einer Kristallkugel oder ähnlichem Unsinn wenigstens ein bißchen Geld verdienen könnte. Dann bräuchte sie zumindest nicht von dem Brot und dem Grünzeug zu leben, das ihre großherzige Schwester ihr immer gab.

Miß Linsey setzte ihre Tasse ab und richtete sich wieder bequem in den weiten Falten ihres Umhangs ein. Ihr Gesichtsausdruck war nicht mehr so gehetzt, aber sie sah noch immer besorgt aus. »Es tut mir leid, daß ich Sie so spät noch störe, Kathy, aber ich konnte erst jetzt weg, weil ich fürchtete, daß Milly mich sonst sehen würde. Und dann hätte sie womöglich versucht, mich zurückzuhalten. Sie haben ja miterlebt, was heute morgen passiert ist. Ich wollte es Ihnen eigentlich da schon sagen, aber dann gab es diese Aufregung um Henry, und ich sage Ihnen ehrlich, ich glaube, daß Milly absichtlich das Thema wechseln wollte.«

»Das könnte sein. Sie hatte mir gerade selbst etwas erzählt, und ich kann mir vorstellen, daß sie sich Sorgen um mich gemacht hat. Und dann haben Sie gesagt, daß Sie einen Traum hatten, in dem meine Mutter vorkam und auch der Zigeuner, mit dem sie weggelaufen ist.« Ich hob die Hände. »Aber das macht mir nichts mehr aus. Es ist so lange her, und jeder kennt die Geschichte. Es ist vorbei und hat nichts mehr mit meiner jetzigen Person zu tun.«

»Aber das ist es ja gerade. Es ist nicht vorbei. Es hat alles mit etwas angefangen, das ich gesehen habe. Vielleicht war es ein Traum, ich weiß es nicht genau. Jedenfalls war sie da, und der Zigeuner war bei ihr. Sie hatten ein Licht, eine Laterne, und sie waren auf dem Zigeunerweg, wo der alte Wohnwagen ist – wissen Sie, welchen ich meine?«

»Ja, aber Miß Linsey ... Nein, bitte hören Sie mir zu! Ich weiß, daß Sie manchmal Dinge sehen, die andere nicht sehen können, und daß Sie von Sachen träumen, die dann tatsächlich passieren. Ich erinnere mich, was Großmutter mir von Ihnen erzählt hat, als ich klein war. Wir Kinder wußten alle davon.« Ich lächelte etwas bemüht. »Manchmal hatten wir sogar ein bißchen Angst vor Ihnen. Wir dachten, Sie wären vielleicht eine Hexe. Aber daß Sie jetzt glauben, meine Mutter gesehen zu haben ...« Ich schüttelte den Kopf. »Sie ist tot, und Jamie – so hieß der Zigeuner – ist auch tot. Und dieser alte Wohnwagen, nun, wenn er überhaupt noch da ist, ist er inzwischen in Einzelteile zerfallen. Wozu sollte jemand noch dorthin gehen?« Begütigend fügte ich hinzu: »Es muß ein ganz normaler Traum gewesen sein, Miß Linsey.«

»Aber da war dieses Licht, ich habe ganz sicher ein Licht gesehen.«

»Hier bei Rose Cottage war jemand mit einem Licht, am Montagabend. Das hat mir Miß Mildred heute erzählt. Sie meinte, sie hätte jemanden beim Schuppen hinter dem Haus gesehen. Und ich habe vorhin nachgeschaut, es hat tatsächlich jemand neben dem Schuppen gegraben. Aber ich habe keine Ahnung, wieso. Es ist nichts in der Erde.«

»Das muß Davey Pascoe gewesen sein«, sagte Miß Linsey ungeduldig. »Er hat die Werkzeuge geholt. Das hat nichts damit zu tun. Und es war auch nicht Montag, als ich sie gesehen habe, Lilias und den Zigeuner, meine ich. Sie waren auch nicht hier beim Cottage.«

Wieder schaute sie mich mit diesem merkwürdig leuchtenden Blick an, aber jetzt hatte ich das unbehagliche Gefühl, daß sie mich gar nicht sah. »Der Wohnwagen – vielleicht haben sie damit recht. Das war eine andere Zeit, und jetzt, wo ich mich wieder daran erinnere ... Alles war wirklich genau wie damals. Die Laterne schien durch die Bäume, und der Wohnwagen war überhaupt nicht beschädigt, und daneben stand ein Pferd. Dann kam sie den Weg hinuntergelaufen und hatte zwei große Taschen in der Hand ...«

»Miß Linsey ...« versuchte ich sie zu unterbrechen, aber sie beachtete mich nicht. Während sie fortfuhr, blickte sie an mir vorbei, als ob die Hauswände sich aufgelöst hätten und statt dessen all das zu sehen war, was sie beschrieb.

»Und dann waren sie doch nicht da. Sie waren nicht da. Es stimmt, das war nur ein Traum. Mildred hatte nicht recht, sie waren auf dem Weg, nicht beim Cottage.«

Ich schwieg. Im Kamin brach mit lautem Knacken ein Holzscheit. Das Geräusch brachte Miß Linsey wieder zurück in diese Welt. Als sie sich mir jetzt zuwandte, sah sie mich.

»Aber das andere Mal war es nicht dasselbe. Da waren sie auf dem Friedhof. Und sie hatten keine Laterne dabei, sondern er hielt eine Taschenlampe, eine ganz gewöhnliche Taschenlampe. Damit leuchtete er auf das Grab.«

Wieder dieses Wort – und wieder ließ es mich frösteln. Ich sagte nichts. Ihre auf mich gerichteten Augen drückten noch immer Besorgnis aus, aber ihr Blick war nicht verwirrt.

Sie nickte. »Verstehen Sie, es ist nicht immer leicht, die beiden Arten von Realität auseinanderzuhalten. Also verzeihen Sie mir bitte, und vergessen Sie den Traum von dem Wohnwagen, wenn es geht. Auch wenn es so gewesen ist, es ist lange, lange her.«

»Ich weiß.«

Ruhig setzte sie ihre Teetasse ab und lehnte sich nach vorn. Sie flüsterte nicht mehr, und der normale, alltägliche Ton ihrer Stimme machte ihre Erzählung glaubhafter.

»Aber das andere ist wirklich passiert, Kathy, jetzt erinnere ich mich ganz deutlich. Es war am Sonntag. Ich gehe sonntags immer auf den Friedhof, nach dem Abendgottesdienst, um mich um Alberts Grab zu kümmern – Albert war mein Bruder, Sie haben ihn nie kennengelernt. Und an dem Abend hat mich Mrs. Winton Smith aufgehalten, sie wollte irgendwas wegen der Sonntagsschule mit mir besprechen, ich helfe dort immer. Also war ich ein bißchen spät dran, und als ich auf den Friedhof kam, war es schon fast dunkel. Aber das Licht von der Taschenlampe wurde von einem weißen Grabstein zurückgeworfen, von diesem Marmorengel mit der Bibel, und da habe ich sie erkannt.«

»Aber Miß Linsey, bitte! Ich weiß nicht ... Wollen Sie mir wirklich sagen ... Meinen Sie, Sie haben ...« Ich brachte es nicht über die Lippen. »Also ich weiß nicht, was Sie glauben, was Sie gesehen haben. Aber auf jeden Fall ist es fast zwanzig Jahre her …«

»Ich weiß.« Noch immer sprach sie in diesem sachlichen, alltäglichen Ton. »Deswegen habe ich heute mittag auch gesagt, sie sieht gut aus für ihr Alter. Noch immer so hübsch, und in dem Licht … Ich denke, meine Vision von ihr bei dem Wohnwagen – nennen Sie es einen Traum, wenn Ihnen das angenehmer ist – mein Traum hatte mich daran erinnert, wie sie aussah. Aber dort auf dem Friedhof war ich mir ganz sicher.«

»Ich …« Ich stockte und holte tief Luft. Mein Herz schlug schneller, und ich mußte mich bemühen, damit meine Stimme keinen allzu scharfen, protestierenden Unterton hatte. »Gut, Miß Linsey. Aber wenn Sie so sicher waren, daß es … also fassen wir's in Worte – wenn Sie so sicher waren, daß es meine Mutter war, lebendig und wieder hier in Todhall, warum haben Sie dann nichts zu ihr gesagt? Warum haben Sie sie nicht gerufen oder sind hingegangen, um mit ihr zu sprechen?«

»Ich habe es versucht«, antwortete Miß Linsey. »Ich habe etwas gesagt, und ich wollte zu ihr hinlaufen, aber dann bin ich über einen Stein gestolpert, meine Blumen sind mir aus der Hand gefallen, und als ich mich wieder aufrichtete, waren sie weg.«

»Sie? Wer war denn noch dabei?«

»Ich konnte ihn nicht sehr gut sehen, und ich habe ihn ja auch nie gekannt, aber er war groß und dunkelhaarig, wie der Zigeuner bei dem Wohnwagen.«

»Und als Sie etwas gesagt haben und zu ihnen gehen wollten, sind die beiden einfach verschwunden?«

Sie nickte, aber so, als antwortete sie auf eine Frage, die ich gar nicht gestellt hatte. »Ja, meine Liebe, ich weiß. Sie sind sehr freundlich, und Sie haben gute Manieren, und deshalb hören Sie mir zu. Aber Sie glauben mir trotzdem nicht. Nun, ich verstehe es genauso wenig wie Sie, und vielleicht habe ich mich ja auch geirrt, aber ich mußte es Ihnen sagen. Ich glaube bestimmt, daß ich sie dort gesehen habe, beide zusammen, am Sonntag am Grab.«

»Am Grab Ihres Bruders?« fragte ich.

»O nein! Was sollten sie denn da? Es war das Grab Ihrer Tante Betsy.«

Bald danach ging Miß Linsey. Mein Angebot, sie bis zur Straße zu bringen, lehnte sie ab. Die Dunkelheit hatte ihr noch nie Angst gemacht, sagte sie, und dabei klang wieder etwas von ihrer üblichen exzentrischen Art durch; eigentlich fand sie die Nacht interessanter als den Tag. Mit dieser Bemerkung schwebte sie davon, ein formloser, in einen Umhang gehüllter Geist. Gleich darauf war sie im Dunkeln verschwunden.

Einen Moment blieb ich reglos vorm Haus stehen und starrte in die Nacht. Nun, das war kein alltäglicher Besuch gewesen. Kopfschüttelnd ging ich zurück in die vom Feuer behaglich erleuchtete Küche und versuchte, vernünftig und kühl über das nachzudenken, was Miß Linsey mir eben erzählt hatte. Es konnte nicht wahr sein. Es konnte einfach nicht wahr sein. Gut, ihre so anschauliche Vision von der jungen Lilias, wie sie durch den Zigeunerweg lief, hatte sie schließlich selbst als Traum bezeichnet. Aber eben darum erschien ihre Erzählung von dem Paar auf dem Friedhof glaubhafter, auch wenn vielleicht ihre Interpretation falsch war.

Ich legte das Fotoalbum zum Einpacken zu den anderen Sachen auf das Sideboard. Dann suchte ich in den Schubladen nach einem Briefumschlag für die Liste mit den Daten, die ich am nächsten Tag dem Pfarrer mit dem Milchwagen mitschicken würde. Während ich das Papier zusammenfaltete und den Briefumschlag verschloß, gingen mir all die merkwürdigen Dinge durch den Kopf, die sich ereignet hatten. Das Licht im Garten hinterm Haus. Der leere Safe – ausgeraubt von jemandem, der im Besitz eines Schlüssels war. Jemand, der in der Erde neben dem Werkzeugschuppen gegraben hatte. Und nun noch diese merkwürdige und unwahrscheinliche Geschichte von Lilias und ihrem Zigeuner bei Tante Betsys Grab ...

Im Moment war es mir eher eine Beruhigung, daß sich kein Zusammenhang ergab, der diese Geschichte glaubwürdig machte. Lilias sollte von den Toten auferstanden sein und sich nicht mit Großmutter oder mir selbst in Verbindung gesetzt haben? Sie sollte sechzehn Jahre lang am Leben gewesen sein und doch während dieser langen Zeit nicht einmal zu ihrer Mutter oder ihrer Tochter Kontakt aufgenommen haben? Und dann sollte sie ausgerechnet das Grab der Frau besucht haben, die sie aus gutem Grund haßte, und wieder verschwunden sein wie ein Geist, als Miß Linsey sich ihr näherte?

Entschlossen stand ich auf, legte den Briefumschlag und einen Keks für Rosy zu der Milchflasche vorm Haus, löschte die Reste des Feuers, schloß beide Türen ab und ging zu Bett. Ich wollte nicht, daß noch irgend etwas Rätselhaftes passierte, während ich allein in Rose Cottage war.

14

Am nächsten Morgen wurde ich von Rosys Hufschlag geweckt. Ich war erst spät eingeschlafen; die Gedanken an Miß Linseys Geister hatten mich nicht zur Ruhe kommen lassen. Wenn Miß Mildreds Geschichte von dem Licht hinterm Haus stimmte – und das schien durch das umgegrabene Stück Erde bewiesen –, bestand dann nicht zumindest die Möglichkeit, daß auch Miß Linseys Erzählung von dem Paar bei dem Wohnwagen etwas Wahres enthielt? Natürlich glaubte ich nicht daran, daß tatsächlich die junge Lilias mit zwei Taschen den Zigeunerweg entlanggelaufen war – dabei handelte es sich um ein Bild aus der Vergangenheit, das jeder im Dorf längst kannte. Miß Linsey hatte ja selbst zugegeben, daß es wohl nur ein Traum gewesen war. Nur –

nicht umsonst wurde Miß Linsey manchmal im Dorf als Hexe bezeichnet; zumindest zwei Fälle waren mir in Erinnerung geblieben, in denen ihre prophetischen Träume eines bevorstehenden Unglücks sich bewahrheitet hatten. Und in einem dieser Fälle war aufgrund ihrer Warnung ein Leben gerettet worden. Vielleicht wäre es also doch besser, ihrer Vision nachzugehen.

Schwieriger zu erklären fand ich Miß Linseys Geschichte von dem Paar, das sie auf dem Friedhof gesehen zu haben meinte. Ihr sonntäglicher Gang zum Grab ihres Bruders entsprach sicher den Tatsachen, aber das Treffen mit dem gespenstischen Paar war wohl eher eine Ausgeburt ihrer Fantasie, vielleicht angeregt durch den anderen Traum. Denn hätte Miß Linsey Lilias in der Dämmerung überhaupt erkennen können, eine Lilias, die sie seit fast zwanzig Jahren nicht mehr gesehen hatte? Und dann das plötzliche Verschwinden von Lilias und ihrem Begleiter, als Miß Linsey sich den beiden nähern wollte – nein, das Ganze konnte nur eine Einbildung sein.

Trotzdem gab es etwas, das mich auch diese Geschichte nicht leichtfertig abtun ließ; offenbar hatte Miß Linsey sie mir nämlich keineswegs gerne erzählt, im Gegenteil schien der Vorfall ihr selbst zu schaffen zu machen. Sollte es sich dabei also doch um eine Art Botschaft für mich handeln, übermittelt durch Miß Linseys übersinnliche Fähigkeiten, so wie die Prophezeiungen, an die das Dorf sich noch immer voller Respekt erinnerte?

Was für ein Unsinn, rief ich mich selbst zur Vernunft. Ich hatte genügend eigene Rätsel zu lösen. Dafür hätte ich Miß Linseys hellseherische Fähigkeiten ausnutzen und sie fragen sollen, wohin Großmutters Schätze verschwunden waren.

Dieser nüchterne Gedanke holte mich zurück in die Wirklichkeit. Ich drehte mich auf die andere Seite und schlief endlich ein, um erst am nächsten Morgen von dem Milchwagen geweckt zu werden.

Als ich die Gartentür quietschen hörte, warf ich das Deckbett zurück, sprang aus dem Bett und lief zum offenen Fenster.

»Guten Morgen, Mr. Blaney! Tut mir leid, ich habe bis eben geschlafen. Nur einen halben Liter, bitte, und könnten Sie so freundlich sein und den Briefumschlag beim Pfarrer abgeben? Er weiß davon.«

»Natürlich, mach' ich gern. Schöner Tag heute, nicht wahr? Bleiben Sie übers Wochenende? Dann machen Sie sich mal keine Gedanken, schlafen Sie nur schön aus, ich lasse Ihnen morgen eine Flasche da und am Sonnabend zwei. Am Sonntag bleiben wir nämlich zu Hause.«

›Wir‹, das waren er und Rosy. Mr. Blaney hatte auch am Sonntag nicht frei, das gab es bei Bauern nicht. Aber es war Rosys freier Tag, daran erinnerte ich mich jetzt. Lächelnd sagte ich: »Ja, gut, vielen Dank. Sieht aus, als würde ich mindestens bis Montag hierbleiben. Da unter dem Briefumschlag ist der Keks für Rosy.«

Er nahm ihn, steckte den Briefumschlag in die Tasche, winkte zum Abschied mit der leeren Milchflasche und ging zurück zum Wagen.

Mr. Blaneys selbstverständliche Freundlichkeit ließ mir die Sorgen der Nacht unwirklich erscheinen, das kurze Gespräch mit ihm hatte mich beruhigt und aufgemuntert. Ich zog mich an und frühstückte. Nachdem ich all die morgendlichen Erledigungen hinter mich gebracht hatte, ging ich in den Garten, um Blumen für Großvaters Grab zu pflücken. Daß ich ausgerechnet den heutigen Morgen wählte, um zum Friedhof zu gehen, hatte nichts mit Miß Linseys Erzählung zu tun. Zumindest sagte ich mir das. Irgendwann während meines Aufenthalts in Todhall wäre ich auf jeden Fall hingegangen. Außerdem hatte ich von Großmutter den Auftrag nachzusehen, ob der Kirchendiener sich den kleinen Betrag auch wirklich verdiente, den er für die Pflege von Großvaters Grab regelmäßig erhielt. Und nur darum ging es. Nicht um Geister oder die Träume einer Hexe.

Nachdem ich die Blumen gepflückt und zusammen mit etwas feuchtem Moos in einem Korb verstaut hatte, machte ich mich auf den Weg. Der Friedhof lag am südlichen Ende des Dorfes, und es gab zwei Möglichkeiten, dorthin zu gelangen; der kürzere Weg war der, den der Milchwagen nahm, der andere führte über den Zigeunerweg und traf etwa dreihundert Meter jenseits der Friedhofsmauer auf die Hauptstraße. Diesmal machte ich mir nicht die Mühe, eine Begründung für meine Entscheidung zu suchen. Ich ging über das Feld in Richtung des Zigeunerwegs.

Noch ertönte überall der morgendliche Gesang der Vögel. Der Wind war heute stärker, aber in dem geschützten Zigeunerweg stand die Luft still. Ich atmete den Duft von Farnen, vermoderten Blättern, wildem Knoblauch und Moschuskraut. Hoch über mir rauschten die Baumwipfel, aber dort, wo ich ging, war es wie am Grunde eines tiefen, stillen Flusses. Die einzigen Bewegungen waren das plötzliche Vorbeihuschen eines rotbraunen Schattens, als ein Eichhörnchen über den Weg sprang, und der Flug einer Amsel, die mit einem Schnabel voll Futter für ihre Jungen tief über den Boden hinwegglitt.

Schließlich passierte ich die Lücke in der Hecke, durch die ich den Weg betreten hatte, als ich vom Bahnhof kam. Ein Stück weiter sah ich die Reste des Wohnwagens. Er war überwachsen von Holunder- und Brombeersträuchern, die sich auch in seinem Innern ausgebreitet hatten. Überall wucherten Brennesseln, die Pflanzen, die den Menschen folgen und sich in ihren verlassenen Häusern einnisten.

Ein Wagenrad lag flach am Boden und war in dem langen Gras kaum zu sehen, das andere wurde noch von einem verrosteten Bolzen in einer schrägen Lage gehalten. Das Holz der Räder war fast völlig verrottet, nur noch Reste davon hingen an den vom Rost zerfressenen eisernen Felgen. Der Wagen hatte kein Dach mehr, die Seitenteile hingen schief oder lagen am Boden, überwuchert von Pflanzen.

Dies hier war ein längst in Vergessenheit geratenes Wrack, mehr nicht; der Anblick rief keine besondere Reaktion in mir hervor. Trotzdem stellte ich meinen Korb ab und kroch durch das Unterholz, um mir die Reste des Wagens genauer anzusehen. Alles, was ich mir dabei holte, waren ein paar Brennesselstiche und Kratzer von den Brombeersträuchern. Keine Botschaft aus der Vergangenheit wartete auf mich; die Geister aus Miß Linseys Vision hatten nichts zurückgelassen. Nur die Geister meiner eigenen Vergangenheit erstanden auf, und mit einer Mischung aus Erheiterung und Wehmut erinnerte ich mich daran, wie wir als Kinder auf diesem Weg gespielt hatten. Für uns war dieser verlassene Zigeunerwagen romantisch und beängstigend zugleich gewesen, hatte unsere Fantasie angeregt und unseren Mut auf die Probe gestellt.

Ein Geräusch ließ mich herumfahren. Mein Herz schlug schneller, so als hätte der Ort doch nicht all seinen Schrekken verloren. Es war ein harmloses Geräusch, das mich ansonsten kaum dazu gebracht hätte, mich umzusehen. Ein Zweig hatte geknackt, und es raschelte oben auf der Böschung.

Als ich hochsah, blendete mich die Sonne, die durch eine Lücke in den Bäumen schien. Der Umriß eines Mannes zeichnete sich auf der Kuppe der Böschung ab; vor dem hellen Licht sah er riesenhaft aus. Er beugte sich nach vorn, um zu mir hinunterzusehen. Mit den Händen teilte er die Zweige und trat durch die Bäume, dann kam er die Böschung hinuntergesprungen.

Es war Davey Pascoe in seinem Arbeitsoverall, und von nahem sah er nicht im geringsten wie der riesenhafte Zigeuner aus, dessen Bild mir meine überreizten Nerven für einen Moment vorgetäuscht hatten. Dafür waren der dichte braune Haarschopf und die grauen Augen die des Kindes, das ich im Geiste eben hier hatte spielen sehen.

Ich holte tief Luft. »Verdammt, Davey, hast du mich erschreckt!«

»Wirklich? Nun, dafür hast du mich enttäuscht. Ich hab' gehört, daß sich hier unten was bewegt hat, und da dachte ich, es ist vielleicht ein Dachs. Weiter oben ist ein Bau, und manchmal kommen sie auch bei Tageslicht raus.«

»Ach so. Nun, das tut mir leid. Aber was machst du überhaupt hier?«

»Ich bin drüben bei Swords gewesen. Meine Arbeit dort ist erledigt, daher dachte ich, ich fahr' bei dir vorbei, um zu sehen, wie du vorwärtskommst. Heute nachmittag arbeite ich nicht, falls ich dir also irgendwas helfen kann ...«

»Das ist nett, danke, aber um ehrlich zu sein, ich hab' noch gar nicht viel gemacht.« Ich zeigte auf den Korb mit Blumen. »Ich wollte gerade zum Friedhof gehen.«

»Hier entlang? Der andere Weg ist viel kürzer.« Er grinste, und wieder sah er aus wie vor vielen Jahren. »Oder hat irgend jemand dich zur Mutprobe herausgefordert?«

»Wer sollte das sein? Außerdem habe ich mich nie herausfordern lassen. Nein, ich bin hier entlang gegangen, weil ich sehen wollte ...« Ich hielt inne. Eigentlich wußte ich selbst nicht genau, was ich sehen wollte.

»Weil du was sehen wolltest?«

»Ich weiß nicht. Es hört sich albern an, aber wahrscheinlich den Wagen. Ich hab' mich gefragt, ob man vielleicht irgendwas finden kann, um rauszukriegen, wo er gemacht wurde oder wem er gehört hat. Etwas wie ein Nummernschild beim Auto, weißt du?«

»Nach all den Jahren? Auch wenn es mal so was gegeben haben sollte, ist es bestimmt nicht mehr zu erkennen.« Davey runzelte die Stirn. »Hör zu, Kathy, das ist doch alles längst vorbei. Du tust dir keinen Gefallen, wenn du die Geschichte wieder aufwühlst. Kannst du dir nicht einfach sagen, daß es Vergangenheit ist?« Und unerbittlich setzte er hinzu: »Vergangenheit und aus und vorbei.«

Die drei Wörter waren wie Hammerschläge. Ich drehte mich um und bückte mich nach dem Korb.

»Ja, ich weiß. Das sehe ich schon seit langem so, es blieb

mir ja auch nichts anderes übrig. Mach dir keine Gedanken, Davey, ich will auch gar nichts aufwühlen, was man besser ruhen läßt. Es liegt nur daran, daß so merkwürdige Dinge passieren, Großmutters ausgeraubten Safe meine ich. Und dann dachte ich ... also letzte Nacht ist noch etwas geschehen, worüber ich mir jetzt Gedanken mache, und deswegen bin ich hergekommen, um nachzusehen.«

»Letzte Nacht?« fragte er scharf. »Was ist passiert? Hat dich jemand im Cottage belästigt?«

»Nein, nein. Nicht so etwas. Miß Linsey war bei mir. Und sie hat mir merkwürdige Sachen erzählt.«

Davey lachte. »Die alte Linsey-Spinnt-sie? Na, das kann ich mir vorstellen. Und was zum Beispiel?«

»Ach, das ist eine lange Geschichte, und bei Tageslicht hört sie sich sicher noch alberner an als gestern abend.«

»Albern oder nicht, erzähl sie mir. Komm, gib mir den Korb. Ich begleite dich zum Friedhof, dann können wir auf dem Weg drüber reden.«

Davey hängte den Korb an den Lenker seines Fahrrads, das oben am Rand der Böschung an einen Baum gelehnt stand. Während wir über das Feld zur Straße und dann in Richtung des Dorfes gingen, erzählte ich ihm alles von Miß Linseys Besuch am letzten Abend.

Seine Reaktion war eigentlich vorhersehbar gewesen.

»Dumme alte Spinnerin. Erst sagt sie, sie will dir keine angst machen, und dann tut sie ihr Bestes, um dir Alpträume zu verschaffen. Na ja, aber die Geschichte von deiner Mutter, die den Zigeunerweg entlangrennt, kannst du wirklich vergessen. Das hätte ich dir genausogut erzählen können, es gibt keinen im Dorf, der nicht weiß, wie sie in der Nacht weggelaufen ist. Und um ehrlich zu sein«, fügte er hinzu, »gibt es auch niemanden, der das nicht verstehen kann, daß sie vor diesem alten Drachen geflüchtet ist. – Nun ja, nichts Schlechtes über die Toten, und jedes Ding hat seine zwei Seiten. – Aber die Geschichte der alten Linsey-Spinnt-sie über das Paar an dem Grab – die finde ich schon interessanter. Ich meine, wenn man bedenkt, was sonst passiert ist. Es war ja auf jeden Fall jemand beim Cottage, das ist mal klar, und es könnte doch sein, daß ... Na ja, lassen wir's erst mal dabei. Hier sind wir, wir gehen am besten hier beim Seiteneingang rein. Das Grab deines Großvaters ist gleich daneben, du erinnerst dich sicher.«

In der hohen Ziegelsteinmauer des Friedhofs war eine kleine Tür. Davey lehnte sein Fahrrad daneben an, nahm meinen Korb vom Lenker und stieß die Tür auf.

15

Der neue Friedhof befand sich auf zwei ehemaligen Feldern der Low Beck Farm; er war sehr weitläufig und von einer hohen Steinmauer umgeben. Etwa in der Mitte der Westseite lag das Grab meines Großvaters. Es war eine große Grabstelle, um – wie Großmutter einmal gesagt hatte – Platz für Nachzügler zu lassen.

Ich hatte vor allem Rosen mitgebracht, Großvaters Lieblingsrosen, die Sorte Old Blush, die er zu Hause an jede freie Stelle gepflanzt hatte; denn, so pflegte er zu sagen, in der Hall ließen sie ihn die »richtigen Rosen« nicht mehr anpflanzen, nur »diese gefärbten Kohlköpfe, die sie heute züchten, Hauptsache groß, aber riechen tun sie nicht«.

»Du brauchst Wasser für die Blumen«, sagte Davey. »Der Wasserhahn ist drüben beim Haupteingang, da steht auch eine Gießkanne. Ich geh' schnell welches holen.« Schon war er verschwunden und ließ mich allein zum Grab meines Großvaters gehen.

Auf dem Weg fiel mir ein, daß ich heute morgen überhaupt nicht daran gedacht hatte, auch für Tante Betsy Blumen mitzunehmen. Zugegeben, sie hatte niemals eine

Vorliebe für irgendeine Pflanze geäußert, sie schienen ihr gleichgültig gewesen zu sein. Höchstens hatte sie sich über den Geruch des wilden Knoblauchs auf dem Weg beschwert. Aber trotzdem ...

Nun, ich hätte mir deswegen keine Gedanken zu machen brauchen; die Grabstelle neben der meines Großvaters war bereits üppig mit Blumen in mehreren metallenen Behältern geschmückt. Es war eine bunte Mischung aus Feld- und Gartenblumen: Lupinen, Rittersporn, Glockenblumen, Gänseblümchen und Kornblumen, dazwischen wildes Geißblatt und Efeuranken. Die Feldblumen waren fast verwelkt, während die Gartenblumen sich noch gehalten hatten.

Sogar in Gegenwart der Toten ist es nicht leicht, seine Gedanken unter Kontrolle zu halten. Als erstes fragte ich mich verwundert, wer wohl um alles in der Welt dieser unbeliebten alten Frau, meiner Großtante, solche Ehre erwiesen hatte? Mein zweiter Gedanke war, daß sie selbst die Blumenpracht auf ihrem Grab als Prunksucht und sündhafte Verschwendung bezeichnet hätte.

Wer konnte es also gewesen sein? Die Geister aus Miß Linseys Erzählung? Meine tote Mutter und ihr ebenfalls toter Zigeuner, die sich des Nachts auf den Friedhof schlichen, um der Frau Blumen zu bringen, die meine Mutter aus dem Haus getrieben hatte? Nun, die Blumen waren jedenfalls zu wirklich, um von Geistern zu stammen. Aber von wem waren sie dann? Auch von Großmutter konnten sie nicht sein; sie wußte ja, daß ich zur Grabstelle gehen würde; warum sollte sie zur selben Zeit jemanden anders beauftragen, Blumen hierherzubringen?

Ein plötzlicher Windstoß fuhr durch das Gras an der Mauer und ließ Blütenblätter zu Boden rieseln. Er brachte einen Duft nach Rosen mit sich und rief in mir die Erinnerung an einen Garten wach, in dem Rosen, Lupinen und alle möglichen Arten Sommerblumen in Hülle und Fülle wuchsen. Miß Mildreds Garten. Miß Mildred, die einzige Person, die ich kannte, deren Gutherzigkeit sogar Tante Betsy einschloß. Und deren Gutherzigkeit mich in diesem Moment beschämte.

Ich nahm einen Rosenzweig aus meinem Korb und legte ihn zu den anderen Blumen auf das Grab meiner Tante. Dann wandte ich mich Großvaters Grab zu.

Auch hier war bereits jemand gewesen. In der Vase neben dem Grabstein stand ein großer Strauß Rosen, in dem das silbrige Rosa seiner geliebten Old Blush dominierte.

»Wer um alles in der Welt kann das nur gewesen sein?« fragte ich. »Miß Mildred?«

»Vielleicht«, meinte Davey. Eben war er mit der Gießkanne voll Wasser zurückgekommen, und nun standen wir schon zum zweiten Mal gemeinsam vor einem Rätsel. Wir hatten keinerlei Hinweis auf den Spender der Blumen gefunden. »Allerdings«, fuhr Davey fort, »habe ich früher hier noch nie Blumen gesehen. Wir können sie ja fragen, aber eigentlich glaube ich kaum, daß sie es war.«

Wieder dieses selbstverständliche ›wir‹, und auf seine Art genauso angenehm wie das von Mr. Blaney heute morgen. Ich lächelte Davey an und kniete nieder, um die verwelkenden Rosen in der Vase durch die frischen zu ersetzen, die ich mitgebracht hatte. »Wer dann?«

Er zuckte die Achseln »Keine Ahnung, aber weißt du, was das wahrscheinlich bedeutet? Sieh dir die Blumen an. Die Gartenblumen haben sich gehalten, aber die anderen, die Kornblumen und so, sind fast alle verwelkt. Was völlig normal ist, wenn sie seit Sonntag hier liegen.«

Ich sah zu ihm auf. »Also glaubst du, daß es Miß Linseys Geister waren?«

»Könnte doch gut sein. Es paßt genau. Jemand muß ja hier gewesen sein. Vielleicht waren es Bekannte von deiner Tante aus Schottland, die sich gerade in der Nähe aufhielten und dann vorbeigekommen sind. Und das waren die, die die alte Linsey-Lady gesehen hat.«

»Aber Davey, als sie auf sie zugehen wollte, sind sie verschwunden. Sie haben sich einfach in Luft aufgelöst.«

Er zeigte auf die Tür, durch die wir den Friedhof betreten hatten. »Wahrscheinlich ist die Linsey-Lady vom Haupteingang gekommen. Und wenn ihre beiden Geister hier reingekommen sind, dann waren es nur ein paar Schritte, und schon waren sie weg. Und es war ja fast dunkel, hast du gesagt.«

»Hmm. Ja, da könntest du recht haben. Aber wer war es? Wenn es Freunde der Familie waren, von Großmutters Familie, warum sind sie dann nicht ins Dorf gegangen, um zum Beispiel mit deiner Mutter zu sprechen? Oder zum Cottage ...« Ich hielt inne.

»Ja«, sagte Davey. »Genau daran habe ich auch schon gedacht. Wahrscheinlich sind sie ja zum Cottage gegangen. Vielleicht sind sie auch zu uns gekommen, aber bei uns war am Sonntagabend niemand zu Hause. Komm, machen wir uns jetzt erst mal keine Gedanken. Eins steht jedenfalls fest, wenn sie die Blumen gebracht haben, sind sie nicht in böser Absicht gekommen, weder deiner Familie noch dir gegenüber. Und wenn du denkst, was ich denke, dann laß es.«

»Ich ... ich weiß nicht, was ich denken soll.«

»Dann versuch's erst gar nicht. Bist du fertig mit den Blumen?«

»Ja.« Ich stand auf und sah zu, wie er die Gießkanne schräg hielt, um die Blumenvasen mit Wasser zu füllen. »Davey, wir könnten doch gleich bei Miß Mildred vorbeigehen und sie fragen, ob sie die Blumen gebracht hat. Dann ist wenigstens das schon mal geklärt.«

»Das geht leider nicht. Sie ist nicht zu Hause. Sie ist heute morgen nach Sunderland gefahren, und ich vermute mal, daß sie später noch mit ihrer Schwester ins Kino geht. Sieh dir das an, ich hätte gar kein Wasser zu holen brauchen, die Vasen sind voll. Warte, ich verteile es. Die Stiefmütterchen könnten noch was brauchen und der Rosenstrauch da an der Mauer. So, das wär's. Weißt du was, laß uns zu mir nach

Hause gehen. Du kannst mit uns essen, und dann lassen wir uns von meiner Mutter die Geistergeschichten ausreden.«

Ich ging gerne mit. Doch Mrs. Pascoe hatte nicht die Chance, uns irgend etwas auszureden. Als hätten wir eine stillschweigende Vereinbarung getroffen, erwähnten weder Davey noch ich Miß Linsey und das Rätsel der Blumen auf dem Friedhof. Wir erzählten ihr nur, daß wir uns am Zigeunerweg begegnet waren und Davey mich zum Friedhof begleitet und zum Essen eingeladen hatte.

»Wenn es dir recht ist, Tante Annie«, fügte ich hinzu. Ein unerwarteter Gast kann ein Problem sein, wenn das Essen genau portioniert ist.

»Aber Kind, natürlich, immer«, sagte meine Patentante herzlich. »Ich habe reichlich gekocht, und wir freuen uns, wenn du mit uns ißt. Davey, hol ihr eine Gabel und ein Messer, und dann ruf deinen Vater.«

Als ich ihr Hilfe anbot, lehnte sie ab und forderte mich resolut auf, mich schon zu setzen. Dann brachte sie eine große Hühnerpastete auf den Tisch. »Und hat der alte Tom seine Arbeit gut gemacht?« fragte sie.

»Ja, das hat er. Mr. Corner hat mir gestern erzählt, daß er immer noch Küster ist, und ich konnte es gar nicht glauben. Macht er noch immer alles alleine? Ich habe früher schon gedacht, er ist bestimmt hundert, und das ist ein paar Jahre her.«

»Er ist jetzt zweiundachtzig, und er denkt noch immer nicht daran aufzuhören. Aber wenn ein Grab ausgehoben werden muß, hilft ihm jemand.«

»Es war alles sehr gepflegt.« Ich zögerte, dann fragte ich sie nur, ob vielleicht manchmal Miß Mildred mit ihren wunderschönen Blumen noch andere Gräber als das ihrer Eltern schmückte. Davon hätte sie noch nichts gehört, erwiderte Mrs. Pascoe, aber sie wüßte, daß heutzutage die Blumen der armen Miß Mildred noch nicht einmal für die Kirche willkommen waren. »Die Pfarrersfrau«, fuhr sie fort, »findet immer ihre eigenen Sachen am schönsten und hat an allem anderen etwas auszusetzen.«

Als Davey und Mr. Pascoe ins Zimmer kamen, wandte sich Tante Annie an ihren Mann. »Hier, Jim, dein Teller ist fertig.« Sie stellte eine große Portion Hühnerpastete an seinen Platz. »Hast du dir die Hände gewaschen, Davey?«

»Ja, Mum«, sagte Davey und zwinkerte mir zu, während er sich setzte.

Mr. Pascoe begrüßte mich. Er war ein ruhiger Mann mit einem freundlichen Gesichtsausdruck, der in weitem Umkreis als ausgezeichneter Handwerker bekannt war. Was sein Aussehen anging, war er sozusagen eine ältere Ausgabe von Davey, vielleicht drei Zentimeter kleiner und mit dem in seinem Alter normalen fülligeren Körper und ergrauenden Haar. Aber er hatte die gleichen grauen Augen und die selbstsichere Haltung eines Mannes, der zwar seine Grenzen kennt, aber auch genau weiß, was er kann. Außerdem strahlte er etwas Würdevolles aus, dessen Ursache vielleicht in einem Teil seiner Arbeit lag; als Tischler war er natürlich auch der Bestattungsunternehmer des Ortes.

»Davey sagt, ihr habt nach den Gräbern gesehen? Sie sollten in Ordnung sein, der alte Tom kümmert sich jeden Freitag darum, ob's regnet oder die Sonne scheint. Übrigens, Kathy, ich war bei Caslaw, sie machen deinen Umzug spätestens am Montag, aber vielleicht geht es auch schon am Samstag. Wäre also gut, wenn du bis dahin alles fertig hast. Davey kann freinehmen und dir helfen.«

»Vielen Dank, das ist nett, daß du dich darum kümmerst.«

»Mach' ich gern, das weißt du. Gib dem Mädchen noch ein paar Kartoffeln, Mutter. Bestimmt hat sie da unten im Cottage nicht viel zu essen.«

»Nein, nein, ich bin sehr gut versorgt. Aber die Pastete schmeckt wunderbar, Tante Annie.«

Mrs. Pascoe schürzte die Lippen und sah erfreut aus. Während des Essens unterhielt sie sich mit mir über die Brandons und Großmutters neues Haus. Davey und sein

Vater konzentrierten sich auf das Essen, höchstens tauschten sie ab und zu kurze Bemerkungen über ihre Arbeit in der Hall aus.

Ich half, die Teller abzuräumen. Während Mrs. Pascoe den Nachtisch auftrug – einen gehaltvollen Siruppudding – fragte ich sie: »Ist die Hall eigentlich im Krieg sehr beschädigt worden? Großmutter hat mir erzählt, daß es ziemlich schlimm ausgesehen haben soll. Aber ich denke, man kann es den Jungs nicht verübeln, den Fliegern, meine ich.«

Sie warf mir einen kurzen Blick von der Seite zu. »Niemand macht ihnen einen Vorwurf, den armen Burschen. Wir wissen alle, was sie für uns getan haben. Falls dir das ein Trost ist – du kannst mir glauben, es ist wirklich so.«

»Danke. Die beiden Teller für die Männer?«

»Dieser war für dich. Wenn's dir zu viel ist, gib ihn Davey. Nein, so schlimm sah's gar nicht aus in der Hall, es waren eben überall Kratzer und abgestoßene Stellen. Und die Fußböden, die waren ziemlich mitgenommen. Aber das ließ sich alles wieder hinkriegen, mit ein bißchen Putz und Farbe und Politur. Was Größeres ist eigentlich nicht beschädigt worden. Ein paar zerbrechliche Sachen hatten wir runter in den Keller gebracht, und die Teppiche aus dem Wohnzimmer, die Bilder, solche Sachen. Die Bücher sind noch immer im Keller.«

»Ist die Küche noch wie früher?«

»Die große Küche ja. Sie haben einen modernen Herd in den Vorraum gestellt, und meist wurde da gekocht. Am schlimmsten war die Bibliothek. Dort war die Bar.«

»Oh, na ja ...«

Wieder schürzte sie ihren Mund, aber sie sah amüsiert aus. »Ja, und dann hing da eine Dart-Scheibe. An der Stelle, wo das Bild von Sir Giles war.«

»Ach du meine Güte.«

»Aber das Billardzimmer war fast völlig in Ordnung. Da muß jemand ein Auge drauf gehabt haben.«

»A propos Billardzimmer«, wandte sich Davey an mich.

»Ich fahre gleich noch mal zur Hall. Hast du Lust mitzukommen?«

»Ich dachte, du arbeitest heute nachmittag nicht.«

»Das tue ich auch nicht. Aber Vater braucht ein paar Werkzeuge, die er dagelassen hat, und außerdem muß noch Holz rübergeschafft werden. Würdest du's dir nicht gern ansehen?«

»Doch, natürlich. Ich wollte heute abend an Großmutter schreiben, und es wäre schön, wenn ich ihr erzählen kann, wie alles aussieht.«

»Wenn du deiner Großmutter schreibst ...«, fiel Mr. Pascoe ein und fuhr dann zu seiner Frau gewandt fort: »Annie, Mädchen, da war doch dieser Brief vom Steinmetz. Kannst du dich erinnern, wo wir ihn hingelegt haben?«

»Er ist hinter der Uhr auf dem Kaminsims. Bringst du ihn deinem Vater, Davey?«

»Gib ihn Kathy«, sagte Mr. Pascoe und wandte sich dann wieder an mich. »Vielleicht schickst du ihn deiner Großmutter mit, wenn du ihr schreibst. Ich hätte sie sonst selbst gefragt, wenn sie mal wieder am Telefon gewesen wär. Sie wollen wissen, was für ein Text auf den Stein soll.«

»Auf den Stein?«

»Ja, den Grabstein deiner Tante Betsy. Das heißt, natürlich ist es derselbe Stein wie der von deinem Großvater. Da ist ja noch genug freier Platz, wie du weißt. Ist ja nun schon einige Zeit her, und als ich dem Steinmetz geschrieben habe, warum es so lange dauert, haben sie geantwortet, daß sie noch immer auf den Text warten. Du weißt ja, die meisten wollen irgendwas aus der Bibel auf dem Stein haben, und deine Großmutter hat wohl was davon gesagt; dann hat sie's vielleicht wieder vergessen.«

»Gut, ich frage sie, aber ich nehme eher an, daß sie keinen Text wollte.« Ich dachte an den Unsichtbaren Gast, der in dem freundlichen Haus der Pascoes sicher gern gesehen wäre. »Ich denke, sie hatte genug dieser Sprüche zu Hause. Aber ich frage sie auf jeden Fall.«

»Und schreib ihr, daß wir nach ihr gefragt haben.«

Das hieß übersetzt »Richte ihr unsere Grüße aus«. Nachdem ich es lächelnd versprochen hatte, fragte Davey ungeduldig: »Kommst du? Wenn wir jetzt gehen, können wir zu deiner Verabredung mit dem Pfarrer wieder hier sein.«

Ich hing das Handtuch zum Trocknen auf und sah Mrs. Pascoe an.

»Geh nur, Kind«, sagte sie. »Das Geschirr stell' ich sowieso besser selbst weg. Ich weiß, wo es hingehört.«

Als sie sich mit einem Stapel sauberer Teller zum Schrank umdrehte, lag ein Lächeln auf ihrem Gesicht.

16

Davey fuhr zur Rückseite der Hall und unter dem Torbogen hindurch in den Hof, einen großen, gepflasterten Platz. In seiner Mitte befand sich der typische gemauerte Steinquader, eine Hilfe zum bequemen Aufsitzen. An zwei Seiten war der Platz von Ställen und Kutschenhäusern umgeben, die dritte nahmen Büros und Quartiere für die Dienerschaft ein. Gegenüber der Toreinfahrt erstreckten sich die rückwärtigen Gebäudeteile der Hall selbst.

Ich hatte den Hof als ruhigen, friedlichen Ort in Erinnerung; gurrende Tauben stolzierten darin umher und flogen ab und zu alarmiert auf, wenn die Turmuhr schlug oder ein Gärtner seine Schubkarre über die Pflastersteine schob.

Heute sah alles völlig verändert aus. Überall standen Materialien und Gerätschaften für den Umbau herum: aufgeschichtete Ziegelsteine, ein Zementmischer, Leitern, Eimer, Bretter und eine Ansammlung von sanitären Einrichtungsgegenständen, die mit häßlichem braunen Klebeband umwickelt waren. Und noch etwas war neu oder besser überraschend nach all der Zeit, in der die Brandons nicht mehr hier gewohnt hatten: der Geruch von Pferden. Eine Stalltür und die Tür zu dem alten Sattelraum standen offen, und davor lag ein Haufen Pferdemist, bereit zum Abtransport auf den Komposthaufen im Garten.

»Pferde?« fragte ich Davey erstaunt. »Wer hält denn hier Pferde?«

»Es ist eine Reitschule, sie ist seit ungefähr zwei Jahren hier. Die Brandons meinten, das könnte gut für das Hotel sein. Erinnerst du dich an Harry Coleman?«

Natürlich erinnerte ich mich an Harry Coleman, einen sehr gutaussehenden Jungen, der ein paar Jahre älter war als ich. Als er in die letzte Klasse der Grundschule ging, hatte ich ein Jahr lang zum Kreis seiner Bewunderinnen gezählt; das bedeutete zur großen Mehrzahl der Mädchen. Zwei Jahre später kamen Prissy und ich auf die Oberschule, und er war schon da, bereit, erneut unsere Ehrerbietungen entgegenzunehmen. Er hatte uns immer sehr freundlich behandelt, von der Höhe herab, auf der er sich aufgrund seiner sportlichen Glanzleistungen und seines attraktiven Äußeren nun einmal befand. Unser größtes Privileg war es gewesen, mit ihm in einem Zugabteil nach Todhall zurückzufahren. Sein Vater war Verwalter von Low Beck Farm, die zur Hall gehörte.

»Der schöne Harry?« fragte ich. »Er führt die Reitschule?«

»Ja. Bis jetzt ist allerdings noch nicht viel los. Ein Lehrer geht hin und ein paar Jungen aus dem Fishburn Way. Außerdem hat Harry auch noch Pferde von anderen zur Pflege, Mr. Taylor hat eins und Jim Sands und die Mädchen der Blakes aus Deepings. Es war Harrys Idee, das Geld dafür stammt von seinem Vater. Die Brandons haben ihm die Ställe überlassen, sie glauben, daß es ein zusätzlicher Anziehungspunkt ist, wenn das Hotel erst mal läuft.«

»Ich erinnere mich, daß Harry schon immer ein Pferdenarr war. Er hatte ein wundervolles Pferd. Ich war dabei, als er den Pokal in Sedgefield gewonnen hat. Er hat oft davon gesprochen, daß es sein Traum sei, einmal an der Olympiade teilzunehmen. Aber dann kam der Krieg.«

Davey sprang aus dem Wagen und begann, das Holz auf dem Dach loszubinden. »Ich bring' das nur rüber ins Kutschenhaus«, sagte er. »Willst du schon mal reingehen? Hier ist der Schlüssel.«

»Gut. Wie lange brauchst du?«

»Nicht lange. Aber wir haben's ja nicht eilig. Ich komm' dann rüber und hol' dich.«

Er schulterte ein paar Holzbretter und ging auf einen der Torbögen zu. Ich betrat das Haupthaus durch die rückwärtige Tür, die in einen langen, gefliesten Gang führte. Auch hier sah man, daß gebaut wurde. Gespannt öffnete ich die Tür zur Küche; sie sah noch fast genauso aus, wie ich sie in Erinnerung hatte. Für ein Haus aus dem frühen neunzehnten Jahrhundert war es eine großzügige und komfortable Küche. Die großen vergitterten Fenster boten einen hübschen Ausblick auf den ummauerten Küchengarten. An der Einrichtung war schon seit langer Zeit nichts mehr verändert worden. Um den Erfordernissen einer modernen Hotelküche zu genügen, mußte wahrscheinlich alles herausgerissen und erneuert werden.

Weshalb erfaßt einen nur immer ein so wehmütiges Bedauern, wenn sich Vertrautes und Althergebrachtes verändert? Das ist nun einmal der Lauf der Dinge, sie bleiben nicht ewig gleich, als seien sie in Bernstein konserviert. Der einzige Bernstein, in dem man sie bewahren kann, ist das Gedächtnis. So viele Male hatte ich in dieser Küche ›ausgeholfen‹. Ich erinnerte mich noch an eine Zeit, in der ich nicht mal bis zur Tischkante reichte und den Fußboden unter dem Tisch mit dem Hund teilte. Gemeinsam warteten wir darauf, daß man uns ein Stück Kuchen oder einen Keks herunterreichte, um das Almosen sodann miteinander zu teilen.

Die Küche war das Herz des Hauses, ein warmer, behaglicher Raum. Wie wunderbar duftete es, wenn sich ein Kuchen im Ofen befand, und wie herzhaft und köstlich, wenn zischend und spritzend der Braten aufgespießt und umgedreht wurde. Töpfe klapperten, und Geschirr klirrte, die Frauen unterhielten sich und lachten. Eine ganze Welt für sich. Jetzt war alles anders, und bald würde es sich wieder verändern. Zum Besseren? Man mußte daran glauben, daß die Welt sich zum Besseren veränderte, wozu lebte man sonst? Und war das nicht schließlich auch eine hoffnungsvolle Facette des christlichen Glaubens?

Ich verließ die Küche und ging wieder einmal durch die grüne stoffbezogene Tür, die den Bereich der Dienerschaft von dem der Herrschaft trennte. Die erste Tür auf der anderen Seite führte ins Eßzimmer; hier hatte ich manchmal Alice, dem Dienstmädchen, geholfen, den Tisch zu decken. Der große Raum war völlig leergeräumt, bereit für die Bauarbeiter.

Keine Erinnerungen stiegen in mir auf, kein Bedauern erfaßte mich. Ich schloß die Tür wieder und ging weiter zur Empfangshalle, einem riesigen Raum, den wir die große Halle genannt hatten. Sie lag gleich hinter der vorderen Eingangstür. An einer Seite befand sich ein großer offener Kamin, durch Wandschirme gegen den überall herrschenden Luftzug geschützt. Gegenüber der Tür erhob sich die von Balustraden gesäumte breite Freitreppe bis zu einem geräumigen Treppenabsatz etwa in halber Höhe des Raums, wo sie sich teilte und nach rechts und links zu den beiden Flügeln des Hauses weiterführte. Schwaches Licht fiel durch ein farbiges Glasfenster auf dem Treppenabsatz. Großmutter hatte immer gesagt, daß es nur eine Zeit im Jahr gab, zu der die große Halle eine wohnliche Atmosphäre ausstrahlte: die Weihnachtszeit. Das war auch die einzige Gelegenheit, zu der ich jemals darin gewesen war; dann kamen wir Schulkinder mit dem Pfarrer hierher, um Weihnachtslieder zu singen. An diesem Tag brannte im Kamin immer ein Feuer, ein riesiger Weihnachtsbaum schmückte den Raum, und es gab süßes Gebäck und für jedes Kind eine Orange.

Das Wohnzimmer lag auf der Südseite der Empfangshalle. Die hohen Doppeltüren waren geschlossen. Einen Moment zögerte ich, dann stieß ich sie auf, wobei ich mich schuldig fühlte, als würde ich Blaubarts Zimmer betreten.

Strahlende Helligkeit flutete mir entgegen. Durch drei große französische Fenster fielen schräg die Sonnenstrahlen ein und warfen ein scharf konturiertes Muster auf den unpolierten Parkettfußboden. Vor dem doppelten Kamin lagen chinesische Teppiche, die offenbar schon wieder aus ihrem Depot im Keller geholt worden waren. Eine Wandseite wurde fast vollständig von einem Bücherregal eingenommen. Bunt verteilt in dem großen Raum standen drei Sofas, ein massiger Schreibtisch und mehrere bequeme Stühle. Ein Flügel war mit einer Schutzhülle bedeckt, und es war zu hoffen, daß er keinen Schaden genommen hatte. Lampen, Bilder und einige große chinesische Krüge auf geschnitzten Sockeln vervollständigten die Einrichtung. Alles schien wieder an seinem Platz zu sein. Es war ein schönes Zimmer, und es machte den Eindruck, als sei es nur vorübergehend verlassen worden; man hätte es sofort wieder bewohnen und sich darin wohlfühlen können. Sogar seine Eigentümer waren noch da: über den beiden Kaminen hingen die Porträts von Sir James und Lady Brandon, vermutlich aus der Zeit, als sie die Hall gerade übernommen hatten.

Ich blieb davor stehen und betrachtete das Poträt des jungen Sir James. Er stand in Reitkleidung unter einem Baum im Park neben seinem Pferd, zu seinen Füßen zwei Windhunde. In Uniform und lächelnd, dachte ich, würde er genauso aussehen wie sein Sohn Gilbert auf dem Foto, das ich in Lady Brandons Zimmer in Strathbeg gesehen hatte. Der gleiche junge Mann, dunkelhaarig, dunkeläugig und gutaussehend …

»Hat sich ziemlich verändert inzwischen, nicht?« bemerkte Davey, der das Zimmer betreten hatte.

»Stimmt, aber haben wir das nicht alle? Du jedenfalls auch.«

»Du auch«, entgegnete Davey.

»Ja. Ist ja auch lange her.« Ich wandte mich von dem Bild ab und sah aus dem Fenster. »Ich habe gerade gedacht, wie sehr Gilbert ihm ähnelte. Ich hab' ihn gar nicht mehr gesehen, nachdem er im Internat war, außer zwei-, dreimal von weitem, aber in Strathbeg hängt ein Foto von ihm, und es könnte wirklich dieselbe Person sein. Armer Gilbert.«

»Ja, der verdammte Krieg.« Davey schwieg einen Moment und fuhr dann fort: »Ich habe bisher nichts gesagt, aber es tut mir sehr leid für dich. So kurz verheiratet und dann mußt du ihn gleich wieder verlieren ...«

»Danke. Manchmal kommt es mir vor, als sei das alles in einem ganz anderen Leben passiert. Ich hatte Glück, daß ich's überhaupt gehabt hab'. Und du, Davey? Eigentlich bin ich ziemlich überrascht, daß du nicht verheiratet bist.«

»Tja, irgendwie hat sich's nie ergeben. Ich glaube, ich hab' keine Zeit dazu gehabt.«

»Wie hast du denn den Krieg überstanden?«

»Oh, ich bin zum Militär gegangen, sobald ich achtzehn war, da warst du gerade in Durham im College. Wir waren vier aus dem Dorf, Arthur Barton, Pete Brigstock, Sid Telfer und ich. Weißt du das von Sid?«

»Ja.«

»Wir vier sind immer zusammengeblieben, erst während der Ausbildung, dann wurden wir eingezogen, und 1943 war unser Bataillon – es war das sechzehnte – in Algerien. Da hat es Sid erwischt, in Sedjane.«

»Ich kann mich an die Nachrichten von dort erinnern. Das muß sehr schlimm gewesen sein.«

»Na ja, ein Picknick war es nicht gerade. Pete ist ohne einen Kratzer durchgekommen, zum Schluß war er in Italien, wo er sich, wie er selbst sagt, prächtig amüsiert hat. Dann ging's noch nach Griechenland.« Davey lachte. »Du solltest hören, was er so erzählt, oder wenn ich's recht bedenke, vielleicht lieber doch nicht! Wenn ich ihn jetzt höre, tut es mir fast leid, daß ich Griechenland verpaßt habe.«

»Na, vielleicht laß ich's mir doch mal erzählen. Was mit Arthur war, weiß ich. Und du warst also auch verwundet?«

»Nur eine Kleinigkeit«, sagte er wegwerfend. »Ich war schon nach ein paar Wochen wieder dabei, gerade rechtzeitig zur Landung der Alliierten. Danach war ich bis zum Kriegsende in der Normandie. Und dann bin ich noch bis Anfang dieses Jahres bei der Armee geblieben. Ende der Geschichte.«

»Ja. Ende der Geschichte.« Ich schwieg und sah wieder aus dem Fenster. In was für einem leichten Ton wir von den Veränderungen im Leben sprachen! Wenn aber schon meine Erlebnisse während des Krieges aus mir eine so andere Person gemacht hatten, wie mochte sich dann in Wirklichkeit erst Davey verändert haben? Wieder zurück nach Todhall in sein altes Zuhause und sein altes Leben? Ende der Geschichte?

Nachdenklich sagte ich: »Erinnerst du dich an die Vorführungen von Mr. Lockwood im Gemeindesaal, als wir klein waren?«

»Du meinst die Laterna magica? Ja, ich erinnere mich. Das war eine tolle Sache, zumindest fanden wir das damals. Warum fragst du?«

»Ich mußte gerade an diese Glasscheiben denken, die er hatte, das Kaleidoskop. Man drehte daran, und all die kleinen bunten Glasstückchen wurden durcheinandergewirbelt und fielen so, daß sie ein neues Muster ergaben. Und jedesmal war es ein anderes. Wie im Krieg. Unsere Leben wurden alle durcheinandergeschüttelt und in ein neues Muster verwandelt. Es ist so anders als vorher, daß man gar nicht genau weiß, was es eigentlich bedeuten soll.«

Davey warf mir einen kurzen Blick zu, den ich nicht recht deuten konnte, dann lächelte er. »Wir sind durcheinandergeschüttelt worden, daran gibt es keinen Zweifel. Aber ich würde mir nicht allzuviel Sorgen darum machen, was das neue Muster bedeuten soll. Vielleicht hat es sich ein bißchen verändert, aber wenn man's genau nimmt, sind es doch jedesmal dieselben Glasstückchen.«

»Hm. Ist das ein Trost?«

»Sollte es sein, nimm's so, oder laß es bleiben.«

Ohne daß ich wußte warum, fühlte ich mich weniger schwermütig. Ich sah mich noch einmal in dem schönen großen Raum um, der eine ruhige Atmosphäre ausstrahlte. »Immerhin gibt's das hier noch, auch wenn sich's anderswo auch schon verändert.«

»Du meinst, diese Art zu leben? Das stimmt. Aber dieses Zimmer wird nicht angerührt, es wird bloß wieder hergerichtet. Keine Veränderung, das hat Lady Brandon bestimmt.«

»Das freut mich. Es ist ein hübsches Zimmer. Weißt du was, ich habe es noch nie gesehen. Ich durfte nie hinein, nicht einmal zum Staubwischen.«

»Hm. Und eigentlich sollte ich jetzt auch nicht drin sein«, sagte er fröhlich. »Komm, gehen wir. Es lohnt sich nicht, den Südflügel anzusehen, im Moment ist dort eine einzige große Baustelle. Ich geh' hoch und hol' Vaters Werkzeug, dann komm' ich runter in den Hof und fahr' dich zu deiner Verabredung mit dem Pfarrer.«

Zusammen gingen wir zurück durch die grüne Tür.

17

Als ich in den sonnenbeschienenen Hof hinaustrat, hörte ich das Trappeln von Pferdehufen und das Lachen eines Mädchens. Gleich darauf kamen ein Mann und eine junge Frau durch den Torbogen geritten. Sie waren in ihre Unterhaltung vertieft und bemerkten mich nicht, aber ich erkannte den Schwarm meiner Kindheit. Der schöne Harry war noch immer schön, und seine Reitkleidung und das leuchtend gelbe Oberhemd standen ihm ausgesprochen gut. Die junge

Frau sah ebenfalls sehr attraktiv aus, sie war hübsch, geschmackvoll gekleidet, und ihre Haltung war locker und elegant. Sie konnte sich mit ihrer Begleitung messen, dachte ich, und wahrscheinlich mehr als das. Ihre ganze Art deutete darauf hin, daß sie den Umgang mit welterfahreneren Männern als dem schönen Harry gewohnt war.

Bevor Harry ihr beim Absteigen behilflich sein konnte, hatte sie schon ihr rechtes Bein über den Sattelknopf geschwungen und war geschickt abgesprungen. Harry sagte etwas und bückte sich dann, um ihren Sattelgurt zu lösen. Sie antwortete kurz angebunden, und als sie den Kopf wandte, sah sie mich auf der Treppe des Steinquaders sitzen.

Einen Moment lang schaute sie mich unverwandt an, dann hellte sich ihr Gesicht zu meiner Überraschung auf. »Kathy? Kathy Welland? Du bist doch Kathy, nicht?«

Ich stand auf. »Ja, aber ...«

Sie lachte, nahm ihre Reiterkappe ab und fuhr sich mit der Hand durch das blonde Haar. Harry hatte sich zu uns umgedreht, und sie überreichte ihm gnädig die Zügel ihres Pferdes, ohne ihn weiter zu beachten. »Und? Erkennst du mich jetzt?«

»Prissy? Tatsächlich, Prissy! Das ist ja eine Überraschung! Wo kommst du denn her?«

Wir fielen uns in die Arme und küßten uns. Diese Umarmung war herzlicher als jemals eine während unserer Jungmädchenzeit, aber fünf Jahre sind lang, und es gab viel aufzuholen. Wir hakten uns beieinander ein, lachten und redeten aufgeregt beide auf einmal. Derweil stand Harry mit den Zügeln der Pferde über dem Arm neben uns und klopfte ungeduldig mit der Reitpeitsche gegen seinen Stiefel.

»Kathy Welland? Hallo!«

»Hallo, Harry«, antwortete ich lächelnd über die Schulter. »Freut mich, dich zu sehen. Davey hat mir schon gesagt, daß du hier den Reitstall betreibst. Eine großartige Idee. Aber

Prissy, was um alles in der Welt machst du denn in Todhall?«

»Ich bin nur zu Besuch hier. Wir wohnen in der Nähe von Bishop Auckland bei Freunden von Gordon. Ich spiele nicht Golf, und als mir jemand erzählt hat, daß Harry den Stall hier hat, bin ich einfach mal vorbeigekommen. Aber du, du hast doch genauso wenig Grund, hier zu sein! Ich dachte, du lebst schon seit Jahren in London!«

Ich wollte ihr gerade antworten, da sah ich Davey in den Hof treten und zum Auto gehen. Er nickte Harry zu und schaute unschlüssig zu mir herüber.

»Er nimmt mich mit zurück«, erklärte ich Prissy. »Es ist Davey Pascoe, erinnerst du dich?«

»Natürlich. Ich war Dienstag auch schon mal hier, da habe ich ihn und Mr. Pascoe getroffen. Hallo, Davey, wie geht's voran?«

»Langsam. Das Hotel soll zu Weihnachten eröffnet werden, aber ob das klappt … Na, unser Problem ist es nicht, unsere Arbeit wird rechtzeitig fertig. Schön, dich noch mal zu sehen, Pris. Kathy, kommst du mit, oder möchtest du warten und mit Pris fahren?«

»Oh, ich habe leider gar keine Zeit«, sagte Prissy bedauernd. »Tut mir leid, Kathy, aber ich treffe die anderen gleich im Golfclub, und dann gehen wir zu irgendwelchen Bekannten von den Heslops. Vorher muß ich mich noch umziehen. Aber Kathy, wir müssen uns unbedingt treffen, es gibt so viel zu erzählen. Du bist nicht gerade die größte Briefeschreiberin, und ich auch nicht. Wie lange bist du hier, und wo wohnst du?«

»Ich wohne in Rose Cottage, aber ich bin nur noch ein oder zwei Tage hier, nur übers Wochenende.«

»Ich könnte dich doch besuchen. Wahrscheinlich hast du kein Telefon? Nein? Dann müssen wir jetzt etwas ausmachen. Wie wär's morgen?«

»Ich dachte, du kommst morgen wieder zum Reiten«, warf Harry ein.

»Tut mir leid, aber das geht nicht. Und vielen Dank für heute, es war sehr schön.«

»Warum kommt ihr nicht beide?« beharrte er. »Übermorgen, Sonnabend? Wir könnten den Weg über Low Beck nehmen, da gibt's einen sehr schönen Ausritt.«

»Ich kann nicht reiten«, sagte ich.

Er lächelte sein vertrautes, charmantes Lächeln, was ihn noch attraktiver machte. »Dann bring' ich's dir bei. Ich geb' dir Maudie, sie ist ganz ruhig. Ich bin sicher, es würde dir Spaß machen.« Etwas leiser, aber gut verständlich fügte er hinzu: »Und mir auch.«

»Ich würde gerne, aber ich hab' keine Zeit, vielen Dank.« Während Davey mit lautem Geschepper die Werkzeugtasche auf die Ladefläche des Wagens warf und die Türen schloß, wandte ich mich wieder an Prissy und sagte: »Und ich fürchte, Pris, auch für uns sieht es nicht gut aus. Ich bin dabei, die Sachen für Großmutter einzupacken. Sie ist jetzt in Strathbeg, weißt du das schon? Und sie hat sich entschlossen dazubleiben. Ich bin nur nach Todhall gekommen, um den Umzug für sie zu organisieren. Onkel Jim hat mit der Umzugsfirma etwas für mich abgemacht, sie kommen Samstag oder Montag. Also muß ich morgen packen. Aber wie wär's mit Montag? Falls die Umzugsleute vorher da sind, haben wir nicht mehr viele Möbel, aber der Tisch und die Stühle bleiben sowieso da, und der Herd auch, so daß wir uns was kochen können. Was will man mehr?«

»Tut mir leid, das geht bei mir nicht. Wir fahren Samstag schon wieder. Aber paß auf, ich komm' einfach morgen vorbei und helf' dir beim Einpacken, und dann gehen wir irgendwo was Schönes essen ...«

»Zum Beispiel wo?« fragte ich lachend. »Ein Schinkensandwich im Black Bull? Dies ist Todhall, hast du das vergessen? Aber komm doch einfach mittags, dann essen wir bei mir. Ich würd' mich sehr freuen, und mach dir keine Gedanken wegen des Packens, Davey hilft mir dabei.«

»Na gut, wie du willst. Dann also bis morgen.«

Harry wollte etwas sagen, verzichtete aber, als Davey im selben Moment den ziemlich alten und lauten Wagen anließ.

»Ich muß gehen«, rief ich, um den Lärm zu übertönen. »War nett, dich wiederzusehen, Harry, und alles Gute für dich. Jedenfalls hast du hier die besten Voraussetzungen. Bis morgen, Pris, wann immer du willst, ich freu' mich. Okay, Davey, tut mir leid, daß du warten mußtest.«

Ich stieg ein, und wir fuhren los.

»Hast du gewußt, daß Prissy Lockwood Freunde in Bishop Auckland hat?« fragte ich Davey.

»Ja. Ihr Mann und Major Heslop haben im Krieg zusammen gedient. In Burma, glaube ich. Sie sind sogar ziemlich oft bei den Heslops, aber es ist wohl das erste Mal, daß Pris in der Hall war.« Er warf mir einen Blick von der Seite zu, der mich an unsere gemeinsame Schulzeit erinnerte. »Ein richtiges Klassentreffen, was? Meinst du, sie ist wegen Harry hergekommen? Sie war immer ein bißchen hinter ihm her.«

»Also hör mal, Davey! Das ist Jahrhunderte her, und außerdem war's doch nur Kinderkram.«

»Für dich auch?«

»Um Himmels willen, ich war ein Teenager und genauso albern, wie man in dem Alter eben ist!« Ich drehte mich zu ihm um. »Aber wenn wir schon dabei sind, was ist mit dir und Peggy Turner? Du bist ihr hinterhergelaufen wie ein kleiner Hund. Mir war immer schleierhaft, was du an ihr gefunden hast!«

»Okay, okay, Frieden!« Er streckte mir eine Hand entgegen, und ich schlug lachend ein. Wie oft hatten wir als Kinder auf diese Art eine Streiterei beendet. Ganz plötzlich und ohne zu wissen warum, war mir zum Weinen zumute. Schnell drehte ich mich weg und sah aus dem Fenster. Wir fuhren noch immer durch das Gelände der Hall, einen weiten Park, der als Sommerweide genutzt wurde. Die unteren

Zweige der schönen, alten Bäume waren von den Tieren kahlgefressen. Jeder Baum bildete eine kleine Schatteninsel, auf der sich Schafe und Rinder zusammendrängten. Hier hatte sich nichts verändert, noch nicht. Es war dasselbe geblieben, heute wie gestern. Aber morgen?

Schweigend passierten wir das Haupttor des Parks und fuhren den knappen Kilometer bis zum Dorf, dessen Straßen menschenleer waren. Der Dorfplatz döste in der Sonne. Die Gänse hatten den Teich wieder geräumt, und Muffin saß am Rand. Zweifellos ein Fall von Ursache und Wirkung.

»Wann bist du mit dem Pfarrer verabredet?« fragte Davey.

»Um halb vier, bei der Kirche.«

»Jetzt ist es kurz vor drei. Wenn du willst, kannst du bei uns zu Hause warten.«

»Nein, nein, vielen Dank. Wenn du mich beim Laden absetzt, dann seh' ich mal, ob ich was für morgen für Prissy und mich zum Mittag bekomme. Und dann warte ich gerne in der Sonne, bis der Pfarrer kommt.«

»Okay, wie du willst.« Er hielt vor dem Laden.

»Vielen Dank fürs Mitnehmen, Davey.«

»Gern. Und soll ich dann morgen zum Cottage kommen, um dir beim Packen zu helfen?«

»Das wäre schön, wenn du Zeit hast.«

»Ich habe Zeit. Und komm nach deinem Treffen mit dem Pfarrer in die Werkstatt, dann fahr' ich dich nach Hause.«

»Oh, danke, aber ...«

»Bis dann«, sagte er und fuhr los.

Ich sah ihm eine Weile nach, dann begrüßte ich Muffin höflich und ging in den Laden.

18

Es war fast viertel vor vier, als der Pfarrer schließlich über den Dorfplatz zum Kirchhof gelaufen kam. Ich saß auf der warmen Steinmauer in der Sonne und wartete auf ihn.

»Es tut mir wirklich sehr leid, Mrs. Herrick, aber wir waren drüben in Sedgefield zum Essen eingeladen, und dann brauchte meine Frau das Auto, also bin ich mit dem Bus zurückgefahren, aber der hatte Verspätung. Dann hat auch noch jemand im Pfarrhaus auf mich gewartet, und ich konnte nicht sofort wieder gehen. Sind Sie schon lange hier?«

»Nicht sehr lange, und was macht es schon aus, an so einem Tag ein bißchen zu warten? Ich habe es genossen, in der Sonne zu sitzen.«

»Ja, ein wunderschöner Tag, nicht wahr?« Allerdings machte er kaum den Eindruck, als hätte er es überhaupt bemerkt. Er trug seine Soutane und hatte einen frischen Chorrock über dem Arm. »Gehen wir? Die Papiere sind in der Sakristei.«

Ich folgte ihm in die Sakristei, in der es ziemlich dunkel und kühl war. Sorgfältig legte der Pfarrer den Chorrock über einen Stuhl, nahm einen Schlüssel aus einer Tasche und schloß den altmodischen Safe auf, der in einer Ecke stand. Eigentlich war es nicht mehr als ein kleiner Metallschrank mit einem Vorhängeschloß. An dem Pfarrer vorbei erhaschte ich einen Blick auf seinen spärlichen Inhalt: ein Stapel Registerbücher und einige in grünes Tuch eingewickelte Gegenstände, wahrscheinlich das Kommunionssilber; außerdem stand noch eine Geldkassette in dem Schrank. Mit einem großen Briefumschlag in der Hand drehte sich der Pfarrer wieder zu mir um.

»Hier sind die Kopien von den Aufzeichnungen, die wir haben«, sagte er. »Es kann sein, daß noch andere existieren, aber ich habe unter den Daten nachgesehen, die Sie mir gegeben haben, und da habe ich diese gefunden.«

»Sehr schön, vielen Dank«, sagte ich und nahm den Umschlag.

»Es freut mich, daß ich Ihnen helfen konnte. Übrigens habe ich auch mit Bob Crawley gesprochen, und er erzählte mir eine Geschichte, die er von den beiden Fräulein Pope gehört hat. Am letzten Wochenende, sagten sie, haben sie jemanden bei Rose Cottage gesehen, er ist dann hingefahren, hat aber keine Anzeichen für einen Einbruch gefunden.«

»Ja, das hat mir Miß Mildred auch schon erzählt. Sie meinte, sie hat ein Licht gesehen, das sich bewegte. Aber das war alles. Ich glaube, das ist kein Grund zur Beunruhigung.«

»Gut, das freut mich.« Über seine Halbmondbrille warf er mir einen forschenden Blick zu. »Haben Sie schon irgendeine Vermutung, was mit den fehlenden Dingen passiert sein könnte?«

Ich schüttelte den Kopf. »Nein. Ich habe im Dorf herumgefragt, aber keiner weiß etwas. Ganz sicher war es ja niemand von hier. Wenn man aber annimmt, daß irgend jemand eingebrochen ist und die Münzen und Orden und so gestohlen hat, dann bleibt doch noch immer völlig unverständlich, warum er auch die Papiere mitgenommen hat. Also mir ist das Ganze ein Rätsel. Nun ja, jedenfalls nochmals vielen Dank. Gibt es ... ich meine, ich glaube, es gibt so etwas wie eine Bearbeitungsgebühr, nicht wahr?«

»Tatsächlich, tatsächlich. Ich muß Ihnen einen astronomischen Betrag für meine wertvolle Zeit berechnen.« Er lächelte. »Sechs Shilling und acht Pence, wenn Sie das erübrigen können. Und würden Sie so gut sein und das Geld in die Sammelbüchse am Südportal stecken?«

»Natürlich. Aber wenn ich darf ... Ich würde Sie gerne noch etwas fragen, wo ich schon hier bin ...«

»Ja?« Er hatte sich schon abgewandt und den Chorrock hochgenommen. Durch die halboffene Tür, die zum Altarraum führte, hörte ich Geräusche in der Kirche, wahrscheinlich die Taufgesellschaft. Schnell sagte ich: »Es geht um den Grabstein meines Großvaters. Meine Großtante ist an derselben Stelle begraben, aber auf dem Stein ist noch keine Inschrift. Ich dachte ... ich meine, es ist jetzt schon so lange her. Und jetzt weiß ich nicht, ob meine Großmutter vielleicht vergessen hat, dafür Vorkehrungen zu treffen. Oder gibt es irgendeinen anderen Grund für die Verzögerung? Ich glaube, der Text muß von Ihnen bestätigt werden, nicht wahr?«

Der Pfarrer war schon dabei, seinen Chorrock anzuziehen und hielt mitten in der Bewegung inne. Kopf und Hände, die er durch Hals- und Armausschnitte des Chorrocks gesteckt hatte, zeigten nach vorne, so daß er aussah wie die Karikatur eines Mannes, der in einem mittelalterlichen Zwangsstock festsitzt. Seine Brille war ihm wieder auf die Nasenspitze gerutscht, und darüber wirkte sein Blick merkwürdig konfus.

»Ich kann mich nicht an einen Brief von Mrs. Welland erinnern, aber vielleicht täusche ich mich auch. Es ist ja wirklich schon ziemlich lange her, daß Miß Campbell gestorben ist, und ich hätte gedacht ... Wie nachlässig von mir, daß ich mich nicht längst darum gekümmert habe.« Ein leises Rauschen, und der Chorrock fiel an seinen Platz. Der Pfarrer schob die Brille wieder hoch und richtete sich gerade auf, nun in der vollen Würde, die seine Berufskleidung ihm verlieh.

»Ich glaube, die Taufgesellschaft ist schon in der Kirche, deswegen habe ich jetzt leider keine Zeit mehr. Aber wenn Sie vielleicht hinüber zum Pfarrhaus gehen möchten, Lil kann Ihnen Patersons Adresse geben – sie liegt neben dem Telefon. Sie können ihn anrufen, um herauszufinden, ob irgend etwas vereinbart wurde. Ich erinnere mich jetzt, daß Lil mir vor kurzem erst irgend etwas von einem Anruf erzählt hat. Vielleicht hat sich Ihre Großmutter ja selbst an Paterson gewandt. Mr. Pascoe könnte übrigens auch Bescheid wissen. Paterson ist der Steinmetz, und er ist ein wenig ... nun, sagen wir langsam. Sie können ihn gern vom Pfarrhaus aus anrufen, ich weiß, daß sie in Rose Cottage kein Telefon haben.«

Ich wollte gerade entgegnen, daß die Sache überhaupt nicht eilig war, und ich auch schon mit Mr. Pascoe darüber gesprochen hatte, aber der Pfarrer wandte sich von mir ab, um die Sachen für die Taufe zusammenzusuchen. Offensichtlich war er in Gedanken bereits bei seiner nächsten Aufgabe. Aus der Kirche hörte man jetzt die Hauptperson kräftig schreien. »Ach du meine Güte«, murmelte er, »eines von diesen.« Dann wandte er sich noch einmal zu mir und sagte lächelnd: »Wenn Sie mich dann bitte jetzt entschuldigen würden, Mrs. Herrick?«

»Aber selbstverständlich. Und noch einmal vielen Dank. Das war wirklich sehr freundlich von Ihnen. Auf Wiedersehen.«

Als ich aus der Sakristei nach draußen trat, bog ich automatisch von dem Kiesweg nach rechts ab. Um zum Hauptportal der Kirche zu gelangen, ging ich über den grasbewachsenen Pfad, der sich durch die alten Grabsteine schlängelte. Ich mußte lächeln. Wieder tauchte eine Erinnerung aus früheren Zeiten auf. Wenn wir damals aus der Sonntagsschule gekommen waren, hatten wir Kinder immer diesen Weg genommen. Um eine Kirche herum ging man stets im Uhrzeigersinn, niemals entgegengesetzt, das brachte Unglück. Genauso, wie man auch niemals auf die Ritzen zwischen den Steinen des Bürgersteigs trat. Und man kreuzte immer die Finger, wenn man log. Wollte man eine Streiterei beenden, sagte man ›Frieden‹ und hielt dem anderen die Hand zum Einschlagen hin.

Tag der Erinnerungen ...

Die Almosenbüchse befand sich im südlichen Portal. Ich faltete einen Zehn-Shilling-Schein und steckte ihn durch den Schlitz. Das Kind, das nach der Sonntagsschule den ganzen Weg nach Rose Cottage zurückgelaufen war, hatte niemals einen Zehn-Shilling-Schein gesehen. Na gut, das war damals gewesen; jetzt war eine andere Zeit. Ich zwang mich, wieder an die Gegenwart zu denken, und ging hinüber zum Pfarrhaus.

Ich hatte dem Pfarrer nicht gesagt, daß sich die Nummer des Steinmetz' auf dem Briefkopf des Schreibens befand, das Mr. Pascoe mir gegeben hatte; ich wollte mit Lil sprechen, und das war ein guter Anlaß. Auch daß Mrs. Winton Smith unterwegs war, paßte ausgezeichnet.

Lil stand im hinteren Hof in der Sonne und fütterte die Hühner. Sie begrüßte mich freundlich, und ich sagte ihr, weshalb der Pfarrer mich zu ihr geschickt hatte.

»Paterson?« fragte sie und sah überrascht aus. »Das Grab Ihrer Tante? Ja, wir haben die Nummer. Soll ich sie Ihnen holen?«

»Nicht nötig, Lil, danke. Nach so langer Zeit ist es nun auch nicht mehr eilig. Aber der Pfarrer hat noch etwas anderes gesagt, und danach wollte ich Sie auch gern fragen.«

Lil hatte noch immer die Schale im Arm, in der sich ein Rest Hühnerfutter befand. »Mich?« fragte sie.

»Ja. Er hat gesagt, daß erst vor kurzem jemand nach dem Grabstein gefragt hat. Können Sie sich daran erinnern?«

»Ja, allerdings. Ich habe gerade gedacht, wie merkwürdig das ist, wo sie doch nun schon so lange begraben ist – ich erinnere mich daran, weil sie kurz bevor ich herkam gestorben ist, und das war gleich nach der Schule –, und nun kommen Sie und fragen auch danach, wo doch erst letzten Sonntag ein Mann hier war und das gleiche gefragt hat.«

Obwohl es in der Sonne sehr warm war, überlief mich ein Frösteln. »Letzten Sonntag? Wissen Sie, wer er war? Was wollte er wissen? Ich nehme an, er hat gar nicht mit dem Pfarrer gesprochen?«

»Nein. Er kam nur hier zur Hintertür, und er wollte auch weder den Pfarrer noch seine Frau sprechen. Ich weiß nicht, wer er war, jedenfalls ein Fremder.«

»Ein Fremder? Meinen Sie, er war Ausländer, oder war er nur nicht aus Todhall?«

»Ein Ausländer. Er hat komisch gesprochen. Er war sehr groß, dünn, mit einem ulkigen kurzen Mantel, und ...«

»Hat er Ihnen nicht gesagt, wie er hieß oder woher er kam?«

»Nein.«

»Könnte er ... sah er aus wie ein Zigeuner?«

»Oh, nein. Also er war ein bißchen braun, aber nur von der Sonne. Und sein Haar war grau und ganz kurz, und was er anhatte ... nun, es waren andere Sachen als hier, aber sie waren bestimmt teuer. Er war ein Gentleman, auch wenn er komisch gesprochen hat.« Dann fügte sie noch hinzu, als würde dies ihre Einschätzung beweisen: »Er war mit dem Auto da.«

»Und was hat er gesagt?«

»Er fragte nach dem Namen des Pfarrers. Ich hab' ihm gesagt, wie er heißt, und ihn gefragt, ob er ihn sprechen möchte; er war ja drüben beim Abendgottesdienst und seine Frau auch. Aber er wollte ihn gar nicht sprechen. Dann fragte er noch, wer nebenan wohnte. Ich sagte, die Pascoes und daß sie übers Wochenende bei einer Hochzeit sind. Als ich ihn gefragt habe, ob er sie kennt, hat er nein gesagt. Und dann fragte er nach dem Grab, warum denn nichts auf dem Stein steht. Ich hab' gesagt, daß sich vielleicht keiner drum kümmert, weil doch nun niemand mehr da ist, wo die alte Dame gestorben ist und ihre Schwester wieder zurück nach Schottland gegangen ist. Das war alles, dann ist er wieder gegangen. – Haben Sie etwas? Ist Ihnen nicht gut?«

»Doch, doch, danke, es geht mir gut. Mehr hat er nicht gesagt?«

»Ich glaube nicht. Ich hab' ihn noch gefragt, ob ich dem Pfarrer was ausrichten soll, aber er hat gesagt, das ist nicht nötig.«

»Und hat er nicht gesagt, woher er war oder warum er sich für das Grab interessiert hat? Hat er ... hat er vielleicht Rose Cottage erwähnt?«

»Nein.«

»Und war er allein?«

»Ich habe niemanden anders gesehen, aber ich glaube, es war noch jemand im Auto. Als er wieder gegangen ist, hab' ich nämlich gehört, wie er mit jemandem gesprochen hat, bevor er wieder losgefahren ist.«

Ich fühlte mich wie betäubt und schwieg so lange, daß schon Besorgnis und Neugier in Lils Blick traten. Aber dann kam mir der Hahn zuhilfe; er flatterte in die Höhe, um an die Schale mit Futter in Lils Arm zu gelangen. In dem folgenden Durcheinander bekam ich meine Gefühle wieder unter Kontrolle und schaffte es, leichthin zu sagen: »Also vielen Dank, Lil. Das ist wirklich eine merkwürdige Sache, und ich wüßte nur zu gerne, wer dieser Herr war; aber vielleicht meldet er sich ja noch einmal, und dann kann er ja nach Rose Cottage kommen und mit mir sprechen. – Nein, vielen Dank, ich möchte nicht mehr hereinkommen. Die Adresse von Paterson ist nicht so wichtig, ich glaube, sie ist auch auf dem Brief, den mir Mr. Pascoe gegeben hat. Ich will Sie jetzt nicht weiter aufhalten, nochmals vielen Dank. Auf Wiedersehen.«

Sie bot mir noch eine Tasse Tee an, die ich dankend ablehnte. Dann ging ich zu der Werkstatt, die sich gleich nebenan befand.

In früheren Zeiten war die Werkstatt ein Heuschuppen gewesen; damals hatte zum Pfarrhaus noch ein kleiner Bauernhof gehört. Das Licht kam durch Fenster im Dach, aber an einem Ende des Gebäudes befand sich eine große doppelte Tür, die im Moment offenstand und zusätzlich Licht und Luft hineinließ. Der Fußboden war mit Sägespänen und Sägemehl bedeckt, und es duftete angenehm nach Kiefer, Zeder und anderen Hölzern und ein wenig nach Lack und Leinöl.

An der langen Werkbank in der Mitte des Raumes stand Davey und bearbeitete mit einem Hobel ein großes, in einen

Schraubstock eingespanntes Holzbrett. Als ich eintrat, sah er kurz auf, ohne den leichten Lauf des Hobels über das Brett zu unterbrechen. Der papierdünne, silbrige Holzstreifen, der sich ablöste, kräuselte sich und schwebte zu Boden. Davey richtete sich auf und drehte sich um.

»Nun, hast du die Papiere?«

»Ja. Und außerdem habe ich von Lil, die im Pfarrhaus arbeitet, noch etwas äußerst Interessantes erfahren.«

»Tatsächlich?« Er legte den Hobel auf die Werkbank. »Und was?«

Ich erzählte ihm von Lils unbekanntem Besucher. Während er mit gebeugtem Kopf zuhörte, fuhr er mit einer Hand abwesend über die glatte Oberfläche des Holzbrettes. Schließlich pfiff er leise durch die Zähne.

Nach einem Moment des Schweigens sagte er: »Und noch jemand im Auto, hm? Die dazugehörige Dame wahrscheinlich.«

»Genau. Und ich denke, was du denkst.«

»Nämlich?«

»Nun, daß sie nach Rose Cottage gefahren sind, und als niemand da war, haben sie sich selbst Eintritt verschafft. Der Mann war während des Abendgottesdienstes bei Lil, hat sie gesagt. Und danach, als Miß Linsey auf den Friedhof ging, waren sie dann auch dort.«

»Noch einmal.«

»Noch einmal?«

»Ja. Sie müssen ja schon mal bei dem Grab gewesen sein, bevor er zu Lil ging, um sie nach dem Grabstein zu fragen. Dann sind sie noch mal hingegangen.«

»Um Tante Betsy die Blumen zu bringen?«

»Ja, das ist wirklich merkwürdig, nicht?« Er nahm den Hobel und legte ihn an seinen Platz auf das Werkzeugregal an der Wand. »Als deine Mutter diesen Unfall hatte, war der Zigeuner da bei ihr?«

»Ich glaube. Ich weiß nur das, was Tante Betsy mir erzählt hat. Sie selbst, meine Mutter, hat wohl auch gesagt, daß er sie heiraten wollte, aber Großmutter wußte noch nicht einmal seinen vollen Namen, nur, daß sie ihn Jamie nannte. Bei den Zeitungsausschnitten, die ich in dem Fotoalbum gefunden habe, ist nichts über den Unfall dabei.«

»Aber das könnten wir sicher herausfinden, wenn wir wollen. Ich dachte gerade, wenn er sie überlebt hat, oder wenn sie sich getrennt haben, bevor sie starb, dann hat er ja wahrscheinlich wieder geheiratet. Sprechen Zigeuner merkwürdig?«

»Ich habe keine Ahnung. Aber wenn es Jamie war, und er aus irgendeinem Grund zurück nach Todhall gekommen ist – um es seiner neuen Frau zu zeigen oder um in den Safe zu schauen, von dem meine Mutter ihm erzählt hat oder weswegen auch immer –, dann bleibt immer noch die Frage, warum er Tante Betsy Blumen bringt. Und warum hat er die Papiere aus dem Safe genommen? Warum nicht nur die Wertgegenstände?«

»So wie es sich anhört, hat er es nicht nötig, wegen ein paar Pfund deine Großmutter zu bestehlen.« Davey nahm seine Jacke von dem Haken an der Tür. »Wir kommen nicht weiter, wenn wir's immer wieder durchkauen. Vielleicht solltest du dir jetzt erst mal in Ruhe ansehen, was dir der Pfarrer gegeben hat und dann langsam mit dem Packen anfangen.«

»Ja, du hast recht.«

»Wer immer dieser Mensch auch sein mag, ich kann mir vorstellen, daß er noch mal herkommt; und wenn du dann da bist, um mit ihm zu sprechen, werden wir mehr wissen. Morgen kommt Prissy und ihr eßt zusammen, nicht? Dann komme ich am besten am Nachmittag, um dir zu helfen, also rück keine schweren Sachen, kümmer dich nur um den Kleinkram. Gehen wir?«

Ich folgte ihm.

19

Davey nahm den Weg durch den Park, um mich nach Rose Cottage zu fahren, und setzte mich bei der Brücke ab. Mein Angebot zum Tee lehnte er mit den Worten ab: »Vielen Dank, aber ich trinke zu Hause Tee, wenn ich um halb sechs mit der Arbeit fertig bin.«

Sobald ich im Haus war und die Tür hinter mir geschlossen hatte, setzte ich mich an den Tisch und zog den Briefumschlag des Pfarrers aus der Tasche.

Es war eine magere Ausbeute, obwohl die Arbeitszeit des Pfarrers sicher sechs Shilling und acht Pence wert war. Bei dem ältesten Dokument handelte es sich um die Heiratsurkunde meiner Großeltern: Henry Welland, Gärtner, und Mary Campbell, Hausmädchen. Trauzeugen: Jeremiah Pascoe, Tischler, und Giles Brandon, Gutsbesitzer. Von dieser Heirat hatte mir Großmutter natürlich längst alles erzählt. Sie war sehr stolz gewesen, daß Sir Giles nicht nur der Zeremonie beigewohnt, sondern sogar beim Hochzeitsfrühstück im Gemeindehaus eine Rede gehalten hatte. Dem jungen Paar war das Wohnrecht in Rose Cottage überlassen worden, das die Brandons nach dem Tod des vorigen Bewohners sehr hübsch hatten renovieren lassen.

Die nächste Urkunde war anderthalb Jahre später erstellt worden: es war die Taufbescheinigung von Lilias Mary Welland. Als Paten waren Margaret und Jeremiah Pascoe eingetragen.

Warum ich mir von dem nächsten Papier überhaupt irgend etwas erhoffte, weiß ich selbst nicht. Schon vor Jahren hatte ich allen Mut zusammengenommen und an Somerset House geschrieben. Seitdem besaß ich eine Kopie meiner Geburtsurkunde. Trotzdem starrte ich jetzt auf des Pfarrers ordentliche Handschrift, als würde sich zwischen den Zeilen irgendeine Botschaft verbergen. Es war die Taufbescheinigung von Katherine Mary, Tochter von Lilias Welland. Vater unbekannt. Die Taufpaten waren wieder Pascoes, diesmal James und Annie, und Sybilla Lockwood, die Frau des Pfarrers.

Das war alles. Eine Weile saß ich wie betäubt da, dann gab ich mir einen Ruck und stand auf, um den Unsichtbaren Gast von der Wand zu nehmen und die Papiere in den Safe zu legen.

Gerade als ich das Bild zurückhängte, klopfte es an die Tür. Ich glaube, ich stand ganze zehn Sekunden regungslos; nur meine Hände, die noch immer den Rahmen hielten, verkrampften sich, bis die Knöchel weiß hervortraten. Mein erster Gedanke war: *Es ist der Fremde, der Zigeuner, er ist schon da, der Fremde, der sich nach meiner Familie erkundigt hat – vielleicht werde ich jetzt etwas von dem erfahren, was ich wissen will.* Dann dachte ich: *Aber will ich es überhaupt noch wissen?* Und schließlich, während meine Hände sich von dem Unsichtbaren Gast lösten und ich mich zur Tür wandte, ging mir durch den Kopf: *Und Davey ist inzwischen wieder zu Hause, mehr als drei Kilometer weit weg ...*

Es war nicht der Fremde, auch wenn mir die Frau, die dort stand, schon ein wenig fremd war. Ich hatte sie seit langem nicht mehr gesehen, aber sie schien sich nie zu verändern. Es war die ältere Miß Pope, Agatha. Und hinter ihr stand Miß Mildred.

»Ah, was für eine nette Überraschung, Miß Agatha!« begrüßte ich sie, und die Erleichterung verlieh meiner Stimme eine solche Wärme, daß Miß Agatha mich erstaunt ansah. »Und Miß Mildred ist auch da. Wie nett von Ihnen, mich zu besuchen. Bitte kommen Sie doch herein.«

»Ich weiß, daß heute nicht Freitag ist«, begann Miß Mildred.

»Sie meint«, erläuterte Miß Agatha, »daß sie normalerweise freitags zum Zug geht, um mich abzuholen. Aber heute waren wir in Sunderland im Kino, und meine Schwester hat mich überredet, mit herzukommen. Sie macht sich Gedanken um Sie und wollte deswegen mit Ihnen reden.«

»Oh?« sagte ich ziemlich ratlos. »Nun, bitte setzen Sie sich doch. Tut mir leid, es ist etwas unordentlich hier, aber ich bin dabei, die Sachen für den Umzug vorzubereiten. Trinken Sie eine Tasse Tee mit mir? Es dauert keine Minute, ich wollte sowieso gerade den Kessel aufsetzen.«

»Nein, vielen Dank. Wenn wir in der Stadt waren, essen wir immer früh zu Abend, und bei uns zu Hause ist schon alles gedeckt.« Miß Agatha setzte sich. Ihre Handtasche behielt sie fest umklammert auf dem Schoß, als wollte sie jeden Moment wieder gehen. Ich setzte mich zu ihr an den Tisch, und ihre Augen hinter den glitzernden Brillengläsern fixierten mich. Miß Mildred, die sich auf den Rand des Schaukelstuhls gehockt hatte, gab ein tschilpendes Geräusch von sich wie ein nervöser junger Vogel. Langsam wurde ich auch nervös. Vielleicht wäre der merkwürdige Fremde ja weniger beängstigend gewesen.

Schließlich sagte Miß Agatha mit ihrer tiefen, angenehmen Stimme: »Meine Schwester wollte, daß ich dabei bin, wenn sie es Ihnen sagt, obwohl ich eigentlich nicht weiß, was das Ganze soll. Es ist sehr schwierig, aber ich bin der Meinung, wenn etwas schwierig oder unangenehm ist, dann sagt man es am besten sofort.«

Das kann ich mir vorstellen, dachte ich und sagte laut: »Hm. Nun, vielleicht haben Sie recht. Und was ist es?«

»Es ist wirklich ein bißchen albern, aber Miß Linsey besteht darauf, daß sie am letzten Sonntag abend Ihre Mutter hier in Todhall gesehen hat. Auf dem Friedhof«, sagte Miß Agatha und preßte die Lippen mißbilligend zusammen.

Miß Mildred gab wieder einen dünnen Laut von sich, dann sagte ich: »Ach so, das weiß ich schon. Sie hat es mir selbst gesagt.«

»Meine Schwester befürchtete ...«, begann Miß Agatha, aber Miß Mildred fiel ihr ins Wort. In ihren blauen Augen standen Tränen, und das freundliche Gesicht rötete sich.

»Die arme Bella. Ihre Träume, wissen Sie, es sind diese dummen Träume, von denen sie immer denkt, sie seien Visionen. Und dann regt sie sich so darüber auf ... Erinnern

Sie sich, daß ich Ihnen erzählt habe, daß ich dachte, es sei jemand hiergewesen, im Garten hinten, mit einem Licht, am Montagabend?«

»Ja, natürlich, ich erinnere mich.«

»Nun, ohne darüber nachzudenken, habe ich Bella erzählt, was Bob Crawley gesagt hat. Daß da jemand bei dem Schuppen gegraben haben soll. Und dann hab' ich noch gesagt: ›Vielleicht waren's ja deine Geister, Bella‹. Da guckte sie plötzlich ganz komisch und sagte abwesend ›Eine Warnung. Es könnte eine Warnung gewesen sein. Manchmal bekommen auch die Unerleuchteten eine Warnung vor dem Tod.‹ Dann stellte sie ihre Tasse ab und ging ohne ein weiteres Wort. Sie war nämlich gerade bei mir zum Tee gewesen.«

»Wie üblich«, murmelte Miß Agatha.

Ohne Pause redete Miß Mildred weiter. Sie war über den Verdacht erhaben, jemand anderem gerne beunruhigende Nachrichten mitzuteilen; hatte sie sich jedoch erst einmal entschlossen, daß es sein mußte, wollte sie es offenbar schnell hinter sich bringen. »Ich habe dann erst nicht mehr daran gedacht, weil ... na, Sie wissen schon, Bella erzählt ja alles mögliche. Aber dann fiel es mir immer wieder ein, und ich habe es meiner Schwester gesagt, und sie meinte, es wäre besser, wir erzählen's Ihnen selbst, als wenn Bella herkommt und Ihnen mit ihren Geschichten angst macht.«

»Nun, wie ich schon gesagt habe ...«, begann ich.

»Sprich doch weiter«, forderte Miß Agatha ihre Schwester mit Bestimmtheit auf. »Wenn du's ihr schon sagst, sag ihr alles.«

Miß Mildred schluckte, dann fuhr sie bekümmert fort: »Also, ich hatte das Gefühl, es war meine Schuld, daß Bella auf die Idee mit dem Grab kam.« Schuldbewußt rang sie die Hände. »Und es tut mir so leid. Als wenn es nicht schon schlimm genug für Sie wäre, sich all dies andere ... dies andere *Zeug* über Ihre arme Mutter auf dem Friedhof anhören zu müssen.«

Für Miß Mildred war dieses Wort ein Kraftausdruck. Und damit hatte sie offenbar alles gesagt und ihre Energien völlig erschöpft. Sie setzte sich zurück und rieb sich die Augen. Ich lächelte ihr beruhigend zu, was sie gar nicht bemerkte. Nun schien mit einemmal Miß Agathas Interesse neu erwacht.

»Sie wußten das schon.« Es war eine Feststellung, keine Frage.

»Ja. Vielen Dank, daß Sie extra hergekommen sind, um es mir zu sagen, das war sehr nett von Ihnen, aber Miß Linsey war gestern abend hier, und wir haben miteinander gesprochen. Ich denke, wir haben diese Sache mit ihrem Traum geklärt.«

»Tatsächlich?« Ziemlich unfair setzte sie hinzu: »Na, das sieht ihr ähnlich! Sobald sie was bedrückt und sie's bei anderen loswerden kann, tut sie's! Ich hab' noch nie was von all diesem Unsinn gehalten, den sie produziert.«

»Nun, Miß Agatha, was Miß Linsey sich auch gedacht haben mag, es ist sicher nichts daran. Ich hab's mir gestern selbst angesehen, und es stimmt, jemand hat da vor kurzem gegraben, aber ...«

Diesmal ein leiser, erstaunter Laut von Miß Mildred und ein tiefes »Wirklich?« von ihrer Schwester.

»Ja, aber es ist kein Grab, nichts dergleichen, es ist einfach ein kleines Stückchen Erde, das jemand umgegraben hat, Gott weiß, warum. Das hab' ich Miß Linsey auch gesagt, und sie bestand nicht im geringsten auf ihren Ideen. Sie sagte selbst, daß es wohl nichts zu tun hätte mit ihrer Vision, oder ihrem Traum oder wie man's auch nennen will von den zwei Leuten auf dem Friedhof. Jedenfalls ist inzwischen ziemlich klar, daß das kein Unsinn war, Miß Agatha.«

»Nein? Und wie kommen Sie darauf?«

Ich lehnte mich vor. »Lassen Sie mich zuvor eins erst noch mal ganz deutlich sagen. Was diese Träume von Miß Linsey auch immer bedeuten mögen, natürlich haben sie nichts mit meiner Mutter zu tun oder mit mir und meinem jetzigen Leben, das ist mir völlig klar. Meine Mutter ist nun schon so lange tot, und es ist noch länger her, daß sie hier in Todhall war. Und sogar wenn sie noch leben sollte und hierher käme, würde man sie doch wohl kaum erkennen nach all der Zeit, und dann auch noch im Dunkeln, nicht wahr?« Ich holte tief Luft. »Gut, aber es gibt etwas, das ich Ihnen gern sagen würde, aber können wir es erst mal noch unter uns behalten, bevor ich mehr darüber herausbekommen habe? Ich habe heute erfahren, daß vor kurzem ein Mann hier war, im Pfarrhaus, der nach dem Grabstein meines Großvaters gefragt hat, und es war noch jemand anders dabei.«

»Ah!« kommentierte Miß Agatha. »Eine Frau?«

»Ich weiß es nicht, aber es könnte sein. Und wenn es so ist, dann könnte es sich um das Paar handeln, das Miß Linsey auf dem Friedhof gesehen hat.«

»Wissen Sie, wer dieser Mann war?«

»Nein, aber es war niemand aus Todhall. Lil, die im Pfarrhaus arbeitet, hat mit ihm gesprochen.«

»Hm. Und was meinen Sie, warum er sich für das Grab Ihres Großvaters interessiert hat?«

»Es ist auch das Grab von Tante Betsy.« Angesichts des intelligenten, scharfen Blicks, den Miß Agatha die ganze Zeit auf mich gerichtet hielt, wollte ich mich darüber nicht weiter auslassen, und sagte nur: »Davey Pascoe und ich sind heute mit Blumen zum Friedhof gegangen, und auf Tante Betsys Grab waren schon welche. Es könnte sein, daß sie am Sonntag dorthin gelegt wurden.«

»Ah, Bekannte von Betsy Campbell, ich verstehe. Ja.« Sie warf mir noch einen abschätzenden Blick zu, der sie offenbar darin bestärkte, das Thema nunmehr zu beschließen. »Nun ja.« Miß Agatha, steif, mit tiefer Stimme und voller Mißachtung gegenüber der ganzen Welt von Träumen und Visionen und Geistern der Vergangenheit, klang eher resigniert als erleichtert. »Also dann, Mildred, dann hat Bella wohl doch recht gehabt, nur hat sie gleich zu viel gesehen.«

»Die arme Bella. Sie war so beunruhigt.« Diese zittrige Bemerkung ihrer Schwester Mildred rief bei Agatha ein verächtliches Schnauben hervor.

»Dann hätte sie es wenigstens für sich behalten sollen! Es ist nur gut, daß Kathy so ein vernünftiges Mädchen ist.«

»Um mich brauchen Sie sich keine Sorgen zu machen«, sagte ich. »Aber ich muß sagen, daß es mir lieb wäre, wenn Miß Linsey nicht jedem im Ort ihre Geschichte erzählt.«

»Ich glaube nicht, daß sie das tut«, entgegnete Miß Agatha und fuhr dann mit bemerkenswerter Zurückhaltung fort: »Sie ist zwar in mancher Beziehung eine schwierige Nachbarin. Aber da kann ich Sie beruhigen, Kathy. Oder sollte ich jetzt Mrs. Herrick sagen?«

»Kathy ist schon in Ordnung.«

»Also ich kann Sie beruhigen, daß diese Sache unter uns bleibt. Wir sind nur zu Ihnen gekommen, weil Mildred so besorgt war. Wir wußten ja nicht, daß Miß Linsey Ihnen schon alles gesagt hatte. Und sie wird auch nicht im Dorf herumlaufen und ihren Unsinn dort wiederholen. Ich habe selbst mit ihr gesprochen«, schloß sie energisch.

Und das dürfte reichen, damit man eine Zeitlang nichts von Miß Linseys Träumen hörte, dachte ich; dann fürchtete ich, es laut gesagt zu haben, denn Miß Agatha lächelte plötzlich, und ihre Augen hinter den Brillengläsern funkelten. »Ich werde dafür sorgen, daß es dabei bleibt«, sagte sie. »Und ich bin sicher, Sie sind viel zu vernünftig, um darüber schlaflose Nächte zu haben. Komm, Millie.«

Vernünftig oder nicht, in dieser Nacht hatte ich zumindest lange schlaflose Phasen. Aber schließlich brach der Morgen an, und mit ihm kam Prissy, elegant, lachend und beladen mit guten Sachen für unser Mittagessen.

20

Sie hatte Räucherlachs und frische Brötchen mitgebracht und außerdem eine Tüte mit Pfirsichen.

»Ich dachte mir, daß sie die bei Barlows bestimmt noch nicht vorrätig haben«, sagte sie fröhlich, während sie alles auf den Küchentisch legte. »Und ich werde dir natürlich nicht sagen, wo ich sie herhabe. Der schwärzeste Markt überhaupt, versteht sich. Aber es ist ja mein Gewissen, nicht deins, und damit kenn' ich mich als Pfarrerstochter besser aus als du. In diesen Zeiten sitzt mein Gewissen sowieso im Magen. Hier, ich hab' für alle Fälle noch eine Zitrone mitgebracht. Und eine Büchse Schinken. Aber da du mich zum Essen eingeladen hast, dachte ich, ich könnte dir ruhig den Hauptgang überlassen. Du warst eine gute Köchin, bevor du in die weite Welt gegangen bist.«

»Es gibt geschmortes Kaninchen«, kündigte ich an und mußte lachen, als sie keine Miene verzog. »Nein, keine Angst. Ich weiß gar nicht, ob heute hier noch irgend jemand diese armen Viecher schießt. Nein, es gibt Huhn.«

»Oh, da bin ich aber froh«, sagte sie erleichtert. »Ich wußte doch, daß dieser himmlische Duft kein Kaninchen sein kann. Also gibt es sogar hier im abgelegenen Todhall einen Schwarzmarkt?«

»Nur einen hellgrauen. Ich hatte Glück. Mir fiel ein, daß Mr. Blaney – er bringt die Milch, erinnerst du dich? – am Freitag auch Geflügel mitbringt, und ich habe eins bekommen, das er in Reserve hatte. Oh, dieser Lachs sieht wunderbar aus! Vielen Dank! Das wird ja ein richtiges Festessen. Trin ken wir erst etwas? Ich hab' im Black Bull einen Sherry organisiert, der hoffentlich nicht zu schlecht ist. Jetzt setz dich erst mal. Und dann erzähl mir als erstes, wie du es geschafft hast, so eine traumhafte Figur zu kriegen, Pummel-Pris?«

»Indem ich ohne Räucherlachs und gebratenes Hühnchen gelebt habe. Ewigkeiten habe ich mich nur von so schrecklichen Sachen wie rohem Kohl und Mohrrüben und selbstgemachtem Joghurt ernährt. Es war eine harte Zeit, aber es war die Mühe wert. Jetzt bin ich nicht mehr Pummel-Pris, sondern die schlanke Scilla. Danke. Zum Wohl.« Sie hob ihr Glas und nippte an dem Sherry. »Nicht schlecht für Todhall! Ja, Gordon nennt mich nicht mehr Prissy, er sagt Scilla, das wollte ich dir sagen.« Sie lachte. »Ich bin auch hinaus in die große weite Welt gekommen. Es kam mir nicht unbedingt drauf an, ich hab' mich unsterblich in Gordon verliebt, bevor ich irgendwas über ihn wußte. Aber wenn man einen wohlhabenden Bankier heiratet, sitzt man eindeutig eine Leitersprosse höher als in jedem Pfarrhaus!«

Ich lachte. »Das glaube ich dir. Scilla? Hört sich hübsch an. Mit mir war es genauso. Für Jons Freunde bin ich Kate, aber seit ich wieder hier bin, kommt mir Kathy irgendwie natürlicher vor. Und so geht's mir mit Prissy auch, wenn's dir recht ist.«

»Völlig in Ordnung. So lange du den Vorsatz Pummel wegläßt.«

»Wie könnte mir das überhaupt noch einfallen, wenn ich dich jetzt sehe? Warte einen Moment, ich seh' nur nach, wie weit das Hühnchen ... Gut, es ist fast fertig. Meine Güte, wir haben so viel aufzuholen! Ich will alles wissen. Ich habe gehört, daß du eine Arbeit im Schuldienst angenommen hast, nachdem Gordon ins Ausland gekommen ist, und daß die Schule nach Kanada evakuiert wurde. Wann ist Gordon aus dem Kriegsdienst entlassen worden, und habt Ihr Euch jetzt hier niedergelassen? Wo wohnst du? Lieber Himmel, wir wissen ja gar nichts mehr voneinander! Deine Mutter und ich haben noch Kontakt, aber nur die üblichen Karten zu Weihnachten und zu Geburtstagen, aber ich weiß trotzdem kaum was von dir, außer daß du glücklich bist. Sie hat auch geschrieben, daß sie jetzt, wo ihr beide, du und Gordon, wieder zusammen seid, sehnlichst darauf wartet, Großmutter zu werden. Gibt es denn Hoffnung für sie?«

»Nun, noch nicht allzu weit gediehen, aber ihr Wunsch

ist schon berücksichtigt ...« Sie lachte und strich mit einer Hand über ihren flachen Bauch. »Bald wird Pummel-Pris wieder unter uns sein.«

»Aber das ist ja wunderbar. Wann ist es soweit?«

»Oh, noch ewig. Weihnachten, und du wirst Patin, ja? Laß uns nicht wieder den Kontakt verlieren. Du denkst doch nicht daran, hierzubleiben? Von deiner Tante Betsy habe ich gehört, aber nichts von deiner Großmutter. Wie geht's ihr?«

»Ihr geht's gut. Im Moment ist sie zwar im Bett, aber sie erholt sich nur von einer Grippe. Sollen wir schon mal mit dem Lachs anfangen?«

»Ich hab' auch ein paar Brötchen mitgebracht, sie sind da in der Tüte. Ich hoffe, du hast Butter, oder gibt es immer noch Großmutters Margarine?«

Ich mußte lachen. Wir hatten immer in solchem Ton miteinander reden können, ohne daß man gleich beleidigt war. »Hier, bitte sehr, Madame. In Strathbeg machen sie ihre Butter selbst, und Großmutter hat mir welche mitgegeben. Nimm soviel du möchtest, ich hab' noch ein halbes Pfund.«

Es war ein wunderbares Essen. Ganze fünf Jahre hatten wir an Neuigkeiten und Klatsch aufzuholen. Sie wußte nicht mehr als die bloßen Fakten über meine Ehe, und da mein Kontakt zu den vertrauten Freunden meiner Kindheit abgerissen war, hatte ich auch nie darüber gesprochen. Nun erzählte ich ihr von dieser kurzen, intensiven Spanne meines Lebens, in der mein Gefühlszustand ständig zwischen höchstem Entzücken (ich hatte Jon sehr geliebt) und schrecklicher Angst schwankte; von den Nächten, in denen Jon seine Einsätze flog und ich keinen Schlaf finden konnte. Vergeblich und ohne daß es mir half, versuchte ich dann, die Flugzeuge zu zählen, die über unsere Wohnung hinwegdonnerten, diejenigen, die den Stützpunkt verließen, und die, die zurückkamen und natürlich immer weniger waren. Bis schließlich der letzte große Schmerz mich traf, der lange befürchtete betäubende Schlag. Das Leben hatte aufgehört, auch für mich. Aber dann mußte es doch weitergehen, und es ging weiter, und mit der Zeit, ganz langsam, geschah das Unglaubliche: Heiterkeit und Zufriedenheit kehrten zurück, sogar die Freude am Leben. Aber Liebe? Nicht noch einmal. Das sagte ich mit großer Bestimmtheit. Nein, nicht wieder.

»Wirklich nicht?« fragte Prissy.

»Ich glaube einfach nicht, daß es mir noch einmal passieren könnte. Auf jeden Fall wäre es ganz anders, eine andere Art der Liebe, meine ich. Ich bin älter und habe mich in dieser Zeit sehr verändert, und heute wären mir andere Dinge wichtig. Möchtest du einen Kaffee? Es ist Barlows bester, zwar nicht gerade frisch gemahlen, aber man kann ihn trinken.«

Nachdem wir Kaffee getrunken hatten, schlenderten wir hinüber zur Brücke. Die Sonne schien angenehm warm auf unsere Rücken, während wir uns mit den Ellbogen auf das Brückengeländer stützten und hinunter in das klare, gemächlich dahinströmende Wasser schauten.

»Da ist einer! Guck, da drüben, im Schatten von dem großen Stein. Erinnerst du dich noch, wie wir einmal hier nach Aalen geguckt haben und Davey Pascoe ins Wasser gefallen ist? Dabei hat er die Angelrute deines Großvaters zerbrochen und ist dafür verhauen worden.«

Bis weit in den Nachmittag ließen wir uns vom Strom der Erinnerungen davontragen, der so klar und tief war wie der Fluß unter uns. Schließlich sah Prissy auf die Uhr und sagte widerstrebend: »Ich glaube, ich gehe jetzt besser. Wir fahren morgen wieder, Gordon hat zwei oder drei Tage in London zu tun. Wie lange, hast du gesagt, bist du noch hier? Und fährst du dann zurück nach London oder zu deiner Großmutter?«

»Ich fahre erst mal nach Strathbeg, um Gran beim Einrichten zu helfen. Und dann bleibe ich noch, wenn sie mich läßt, bis sie wieder ganz auf dem Posten ist. Möchtest du nicht doch noch ein bißchen bleiben und eine Tasse Tee mit mir trinken?«

»Ich möchte schon, aber ich kann wirklich nicht.«

»Dann laß uns reingehen und deine Tasche hohen. Wir müssen noch unsere Adressen austauschen. Willst du ein paar Blumen mitnehmen?«

Wir waren zurückgegangen, während wir sprachen, und sie war am Gartentor stehengeblieben, wo Rosen und Geißblatt den Zaun überwucherten.

»Das würde ich gerne. Hotelzimmer sind immer so seelenlos. Ich bin noch nicht lange genug wieder in England, um mich an diese himmlischen Gärten gewöhnt zu haben.«

»Warte einen Moment, ich hole nur eine Schere.«

Als ich wieder hinauskam, stand Prissy beim Schuppen. »Diese Rosen sind wunderschön! Meinst du, sie würden sich halten, wenn ich davon welche mitnehme?«

»Nicht lange, aber ein paar Tage schon. Ich schneide dir Knospen ab, dann werden sie deine Hoteltage schon überstehen. Sei vorsichtig, sie haben viele Dornen. Hoffentlich geht es mit der Schere, eigentlich bräuchte ich die Gartenschere, aber ich hab' keine mehr. Großmutter hat alle Gartengeräte Davey gegeben.«

»Macht ja nichts, wenn es nicht geht, nehmen wir ein paar andere Blumen. Aber es ist wirklich eine besonders schöne Rose, bestimmt war dein Großvater stolz darauf. Und hier sind so viele davon, alle von derselben Sorte ... Ach, und hier ist eine ausgegraben worden, nicht? Da ist sogar das Schildchen dazu, da, in dem Unkraut.« Sie hob es auf und reichte es mir.

Es war ein kleines Metallschild, auf dem ein Name eingraviert war: CHINA: OLD BLUSH. Stumm starrte ich darauf. Das war also die Lösung von Miß Mildreds Geheimnis, von dem Licht im Garten und der Person, die dort gegraben hatte. Bei dieser mühseligen Arbeit mit der Kohlenschaufel hatte nichts vergraben werden sollen, sondern es war nur ein Rosenbusch ausgegraben worden.

Warum?

Ich wußte natürlich, was damit passiert war, aber der Grund dafür war mir noch immer rätselhaft. Der Rosenbusch war ausgegraben worden, um ihn mit zum Friedhof zu nehmen und auf dem Grab wieder einzupflanzen.

»Und wenn er ihn um diese Jahreszeit verpflanzt hat, dann ist es kein Wunder, daß er dringend Wasser brauchte.«

»Was hast du gesagt?« fragte Prissy neugierig. »Wovon redest du denn?«

»Oh, entschuldige. Ich habe laut gedacht. Es ist nichts, nur eine Art Geheimnis, das immer wieder auftaucht. Aber vielleicht hat es gar nichts zu bedeuten.«

»Dafür scheint es dich aber ganz schön zu beschäftigen. Du hast eben ausgesehen, als würdest du schlafwandeln. Willst du's mir erzählen?«

Wir blieben neben dem Schuppen stehen, und ich drehte das Schild in meiner Hand hin und her, während ich ihr möglichst kurz die ganze Geschichte erzählte.

Sie unterbrach mich nur einmal, als ich zu Miß Mildred und ihrer ersten Erzählung kam. »Huh! Die Hexenecke!« sagte sie. »Hat sich überhaupt nicht verändert, was?« Als ich am Ende der Geschichte angekommen war, reagierte sie aufgebracht.

»Also diese dummen alten Spinnerinnen! Was haben sie sich wohl dabei gedacht, zu dir zu kommen und dir all diese Sachen zu erzählen, wo du doch hier ganz alleine bist? Hast du Angst gehabt? Ich hätte mich zu Tode geängstigt, allerdings wäre es mir sowieso unheimlich, hier alleine zu wohnen.«

»Nein, ich habe keine Angst, ich fühl' mich wohl hier, auch allein. Natürlich hat mich das alles etwas durcheinandergebracht, aber ich glaube nicht, daß es ein Grund zur Beunruhigung ist. Es läuft doch wohl darauf hinaus, daß dieser Mann wahrscheinlich auch der war, der hier eingebrochen ist und die Sachen aus dem Wandsafe genommen hat, der Himmel weiß, warum. Und wenn er wirklich einen

Rosenbusch ausgegraben und eine Menge Blumen für Tante Betsys Grab mitgenommen hat, dann will er uns ja offenbar nichts Böses. Die Frage ist nur, wieso gerade Tante Betsys Grab?« Ich steckte das Schild ein. »Tja, da fehlt noch ein Puzzleteil, aber zum Schluß wird schon alles zusammenpassen.«

»Hm«, sagte Prissy. »Hört sich alles ziemlich merkwürdig an, aber ich denke, du hast recht, wahrscheinlich ist es harmlos, ganz bestimmt jedenfalls die Fantasien der alten Linsey-Spinnt-sie. Also laß dich nicht nervös machen. Du bist ja sowieso bald wieder weg, und dann hast du nichts mehr damit zu tun.« Sie warf mir einen prüfenden Blick zu. »Hör mal, ich habe so einen Eindruck, als seist du in einer ziemlich nostalgischen Stimmung. Die schönen alten Tage und so ... Waren ja auch schön, aber jetzt sind andere Zeiten! Fahr zurück nach London in deine zentralbeheizte Wohnung mit Telefon und in dein wirkliches Leben. Hier, das ist doch nichts mehr für dich.«

»Kann sein, ja, bestimmt hast du recht. Aber ein oder zwei Tage bin ich sowieso noch hier. Vielleicht klärt sich in der Zeit das Rätsel ja noch. Eigentlich passen Geheimnisse gar nicht zu Todhall, und schon gar nicht zu Großvaters Rosen.«

»Na gut. Und du bist sicher, daß ich dich unbesorgt hier allein zurücklassen kann?«

»Ja, das bin ich. Wenn ich wirklich Angst bekommen sollte, dann kann ich jederzeit zu den Pascoes gehen. Also Prissy, du hast meine Adresse, ich hab' deine. Es war so schön, dich zu sehen, und laß uns auf keinen Fall wieder den Kontakt verlieren. Vor allem bei dem bevorstehenden freudigen Ereignis! Paß auf dich auf, und danke für alles. Gute Fahrt.«

Wir umarmten uns, und Prissy fuhr ab.

21

Bald nachdem Prissy gegangen war, kam Davey. Er brachte die Nachricht mit, daß die Umzugsfirma angerufen hatte und am nächsten Tag kommen würde.

»Morgen schon?« rief ich aus. »Ich dachte eigentlich, daß sie nicht vor Montag kommen!«

»Sie haben eine dringende Lieferung in Sedgefield, und da hat Caslaw ihnen gesagt, daß sie auf dem Rückweg gleich die Sachen hier abholen sollen. So sparen sie eine Fahrt. Also gehen wir am besten an die Arbeit.«

Er hatte ein Päckchen farbiger Aufkleber mitgebracht, und während ich Tee machte, ging er mit Großmutters Liste in der Hand durch die Räume und befestigte die Aufkleber auf den Möbeln, die mitgenommen werden sollten. Für mich blieb noch, all die kleinen Sachen zusammenzusuchen, die nicht auf der Liste standen, von denen ich aber annahm, daß Großmutter sie gerne haben wollte. Nachdem wir Tee getrunken hatten, machte ich mich also daran, alle Schränke und Schübe durchzusehen. Als ich an dem Schrank unter der Treppe beschäftigt war, blieb Davey neben mir stehen.

»Von oben geht nicht viel mit«, sagte er. »Na, dann bleibt dir wenigstens noch ein Bett zum Schlafen. Sogar aus ihrem eigenen Zimmer will sie kaum etwas. Wahrscheinlich hat sie ihre besten Sachen schon mitgenommen, als sie nach Strathbeg ging.«

»Ich glaube nicht. Jedenfalls keine Möbel. Anfangs hat sie ja in der Lodge gewohnt. Es würde sich auch gar nicht lohnen, die Betten und die anderen Sachen aus den Schlafzimmern mitzunehmen, sie stehen schon seit Ewigkeiten hier im Haus. Tante Betsy hatte noch die besten Möbel.«

»Natürlich.«

Ich lachte. »Na ja, man muß fair bleiben. Schließlich hat sie sie sich ja nicht selbst genommen, Großmutter hat ihr Zimmer so schön wie möglich eingerichtet, bevor sie gekommen ist. Es gibt zwei oder drei hübsche Sachen darin, die aus der Hall sind, und die stehen meiner Meinung nach auch auf der Liste.«

»Aha.« Er entzifferte Großmutters unleserliche Handschrift. »Hier sind sie. Betsys Zimmer: Kleines Klapptischchen neben dem Bett, Kommode, Stuhl mit grünem Samt, Glasvase, Bild von der Hall, Bettvorleger. Draußen Standuhr. Okay, ich geh' hoch und markier' die Sachen. Welches war ihr Zimmer?«

»Links das zweite. Die Uhr ist auf dem Treppenabsatz.«

»Gut.«

Ich war fertig mit dem Schrank unter der Treppe und ging nun daran, die Schübe des Sideboards zu leeren. Darin wollte ich möglichst viele der Sachen unterbringen, die ich zum Mitnehmen bestimmt hatte, darunter die Kerzenhalter vom Kaminsims, die Rosenvasen und die Porzellanenten. Alles wurde sorgfältig in Zeitungspapier und alte Küchentücher gewickelt und dann zusammen mit dem Tee-Service, den besten Tischtüchern und dem halben Dutzend silberner Teelöffel – einem Hochzeitsgeschenk der Pascoes – in den Schubladen verstaut. Ich leerte die letzte Schublade auf den Tisch aus. Während ich schweigend die Sachen betrachtete, fiel mir auf, daß im ersten Stock vollkommene Stille herrschte.

Ich lauschte. Keine Bewegung, nichts. Gerade wollte ich Davey rufen, als seine Stimme erklang.

»Kathy?«

»Ja?«

»Kannst du mal kommen?«

»Was ist?«

»Komm doch bitte mal hoch.«

Widerstrebend ging ich nach oben. Ich hatte Tante Betsys ehemaliges Schlafzimmer nicht betreten, seit ich hier war. Aber ich hätte nicht zu befürchten brauchen, daß noch irgendwelche Sachen von ihr darin zurückgeblieben wären. Das Zimmer war sauber und roch angenehm nach der Politur, die Mrs. Pascoe benutzt hatte. Außer den Möbeln befanden sich nur noch die Matratze, der Bettvorleger und die baumwollenen Vorhänge darin. Bei dem Bettvorleger handelte es sich um eine zwar schon ziemlich abgetretene, aber noch immer sehr hübsche orientalische Brücke, ein Geschenk Lady Brandons. Jetzt lag sie zusammengerollt am Ende des Bettes auf der Matratze. Daneben stand einer der Kommodenschübe, der leer war. Davey saß auf dem Bett und hielt ein Blatt Papier in der Hand. Es war jedoch nicht die Liste, die lag auf dem Fußboden. Es war ein ungleichmäßig ausgerissenes, vergilbtes Stück Papier.

»Davey? Was ist denn los? Du siehst so merkwürdig aus.«

Er stand auf, nahm den leeren Schub und brachte ihn wieder an seinem Platz in der Kommode unter. »Ich fühle mich auch merkwürdig. Setz dich. Ich habe etwas gefunden, das dich bestimmt interessiert.«

Ich setzte mich aufs Bett. Ich wußte schon, was er in der Hand hielt. Es war ein Zeitungsausschnitt, derjenige, den ich bei der Sammlung im Fotoalbum meiner Großmutter vermißt hatte. Ich streckte die Hand aus, und er gab mir das Stück Papier, dann ging er zum Fenster und blieb dort mit dem Rücken zu mir stehen.

Meine Vermutung war richtig gewesen. Der Zeitungsausschnitt stammte aus einer westirischen Lokalzeitung und trug das Datum des 12. Januar 1931. Die Überschrift des Artikels lautete: Zwei Fahrgäste bei Busunglück getötet. In nüchternem Ton wurde der Unfall beschrieben. Ein Überlandbus war spät in einer dunklen Nacht mit nur noch zwei Fahrgästen auf dem Weg in seinen Heimatort. Fast schon am Ende seiner Fahrt, stieß er mit einem schwarzen Ochsen zusammen, der in der Dunkelheit der Nacht nicht zu sehen gewesen und plötzlich auf die Straße gelaufen war. Der Bus kam ins Schleudern und stürzte die steile Böschung hinab. Dabei überschlug er sich und geriet in Brand. In dem Bericht wurde betont, daß den Fahrer keine Schuld traf. Trotz eines gebrochenen Arms und mehrerer Prellungen hatte er sein

Bestes getan, um die Fahrgäste aus dem brennenden Bus zu ziehen, aber es war schon zu spät gewesen. Der *Sligo Advertiser* schrieb weiter, daß Mr. und Mrs. Smith sich erst seit kurzem in Irland aufhielten, wo Mr. Smith bei den Ställen der bekannten Flaherty Brüder angestellt war. Mr. P. Flaherty selbst hatte die Toten identifiziert, und die Verwandten in England waren von der Tragödie benachrichtigt worden.

Ich ließ das Papier sinken. Schließlich sagte ich leise, mehr zu mir selbst, als zu Davey: »Smith ist ein Zigeunername, nicht wahr? Und keine Adresse außer diesen Ställen. Wahrscheinlich haben sie also irgendwann das Herumreisen aufgegeben und sich dort niedergelassen. Ja ... Zwei Jahre, nachdem sie von hier fortgegangen ...« Ich seufzte tief auf. Was für mich an diesem Zeitungsartikel am wichtigsten war, hatte ich schon gewußt. Fast bedeutete es eine Erleichterung, die Bestätigung schwarz auf weiß in den Händen zu halten. »Also waren sie immer noch zusammen, und er hat sie geheiratet. Das ist doch immerhin etwas, nicht? Und noch etwas ist jetzt klar. Der ›fremde Gentleman‹ beim Pfarrhaus kann nicht der Zigeuner meiner Mutter gewesen sein. Jedenfalls bin ich froh, diesen Artikel zu haben, Davey. Wo hast du ihn gefunden?«

»Ganz hinten in dem Schub. Die Kommode ist leer, und da dachte ich, ich packe die kleinen Sachen in die Schübe. Die Leinentücher und so etwas, was deine Großmutter aus ihrem Zimmer haben wollte.« Erst jetzt drehte er sich zu mir um. Gegen das Licht vom Fenster konnte ich sein Gesicht nicht deutlich erkennen, aber seine Stimme klang merkwürdig. »Der Artikel war in einem Briefumschlag, der an der Rückwand des Schubes klebte. Der absichtlich dort angeklebt war, meine ich. Er war dort versteckt worden.«

»Nun, zum Glück hast du ihn gefunden. Ich habe mich schon gewundert, wieso in Großmutters Fotoalbum nichts über den Unfall dabei war. Vielleicht wollte sie nicht daran erinnert werden. Also werde ich ihr besser gar nichts von deinem Fund erzählen; aber ich hebe den Artikel auf jeden Fall auf.« Während der ganzen Zeit gab ich mir Mühe, möglichst leichthin zu klingen. »Hast du mal den Roman *Northanger Abbey* gelesen?«

»Nein.«

»Die Heldin darin glaubt, daß sie einem schrecklichen Geheimnis auf der Spur ist, und dann findet sie in ihrem Schlafzimmerschrank ein Stück Papier. Natürlich meinte sie zunächst, sie hat die Lösung in der Hand, aber es ist nichts weiter als eine Wäscheliste. Na, wenigstens hat dieses Papier hier mit unserem Geheimnis zu tun, auch wenn wir jetzt immer noch nicht wissen ...«

»Es gibt noch andere Papiere.«

Der Ton, in dem er sprach, ließ mich einen Moment den Atem anhalten. Er kam die zwei Schritte zum Bett und blieb vor mir stehen.

»Hier«, sagte er und legte einen alten, offenen Briefumschlag in meinen Schoß. Dann ging er schnell aus dem Zimmer, und ich hörte ihn die Treppe hinunterlaufen. Die Eingangstür öffnete und schloß sich.

Eine Zeitlang rührte ich mich nicht. Mir kam es wie eine halbe Stunde vor, aber wahrscheinlich war es nicht länger als eine Minute. Lag in meinem Schoß die Antwort auf die Frage, die mich mein Leben lang beschäftigt hatte? Vielleicht hatte Tante Betsy Kenntnis von etwas gehabt, was Großmutter nicht wußte? Und war es vielleicht etwas gewesen, das sie als Mittel benutzt hatte, um meine Mutter, die verachtete Sünderin, aus diesem so christlichen Zuhause zu treiben? Meine Hände zitterten, als ich in den Briefumschlag griff.

Er enthielt ein Päckchen Briefe. Einer steckte noch in einem Umschlag, und alle waren sie mit einem Faden zusammengebunden, den ich als Tante Betsys Strickgarn wiedererkannte. Es war so alt, daß es sofort zerriß, als ich daran zog. Wie Patiencekarten breitete ich die Briefe vor mir auf der Matratze aus.

Der einzige Umschlag trug eine amerikanische Briefmarke, und auf der Rückseite stand als Absenderadresse eine Pension. Der Brief selbst war nicht datiert, aber man konnte den Stempel auf dem Umschlag deutlich erkennen. Juli 1932. Mehr als ein Jahr nach dem Busunglück.

Ich hielt die ersten Zeilen einer Geschichte in der Hand, die mit jedem der Briefe deutlichere Konturen annahm, eine Geschichte der Verlogenheit und Boshaftigkeit, zu schäbig und unbedeutend, um als Tragödie bezeichnet zu werden, aber trotz alledem tragisch.

Der Zigeuner hatte Lilias geheiratet, und sie waren gemeinsam durchs Land gezogen, bis Jamie die Arbeit in Irland bei den Flaherty Ställen bekam und sie sich dort niederließen. Ich erinnerte mich, daß wir bis zu diesem Zeitpunkt immer wieder Post von meiner Mutter erhalten hatten, vor allem zu Weihnachten und Geburtstagen. Der Grund dafür, daß wir nach dem Busunglück nie wieder von ihr gehört hatten, war nicht ihr Tod gewesen; diese Briefe erzählten eine andere Geschichte.

In dem ersten Brief aus Amerika berichtete sie, wie sie mit einem anderen jungen Paar von ›Jamies Leuten‹, ihren Freunden, nach Irland gefahren waren. Dort hatte Jamie die Stelle bei den Flaherty Ställen angenommen, während ihre Freunde weniger Glück hatten und nicht so schnell wie er eine Arbeit fanden. Doch Jamie war nicht einmal zwei Monate bei den Flahertys geblieben. Ein Amerikaner hatte die Farm besucht, der in seiner Heimat Rennpferde besaß und dem Jamies Art, mit Pferden umzugehen, gefiel. Er bot ihm eine Arbeit in Amerika und das Geld für die Überfahrt an. Jamie, die Rastlosigkeit der Zigeuner im Blut, zögerte nicht lange und verschwand mit Lilias, ohne sich mit Kündigungsformalitäten aufzuhalten. Niemand wußte von ihren Plänen außer ihren beiden Freunden, die noch immer eine Arbeit suchten.

So weit die Fakten, die dem Brief zu entnehmen waren.

Den Rest konnte man sich zusammenreimen. Das Paar in dem Bus mußten die beiden befreundeten Zigeuner gewesen sein, die wahrscheinlich gehofft hatten, die Arbeit von Jamie übernehmen zu können. Da sie in der Gegend völlig unbekannt und nach dem Unfall wohl auch kaum noch zu erkennen waren, hatte man die beiden verbrannten Toten für Jamie und Lilias gehalten, die mit dem letzten Bus auf dem Heimweg gewesen waren.

Vier weitere Briefe lagen vor mir auf der Matratze. In dem nächsten schrieb Lilias, daß sie nicht lange nach dem Tod Jamies, der 1934 an einer Lungenentzündung starb, einen amerikanischen Geschäftsmann aus Iowa geheiratet hatte – ›ein sehr respektabler Mann‹. Er war schon zweimal verheiratet gewesen und brachte zwei Kindern aus der letzten Ehe mit. Am Ende des Briefes stand der kurze Satz: ›Ich habe ihm nichts gesagt.‹ Dem entnahm ich, daß der respektable Gentleman aus Iowa nichts von ihrem früheren Ausrutscher wußte – von mir.

Der nächste Brief war für mich der größte Schock.

»Liebe Mama,
ich habe Deinen Brief erhalten, den Tante Betsy für Dich geschrieben hat, und ich wünschte, ich hätte ihn nicht. Ich weiß, daß Du mich für schlecht hältst und meinst, es ist besser, wenn ich nicht mit Kathy zusammen bin, aber es ist sehr hart, mir zu sagen, daß ich Euch niemals wiedersehen soll. Ich hätte mich gefreut, wenn du mir geschrieben hättest, nachdem Jamie gestorben ist. Er war nichts Besonderes, aber er war immer gut zu mir. Jetzt bin ich wieder verheiratet, mit Larry, einem guten Mann. Er weiß nicht, was ich getan habe, und Du brauchst Dir keine Sorgen zu machen, ich bin weit weg in Amerika, und ich bin jetzt reich. Bitte gib Kathy einen Kuß von mir und sage ihr, sie soll ein gutes Mädchen sein und nicht wie ihre Mutter werden und immer gut auf sich aufpassen. Ich wünschte, ich könnte Euch wiedersehen, aber ich weiß, daß Du recht hast und daß ich

mich nie wieder in Todhall blicken lassen darf, damit Kathy ehrenhaft aufwachsen kann.

Deine Dich liebende Lil.«

Das nächste Schreiben war sehr kurz. Darin fragte sie ihre Mutter, warum sie ihr nicht geantwortet hatte, und der letzte Brief war ähnlich, ein trauriges kurzes Schreiben, das nach endgültigem Abschied klang. Sie verstand, und sie wollte ihrer Mutter nur sagen, daß es ihr gut ging und daß sie mit der Familie ihre Mannes gut zurechtkam. Sie verstand, daß es um Kathys willen war, und ›bitte, gib Kathy einen Kuß ...‹.

Lange saß ich wie betäubt mit den Briefen in meinem Schoß auf dem Bett. Wie konnte so etwas nur passiert sein? Offenbar hatte Tante Betsy die Briefe abgefangen. Das dürfte leicht für sie gewesen sein, denn sie führte den Haushalt in Rose Cottage, während meine Großmutter jeden Morgen in die Hall zur Arbeit ging. Sogar der Briefträger konnte ja nicht ahnen, daß die Briefe aus Amerika mit Lilias' neuem Namen als Absender von Großmutters ›toter‹ Tochter kamen.

Der erste Brief mußte für Tante Betsy ein Schock gewesen sein. Der Absendername auf der Rückseite – Mrs. L. Smith – dürfte ausgereicht haben, damit sie das Richtige vermutete und den Brief öffnete. Nun wußte sie, daß Lilias doch noch lebte und es ihr gut ging. Was sollte sie tun? Die Neuigkeit weiterreichen und auf die Rückkehr der verlorenen Tochter warten? Oder erst einmal überhaupt nichts sagen und abwarten?

Vielleicht ging es ihr ursprünglich wirklich nur darum, die sündige Lilias von Großmutter und mir fernzuhalten, aber es war auch gut möglich, daß sie Angst um ihre eigene Stellung hatte. Denn wenn Lilias jemals nach Hause käme, könnte es dann nicht sein, daß sie selbst nicht mehr willkommen war? So hatte sie sich also ruhig verhalten und abgewartet.

Dann kam der zweite Brief, und sicher bedeutete er für Tante Betsy eine Erleichterung. Jamie war tot, aber Lilias war trotzdem in Amerika geblieben, in diesen Tagen eine sichere Entfernung. Sie hatte wieder geheiratet und sich dort niedergelassen. Tante Betsy mußte gedacht haben, daß nun kein Risiko mehr bestand, daß Lilias jemals wieder in Todhall auftauchen und ihr ihren Platz streitig machen würde. Und jetzt half sie nach, um den Kontakt völlig zum Erliegen zu bringen. Wie sie es manchmal gemacht hatte, schrieb sie einen Brief im Namen von Großmutter, in dem sie Lilias mitteilte, daß sie zu Hause nicht mehr willkommen sei. Lilias hatte sich dem vermeintlichen Wunsch ihrer Mutter gebeugt und sich schließlich nicht mehr gemeldet. So war es Tante Betsy gelungen, daß meine Großmutter in dem Glauben blieb, Lilias sei vor Jahren gestorben.

Nur mit Mühe erhob ich mich vom Bett und ging langsam nach unten. Davey mußte nach mir Ausschau gehalten haben. Er kam herein und nahm mich ohne ein Wort fest in die Arme. Es war eine brüderliche Umarmung.

»Schon gut, Liebes«, murmelte er, »ist schon gut.«

»O Davey. Also hast du die Briefe gelesen?«

»Ja.«

»Es ist ... ich hab's noch nicht richtig begriffen. Hast du gesehen, was auf der Rückseite von dem großen Umschlag stand?«

»Nein.«

Er ließ mich los, und ich zeigte es ihm. In Tante Betsys Handschrift stand dort: *Der Sünde Lohn ist der Tod.*

»Aber das stimmt nicht«, sagte Davey mit Nachdruck. Er faßte mich an den Oberarmen und schüttelte mich sanft. »Es stimmt eben nicht! In den Briefen steht eine gute Nachricht, etwas Besseres könnte dir doch gar nicht passieren. Kümmer dich nicht darum, was diese boshafte alte Frau gedacht hat. Du weißt jetzt, daß deine Mutter lebt! Mir ist klar gewesen, daß du dir Gedanken darüber gemacht hast, nach all den merkwürdigen Dingen, die in letzter Zeit passiert sind, mir ging es genauso. Und nun ist es wirklich wahr! Verstehst du? Sie lebt, sie ist springlebendig und irgendwo in der Nähe von Todhall. Komm, Kathy, Liebes, es gibt keinen Grund zu weinen. Hast du ein Taschentuch?«

»Ja. Ja, ich weiß, du hast recht. Jetzt hast du schon zweimal Liebes zu mir gesagt«, schnüffelte ich in das Taschentuch hinein.

»Was?«

»Nichts«, sagte ich, rieb mir die Augen trocken und lächelte ihn an.

»Gut. Dann laß uns mal vernünftig überlegen. Diese ganzen geheimnisvollen Vorgänge erscheinen ja jetzt in 'nem ganz anderen Licht. Also deine Mutter ist hiergewesen, in Todhall, mit ihrem amerikanischen Ehemann, dem Fremden. Sie kommen an – am Sonntagabend –, und das Cottage ist leer, und deine Großmutter nicht mehr da. Also fahren sie nach Todhall, und unterwegs halten sie am Friedhof, um das Grab deines Großvaters zu besuchen, und sehen das andere Grab daneben, ohne Namen auf dem Stein. Sie mußten denken, daß es das Grab deiner Großmutter ist, und dann hat das Mädchen im Pfarrhaus es praktisch noch bestätigt ...«

»Genau!« rief ich aus. »Wenn sie wirklich gesagt hat ›Die alte Dame ist gestorben, und die Schwester ist wieder zurück nach Schottland gegangen‹, dann können sie das ohne weiteres so gedeutet haben, daß es Großmutter war, die gestorben ist, und Tante Betsy, die zurück nach Schottland ging. Mir ist selbst aufgefallen, daß es merkwürdig klang.«

»Also hat sie ihre Vermutung bestätigt gefunden. Wenn meine Familie wenigstens zu Hause gewesen wäre, dann hätte sie zu uns kommen und uns eine Menge Ärger ersparen können.« Er lachte. »Aber wir waren nicht zu Hause. Und wahrscheinlich wollte deine Mutter nicht, daß andere im Dorf sie sehen, also blieb sie im Auto und überließ ihrem Mann das Fragen. Dabei brachte Lil Ashby sie auf die falsche Spur.«

»Wenigstens lagen wir bei einer Sache richtig«, meinte ich, »daß sie nämlich niemals Blumen für Tante Betsy mitgenommen hätte.«

»Und ich glaube kaum, daß ihr jemals wieder ein Mensch welche bringen wird. Aber wenn man's bedenkt, hat sie eigentlich ein bißchen was von dem bekommen, was sie verdient.«

»Was denn? Meinst du, weil meine Mutter schließlich einen respektablen Gentleman geheiratet hat?«

»Und einen reichen noch dazu«, ergänzte Davey. »Das stand doch in einem der Briefe, nicht?«

»Stimmt. Meine arme Mutter, es muß schrecklich für sie gewesen sein, nach all dieser Zeit hierherzukommen und dann zu glauben, daß ihre Mutter schon tot ist.«

»Desto mehr wird sie sich freuen, wenn sie erst einmal weiß, daß diese schlechte Nachricht gar nicht stimmt«, sagte Davey fröhlich. »Also da haben wir nun des Rätsels Lösung. Die beiden sind hierhergekommen, nachdem sie beim Pfarrhaus gewesen waren, und haben die Sachen aus dem Safe geholt. Natürlich wußte deine Mutter, wo deine Großmutter den Schlüssel versteckt hatte. Und dann haben sie die Blumen mitgenommen für das Grab, das sie für das deiner Großmutter hielten.«

»Und sie haben eine von Großvaters Rosen ausgegraben«, sagte ich und erzählte ihm von Prissys Entdeckung.

»Mit der Kohlenschaufel«, lachte er. »Ihr reicher amerikanischer Gentleman. Das hätte ich gern gesehen! Aber Moment mal, wenn sie die Sachen aus dem Safe genommen haben – und sie müssen es doch gewesen sein – dann haben sie es erst am Montag getan. Warum erst so spät?«

»Weil ›Davey Pascoe das Werkzeug deines Großvaters hat.‹ Ich zitiere. Das habe ich alle fünf Minuten gehört, seit ich hier bin.«

»Und ohne das kamen sie nicht durch den Putz. Genau. Also sind sie erst einmal wieder weggefahren und am nächsten Abend mit Werkzeug zurückgekommen. Ja, so muß es gewesen sein.« Er schwieg einen Moment, schien dann etwas sagen zu wollen, tat es aber doch nicht.

Ich setzte mich an den Tisch, der noch immer mit den Sachen aus den Schubladen übersät war, und sah ihn an. Schock, Entsetzen, Erleichterung, Sorge und eine noch ganz vorsichtige Freude – ein Ansturm widersprüchlicher Emotionen hatte mich durcheinandergebracht und völlig erschöpft.

»Und jetzt sind sie wieder weg. Wie können wir sie wiederfinden? Was machen wir jetzt?« fragte ich hilflos.

»Warten«, antwortete er ganz selbstverständlich. »Was sonst? Einfach hier auf sie warten. Es gibt ja noch dich. Ganz bestimmt wird deine Mutter nicht aufgeben, ohne daß sie versucht, dich zu finden. Und damit kann sie nur in Todhall anfangen. Wetten, daß sie bald wieder hier auftaucht? Du brauchst nur hierzubleiben und zu warten.«

»Ja«, sagte ich, »ja, natürlich. Davey, ich kann das alles noch nicht fassen. Ich ... wenn sie hierher zurückkommt ... Und dann Großmutter. Wir sagen ihr besser noch gar nichts, bevor wir nicht ganz sicher sind.« Ich schüttelte den Kopf, als könnte ich dadurch Ordnung in meine Gedanken bringen. »Oh, lieber Himmel, wenn es wirklich wahr ist, wie soll ich das nur Großmutter sagen?«

»Wenn ich du wäre«, sagte er, »würde ich mir jetzt darüber keine Gedanken mehr machen und erst mal in Ruhe Abendbrot essen. Hast du noch etwas im Haus, oder möchtest du mit zu uns kommen?«

»Nein, danke, ich habe genug. Wir haben heute mittag Huhn gegessen, und es ist noch viel übrig. Davey ...« Ich zögerte.

»Ich verstehe schon. Du brauchst ein bißchen Zeit für dich selbst. Das ist doch völlig in Ordnung. Und denk dran, es ist eine gute Nachricht. Deine Großmutter wird sofort ihr Bett verlassen und umherspringen wie ein junges Lamm. So wie du auch, wenn sich alles erst mal ein bißchen gesetzt hat. Aber bis wir ganz sicher sind, sag ihr erst mal nichts, das finde ich auch. Und ich sag's natürlich auch Mutter und Vater nicht. Gut, wenn du also wirklich meinst, daß du gut versorgt bist und ich dich alleinlassen kann, dann gehe ich jetzt mal. Okay?«

»Ja. Aber Davey ...«

Er stand schon an der Tür und drehte sich noch einmal um. »Ja?«

»Vielen Dank für alles. Ich weiß gar nicht, was ich ohne dich machen würde.«

»Das brauchst du auch nicht«, sagte er. Zumindest meinte ich, daß er das sagte, und ich meinte auch, daß er noch leise »Liebes« hinzufügte, bevor er sich umdrehte und ging. Die Gartentür quietschte in den Angeln, die Wagentür schlug zu, der Motor wurde angelassen, und der Wagen fuhr davon.

Ich holte den Rest des Huhns hervor und begann, mir das Abendessen zuzubereiten.

22

Nachdem Davey gegangen war, kam mir das Haus sehr leer vor. Die Geräusche schienen darin widerzuhallen, als sei es schon seit langem verlassen.

Nun gut, dachte ich, nachdem ich mein einsames Abendbrot beendet und abgewaschen hatte, was jetzt? Prissy hatte mich gedrängt, so bald wie möglich nach London in mein ›richtiges Leben‹, wie sie es nannte, zurückzukehren. Aber jetzt mußte ich erst einmal hierbleiben. Wenn Davey und ich mit unseren Vermutungen recht hatten und meine Mutter sich irgendwo in der Nähe aufhielt, dann würde sie sicher noch einmal nach Rose Cottage zurückkommen.

Ein Teil von mir sehnte sich mit nervöser Gespanntheit danach, sie wiederzusehen, aber ein anderer Teil hatte Angst davor. In dieser langen Zeit war so viel passiert, beide hatten wir uns verändert; das Wiedersehen barg eine große Unsicherheit. Außerdem machte ich mir Sorgen um Großmutter. So freudig die Nachricht von dem Auftauchen ihrer tot geglaubten Tochter auch für sie sein mochte, ich wußte nicht, wie ich eine derartige Neuigkeit einer alten, kränkelnden Frau mitteilen sollte. Und dann würde die Rolle ihrer Schwester in dieser Tragödie sie ganz sicher wie ein Schlag treffen.

Tante Betsy. Es war nicht zu fassen, was sie durch ihre Hinterhältigkeit angerichtet hatte. Wie mußte Lilias sich in diesem Moment fühlen, in dem Glauben, daß ihre Mutter nach achtzehn Jahren des Schweigens in ihrer Abwesenheit gestorben war. Ich setzte mich an den Tisch, auf dem noch immer der Inhalt der Schublade verteilt lag, und versuchte nachzudenken.

Immer vorausgesetzt, daß Daveys und meine Vermutungen richtig waren, was würde dann Lilias – in Gedanken bezeichnete ich sie immer mit ihrem Vornamen, so wie Großmutter von ihr geredet hatte, und nicht wie als Kind mit Mum –, was also würden Lilias und ihr Mann wohl getan haben, nachdem sie auf dem Friedhof vor dem vermeintlichen Grab ihrer Mutter gestanden hatten? Waren sie dorthin zurückgefahren, wo sie sich zuvor aufgehalten hatten, um Lilias erst einmal Zeit zu geben, ihren Schock zu überwinden? Waren sie nach Iowa zurückgekehrt? Was sie auch getan haben mochten, ich hatte keine Möglichkeit, ihre Spur zu verfolgen. Ich blätterte noch einmal Lilias' Briefe aus Amerika durch. Ursprünglich mußte eine Adresse dabeigewesen sein, an die Tante Betsy geschrieben hatte. Aber in der irritierenden amerikanischen Art trugen die Briefe keinen Briefkopf, und die Umschläge existierten nicht mehr – vielleicht hatte Tante Betsy sie absichtlich vernichtet. Es gab also keine konkretere Angabe als ›Iowa‹, und noch nicht einmal der Nachname des respektablen Herrn war erwähnt. Ich hatte keinerlei Chance, meine Mutter irgendwie aufzuspüren.

Bis jetzt war mir noch gar nicht klar gewesen, daß auch

ich soeben eine Art Schock erlitten hatte. Die Ereignisse der letzten Tage, die Verwirrung durch all die geheimnisvollen Vorgänge, das plötzliche Zurückgeworfensein in ein vergessenes Leben, das mich trotzdem wie ein bequemer alter Mantel umfing, das alles, so empfand ich es jetzt plötzlich, mußte wohl meinen Verstand getrübt haben. Davey hatte es sofort gewußt. Ich brauchte mich nur in Lilias hineinzuversetzen, dann war offensichtlich, was sie als nächstes tun würde. Sie würde mich suchen.

Mein Blick wanderte zu dem Unsichtbaren Gast, und ich stellte mir vor, welche Papiere in dem verborgenen Safe gelegen hatten. War etwas dabeigewesen, woraus Lilias – immer vorausgesetzt, sie hatte tatsächlich den Safe geleert – meine Adressen in London hätte erfahren können – entweder die von Jons Wohnung oder die von meiner Arbeitsstelle? Großmutter besaß ein sehr präzises Gedächtnis; vermutlich hatte sie sie noch nicht einmal aufgeschrieben, aber ganz sicher nicht im Safe hinterlegt. Und meine Heiratsurkunde war in London. Ich stellte fest, daß meine Mutter sich in derselben Situation befand wie ich: sie kannte meinen neuen Nachnamen nicht, ja, sie wußte noch nicht einmal, daß ich überhaupt verheiratet gewesen war. Sie selbst hatte mit niemandem im Dorf gesprochen, und da ich erst hier angekommen war, nachdem die beiden Todhall schon wieder verlassen hatten, konnte sie auch nichts von meinem Besuch in Rose Cottage ahnen.

Was würde sie also tun? Würde sie zurückkommen in der Hoffnung, daß eine gründlichere Durchsuchung von Rose Cottage ihr vielleicht doch einen Aufschluß über den Aufenthaltsort ihrer Tochter geben würde? Vielleicht. Wahrscheinlicher war wohl, daß sie noch einmal versuchen würde, mit den Pascoes zu sprechen. Auch wenn ihr von Tante Betsy anscheinend eingeredet worden war, daß die Pascoes wie das ganze Dorf auch ihr Verhalten mißbilligten, würde sie es jetzt vielleicht mit der Unterstützung ihres Ehemannes wagen, sie aufzusuchen.

Also mußte ich vorerst hierbleiben. Aber während ich Lilias' Briefe in dem Safe unterbrachte, ging mir unwillkürlich der Gedanke durch den Kopf, ob ich der Situation nicht doch lieber ausweichen würde. Denn wie in aller Welt sollte ich sie nur bewältigen? An welche Erfahrungen konnte ich mich halten? Die einzigen Beispiele stammten von der Bühne, und selbst dort waren häusliche Dramen schon lange aus der Mode gekommen und hatten auch nie viel mit dem wirklichen Leben zu tun gehabt. Es gab keine Beispielfälle, die mir helfen konnten. Ich packte die letzten Sachen vom Tisch in die Schubladen und stellte mir währenddessen unser Wiedersehen vor. Wahrscheinlich wäre unsere Verlegenheit genauso groß wie unsere Freude. Was sollte man sagen? Wie sollte man sich verhalten? Die achtzehn Jahre des Schweigens würden uns trennen wie eine tiefe Kluft, entstanden durch die Zeit und unsere unterschiedlichen Erfahrungen.

Es gab noch eine andere Möglichkeit für mich. Natürlich mußte ich auf die Umzugsleute warten, aber sobald sie ihre Arbeit beendet hätten, könnte ich das Haus verlassen. Würde es vielleicht Lilias und mir über eine schwierige Situation hinweghelfen, wenn ich einfach vorher abfahren würde? Ich könnte einen Brief für sie hinterlassen, in dem ich ihr die Wahrheit über das Grab schrieb, ihr Großmutters Aufenthaltsort mitteilte und ihr sagte, daß wir beide dort in Strathbeg auf sie warten würden. Meinen schweren Koffer könnte ich mit dem Umzugsauto mitschicken, dann zum Bahnhof laufen und den Zug um fünf Uhr vierzehn nehmen. Mit etwas Glück wäre ich in Strathbeg, bevor Großmutters Sachen dort ankämen.

Was für ein Unsinn! Was für ein feiger Gedanke, nur zu entschuldigen durch die Nachwirkungen des Schocks. So etwas zu tun, wäre gleichzeitig dumm und grausam. Dumm, weil ich dann zwar das Treffen mit Lilias in Rose Cottage vermeiden würde, mich dafür aber einer vielleicht noch schwierigeren Begegnung mit meiner Großmutter aussetzte. Und grausam wäre es Lilias gegenüber. Schon beim ersten Mal war sie in ein leeres Haus gekommen und hatte dann die Neuigkeit erfahren, daß ihre Mutter tot war (wie sie glauben mußte). Und nun wollte ich ihr zumuten, das Cottage zum zweiten Mal leer vorzufinden, dazu noch ohne Möbel? Aber viel schlimmer wäre eine schriftliche Nachricht von ihrer Tochter; sie mußte vermuten, daß ich sie nicht sehen wollte. Wie konnte ich so etwas überhaupt nur denken!

Ich packte den letzten der Messingleuchter in Papier und verstaute ihn sorgfältig in dem Schub, den ich wieder an seinem Platz im Sideboard unterbrachte. Es hatte keinen Sinn, sich vorzustellen, was man tun oder was man sagen würde. Statt dessen sollte ich lieber daran denken, was die Neuigkeit für mein weiteres Leben bedeuten würde. *Nimm das Leben, wie es kommt ...* Ich hatte meine Zeit der Tränen hinter mir; was jetzt geschah, war ein Geschenk; also – ermahnte ich mich – sollte ich es auch als solches nehmen und mich daran erfreuen, anstatt es mir damit schwer zu machen.

Als ich schon auf der Treppe war, um zu Bett zu gehen, fiel mir plötzlich das andere Geheimnis ein, das während meines ganzen Lebens im Hintergrund immer gegenwärtig gewesen war. Die Person, die darauf die Antwort wissen mußte, war Lilias.

Ich ging noch einmal hinunter und schloß die Haustür wieder auf für den Fall, daß meine Mutter nach Hause käme.

Niemand kam.

Jedenfalls nicht bis zum nächsten Morgen, und dann war es Mr. Blaney, der die Milch brachte und gleichzeitig die Nachricht, daß die Umzugsleute auch schon da waren. Sie warteten mit ihrem Wagen auf der Straße, damit Mr. Blaney wieder wegfahren konnte.

»Haben Sie alles geschafft?«

»Ja, gerade so! Aber wir sehen uns am Montag noch mal,

Mr. Blaney, und vielleicht bleibe ich noch ein, zwei Tage länger, das weiß ich noch nicht genau.«

Er strahlte. »Wirklich? Gerade hab' ich zu meiner Frau gesagt, paß auf, wenn sie erst mal wieder hier ist, bleibt sie bestimmt länger, als sie vorhatte. Also dann bring' ich Ihnen Montag ein paar Eier mit.«

»Das wär' schön, vielen Dank. Hier ist Rosys Keks. Oh, und das Huhn hat wunderbar geschmeckt. Könnten Sie das bitte Ihrer Frau ausrichten?«

»Mach' ich gern. Sie läßt Sie grüßen, und sie hat gesagt, es ist schön, daß Sie wieder zu Hause sind.«

Während ich dem Wagen nachsah, klang das Wort wie ein Echo nach. Zu Hause.

Gleich darauf rumpelte der Umzugswagen den Weg hinunter. Die Möbelpacker waren freundlich, schnell und sauber. Kurz vor Mittag hatten sie ihre Arbeit beendet. Vorsichtig fuhr das große Auto im Rückwärtsgang den schmalen Weg bis zur Straße, dann hörte ich noch, wie der Gang gewechselt wurde und es davonfuhr. Ich ging zurück ins Haus und schaute mich um.

Unser Zuhause. Wie hatte es sich verändert. Der große Tisch war noch da und die vier Stühle mit den gerade Lehnen. Aber Großvaters Schaukelstuhl und der bequeme Stuhl für Großmutter, der auch immer vor dem Kamin gestanden hatte, fehlten. Wo das Sideboard gewesen war, zeichneten sich auf der nachgedunkelten Tapete deutlich seine Umrisse als eine mit Spinnweben behängte helle Stelle ab. Der Kaminsims wirkte nackt und kahl, aber das Kamingitter war noch da und die Geräte für das Feuer und der kleine Hocker, der in meiner Kindheit mein Platz vor dem Kamin gewesen war. Den Läufer hatte ich auch mitgeschickt, darunter war der häßliche, eingerissene Rand des Linoleums zum Vorschein gekommen. Auf der nackten Wand über dem Kamin sahen die hellen Formen der fliegenden Enten wie kleine Geister aus.

Jeder Umzug hat etwas Bedrückendes. Das Haus wirkte

irgendwie tot, und obwohl ich den ganzen Vormittag kaum etwas anderes getan hatte, als mit Großmutters Liste durch die Räume zu gehen und den Umzugsleuten zu zeigen, was mitzunehmen war, fühlte ich mich ausgelaugt und deprimiert. Nun, dachte ich, während ich auf die trostlosen Reste meines Zuhauses starrte, wenigstens hatte ich jetzt etwas zu tun, um die Wartezeit auszufüllen. Für mich selbst und mehr noch für Lilias wollte ich versuchen, wenigstens das Wohnzimmer wieder in einen sauberen und einigermaßen behaglichen Zustand zu versetzen.

Aber zuerst aß ich etwas zu Mittag. Es gab kaltes Huhn, eine Tomate, Brot und Butter und einen von Prissys Pfirsichen. Anschließend ging ich mit meiner Tasse Kaffee hinaus und setzte mich auf die Bank unter dem Küchenfenster in die Sonne. Die Luft war erfüllt von dem Duft von Großvaters Rosen, und gemächlich floß der Bach über die glattgewaschenen Steine. Überall sangen Vögel. Es war eine äußerst friedliche Stimmung.

Niemand kam.

Schließlich ging ich ins Haus und begann mit der Arbeit.

Um halb fünf setzte ich einigermaßen zufrieden den Wasserkessel für einen Tee auf. Die Fußböden waren sauber, Tapeten und Scheuerleisten von Staub und Spinnweben befreit, im Kamin lagen die Holzscheite aufgeschichtet, und die Fenster glänzten. Ich ging hoch in mein Schlafzimmer und holte den Bettvorleger, um ihn vor den Kamin zu legen. Er war abgetreten und zu klein, aber er bedeckte den eingerissenen Rand des Linoleums und stellte eine eindeutige Verbesserung dar. Trotzdem sah das Zimmer mit den kahlen Wänden und dem leeren Kaminsims noch immer ziemlich trostlos aus. Es sind Bilder und Dekorationsgegenstände, die einem Raum Leben und Seele verleihen, und seien es auch nur ein paar Messingleuchter und Porzellanenten. Aber diese Dinge werden von jemandem geliebt, sie sind von jemandem ausgesucht worden und gehören zum Leben eines Menschen. Der Unsichtbare Gast, der noch an der Wand hing, half da wenig. Zu Hause ist dort, wo das Herz ist, und das Herz hatte Rose Cottage verlassen. Nun würde das Haus bald nur noch eine Hülle seines alten Selbst sein und darauf warten, daß es für seine neuen Bewohner umgestaltet und modernisiert wurde.

Was ich jetzt tat, war keine überlegte Handlung. Auf dem Tisch lagen mein Kugelschreiber und der Schreibblock mit Großmutters Liste. Ich setzte mich mit einer Tasse Tee, riß die erste Seite ab und warf sie in den Kamin. Dann begann ich, einen Brief zu schreiben.

Ich fragte Lady Brandon, ob sie bereit wäre, ihre Pläne für Rose Cottage zu ändern und mir das Haus entweder zu vermieten oder zu verkaufen. Noch sei ich mir nicht ganz sicher über meine Zukunftspläne, aber seit ich wieder in Rose Cottage wohnte, hätte ich gemerkt, daß ich mein altes Zuhause gerne behalten würde. Wenn sie es vermieten wollte, würde ich es renovieren und in seinem Zustand belassen. Aber lieber wollte ich es kaufen und ihr gerne alle Pläne für eventuelle Veränderungen zeigen ... So schrieb ich weiter. Dann teilte ich ihr noch mit, daß ich meiner Großmutter bisher nichts von meinen Plänen erzählt hatte. Ich würde jedoch bald wieder in Strathbeg sein und dann gerne mit ihr, Lady Brandon, und Sir James über alles sprechen. Ich hoffte sehr, daß sie die Möglichkeit sähen, mir das Cottage zu überlassen, und verblieb ...

Ich zögerte. Normalerweise hätte ich geschrieben ›mit freundlichen Grüßen – Kate Herrick‹. Aber irgendwie stimmten diese Wörter im Moment nicht mit meinem Empfinden überein. Ich beendete den Brief, wie ich ihn vor zehn Jahren beendet hätte: Hochachtungsvoll – Kathy (Mrs. Herrick).

Diese Unterschrift war wie ein Omen. Ich war wieder die Bewohnerin eines Cottage.

Während ich den Brief adressierte, hörte ich ein Geräusch,

das mein Herz schneller schlagen ließ: das Quietschen der Gartentür, dann Schritte auf dem Weg.

23

Es war nicht Lilias, sondern Mrs. Pascoe, in der Hand eine große Einkaufstasche.

»Oh, Kathy!« begrüßte sie mich atemlos. »Du hast doch nicht etwa schon alles allein gemacht! Ich wollte natürlich kommen und dir helfen, aber ich dachte nicht, daß sie so früh hier sein würden. Ted Blaney hat gesagt, sie waren fast noch vor ihm da.«

»Das ist sehr nett von dir, aber es war gar nicht so viel zu tun. Die Umzugsleute haben gut gearbeitet. Von oben waren nur ein paar Sachen aus Tante Betsys Zimmer zu holen.« Ich fragte mich, ob Davey vielleicht seine Meinung geändert und ihr von unserem Fund erzählt hatte, aber es war ihr nichts anzumerken. Sie legte die Tasche auf den Tisch und sah sich im Zimmer um.

»Sieht komisch aus ohne das Sideboard, nicht? Aber deine Großmutter wird froh sein, ihre eigenen Sachen um sich zu haben. Das Sideboard mochte sie immer sehr. Hast du auch ihr Teeservice eingepackt, das mit den Rosenknospen?«

Ich nickte. »Alles, von dem ich annahm, daß sie es vielleicht gern haben würde, auch wenn es nicht auf ihrer Liste stand. Kommst du jetzt von der Hall?«

»Ja. Die Männer haben heute viel zu tun. Die Installateure sind da – nicht gerade zu früh –, und da ist eine Menge zu klären. Jim mußte noch mal nach Hause, um etwas zu holen, da bin ich gleich mitgefahren. Sie kommen heute bestimmt erst spät nach Hause, also hab' ich jetzt erst mal Zeit, um dir zu helfen. Ich hab' meine Schürze mitgebracht.«

»Vielen Dank, aber eigentlich bin ich schon fertig, jedenfalls fürs erste. Oben muß noch Tante Betsys Zimmer saubergemacht werden, aber das ist nicht wichtig. Wie du siehst, hab' ich mir sogar schon Tee gemacht. Trinkst du einen mit?«

»Ein gutes Angebot soll man nicht ablehnen«, antwortete sie lächelnd. »Ich hatte gehofft, daß ich bei dir einen bekomme. Und hier...«, sie griff in ihre große Tragetasche, »ich habe gebacken und dir ein Ingwerbrot mitgebracht. Ich kann mich erinnern, daß du es immer sehr gerne gegessen hast. Nach dem Tee mach' ich mich dann an Tante Betsys Zimmer, wenn's dir recht ist.«

»Oh, danke, das wäre schön. Es steht fast nichts mehr drin.«

»Und dein eigenes Zimmer ist noch in Ordnung? Davey hat gesagt, daß du alles hast. Aber du weißt, du bist uns jederzeit willkommen, falls das bequemer für dich ist.«

»Ja, vielen Dank, er hat mich auch schon gefragt. Aber ich bin wirklich gerne hier.«

»Und du willst noch ein paar Tage länger bleiben, hat Ted Blaney gesagt?«

Ted Blaney hatte offenbar eine Menge gesagt. »Ja. Ich weiß noch nicht genau, wann ich wieder fahre.« Ich goß uns Tee ein. »Das Ingwerbrot sieht wunderbar aus. Daß du das behalten hast!«

»Ach, ich glaube, ich hab' kaum etwas von dir vergessen, auch nicht von deiner armen Mutter.« Während sie sich in dem kahlen Zimmer umsah, füllten sich ihre Augen mit Tränen. Sie schniefte, lächelte verlegen und wischte sich mit dem Handrücken über die Augen. »Wie dumm von mir, entschuldige, es ist nur... weißt du, wie es jetzt hier aussieht, und dabei war es doch mal das Zuhause meiner Freundin, und zwar so lange ich überhaupt denken kann...« Sie trank einen Schluck Tee und blickte wehmütig auf die Konturen der fliegenden Enten an der Tapete. »Du bist noch so jung, aber eines Tages wirst du mich verstehen. Man denkt immer, alles bleibt, wie es ist, aber so ist

ganzen Jahre schon gewußt. Niemals hat er nach anderen geschaut, und erst recht nicht ist er mit jemandem ausgegangen. Und ich weiß noch genau, wie es ihn getroffen hat, als wir erfahren haben, daß du heiratest. Er war damals gerade auf Heimaturlaub, und das war auch das einzige Mal ... Es war Polly Walker aus Fishburn, aber es hat nicht lange gedauert, nicht mal bis zum Ende seines Urlaubs. Obwohl er es hätte schlechter treffen können, sie ist ein nettes Mädchen. Vielleicht hätte ich es dir nicht sagen sollen, aber ich bin sicher, daß du das verstehen wirst, und es bleibt unter uns, ja?«

»Natürlich, aber Tante Annie, ich ...«

»Und als wir dann gehört haben, daß du hierher zurückkommst, da befürchtete er – ich auch, muß ich gestehen –, daß du dich verändert hättest, daß du jetzt ein anderes Leben führen möchtest ...«

»Bitte, Tante Annie, es ist nicht ...«

»Und als ich dich zum ersten Mal wiedergesehen habe, da hab' ich gedacht, nein, das kann er vergessen, aber dann warst du doch noch genau wie früher, obwohl du so lange weggewesen warst. Und die ganze Zeit habe ich es so gehofft, ich habe sogar gebetet. Ich habe deine Mutter immer vermißt, aber jetzt, mit dir und Davey hier in Rose Cottage ...«

»Du denkst das Falsche«, fiel ich ihr schließlich verzweifelt ins Wort. »Hör zu, nein, bitte, hör mir zu! Es ist nicht das, was du glaubst. Es tut mir leid, aber es geht um etwas ganz anderes, etwas, das nichts mit Davey und m... zu tun hat. Wir haben gestern etwas entdeckt, als wir Gr...mutters Sachen eingepackt haben. Es geht um meine M...r.«

»Um Lilias?« Ihr Gesicht war zunächst vor ...legenheit rot geworden, aber meine letzten Worten ließ ...les andere in den Hintergrund treten.

»Ja. Davey hat oben in Tante Betsys ...ner ein paar Briefe gefunden, sie waren in der K...de versteckt. Vielleicht hat Tante Betsy sie vernic...ollen und es dann vergessen. Vielleicht konnte sie es auch nicht mehr tun, nach dem, was ich Großmutters Erzählungen entnommen habe, ging es ihr zum Schluß sehr schlecht.«

»Das stimmt. Aber, Briefe? Was für Briefe?«

»Briefe, die meine Mutter geschrieben hatte. Tante Betsy hat sie offensichtlich abgefangen. Und ...« Ich schluckte. »Das wird jetzt ein Schock für dich sein, aber es ist nichts Schlimmes, das verspreche ich dir, im Gegenteil. Also – die Briefe sind alle erst nach dem Busunglück geschrieben worden.«

Sie sah mich mit großen Augen an und hob eine Hand zum Mund.

»Willst du damit sagen ...«

»Ja.« Ich faßte über den Tisch und drückte ihre Hand. »Sie lebt, Tante Annie. Wir sind ganz sicher. Und wir glauben, daß sie und ihr Mann vor kurzem in Todhall gewesen sind, letzte Woche erst.« Als sie etwas sagen wollte, fuhr ich fort: »Ich bin sicher, sie sind auch zu dir gekommen, aber es war am letzten Wochenende, und ihr wart irgendwo auf einer Hochzeit.«

»Hochzeit?« Sie sah verwirrt aus. »Letztes Wochenende?«

»Ja. Und ziemlich sicher waren sie auch hier. Aber das Cottage war leer, also sind sie wieder weggefahren, und ich habe keine Ahnung, wohin. Doch bestimmt kommen sie wieder, um nach mir zu suchen, und dann wirst du diejenige sein, bei der sie fragen werden, das glaube ich jedenfalls. So, nun weißt du, warum ich meine, du solltest Bescheid wissen, und warum ich hierbleiben muß, bis sie kommt oder sich herausstellt, daß wir uns geirrt haben.«

Inzwischen war alle Farbe aus ihrem Gesicht gewichen. Sie schüttelte langsam den Kopf, ohne mich anzusehen. »Ich verstehe nicht ... Warum? Was ist passiert? Und dann sagst du, du bist sicher, und jetzt eben hast du gesagt, daß ihr euch vielleicht geirrt habt? Kathy, Liebes, du würdest mir so etwas nicht erzählen, wenn du nicht ganz sicher wärst, nicht wahr?«

»Nein, Tante Annie. Es ist völlig sicher, daß Lilias nicht bei dem Busunglück gestorben ist, und das ist die Hauptsache. Den Rest haben wir uns zusammengereimt, aber es gibt sehr viel, was darauf hindeutet, daß es so ist. Sie war hier, und wir glauben, daß sie wiederkommen wird.« Ich stand auf. »Ich mach' uns noch eine Kanne Tee, und dann erzähl' ich dir alles. Bleib du nur so lange sitzen.«

Nachdem ich ihr die Geschichte erzählt und all ihre Fragen beantwortet hatte, saßen wir lange schweigend da, beide erschöpft vom Ansturm der Gefühle und in unsere Gedanken vertieft. Die Sonne stand inzwischen so niedrig, daß die langen Schatten der großen Bäume bis in den Cottage-Garten krochen. Die ›Abenddrossel‹, wie meine Großmutter immer gesagt hatte, stimmte ihren Gesang auf der Spitze der nächsten Ulme an.

Mrs. Pascoe stand auf. Wahrscheinlich sah ich aus wie sie, müde, aber glücklich. Sie bewegte sich wie in einem Traum.

»Ich muß jetzt gehen. Die Männer werden bald zu Hause sein. Wir sehen uns dann morgen, egal, was passiert.«

»Ja. Kannst du bitte diesen Brief für mich einstecken? Hier, du hast deine Tasche vergessen.«

»Ich glaube, ich kann noch nicht wieder vernünftig denken.« Ihre Stimme hörte sich völlig erschöpft an und so ausdruckslos, als würde sie über die Einkäufe der Woche reden. »Jetzt habe ich dir überhaupt nicht geholfen, und das Zimmer dieser bösen alten Frau muß noch gemacht werden. Na ja, ich glaube, im Moment könnte ich mich auch nicht dazu überwinden, darin etwas zu tun.«

»Vergiß es. Ich hab' dir ja gesagt, ich hab' einfach die Tür zugemacht und geh' erst mal auch nicht rein. Wenn ich das Cottage kaufe, werde ich den Pfarrer holen müssen, damit er dort drin ein bißchen Exorzismus betreibt. Meinst du, er kann das?«

Es war ein schwacher Versuch, um die emotionale Spannung zu lockern, aber er funktionierte. Wir lachten beide herzlich, dann umarmten wir uns – was wir sonst nur selten taten. An der Tür blieb Mrs. Pascoe zögernd stehen und sagte: »Ich lasse dich gar nicht gern allein.«

»Doch, das kannst du, mir geht's gut.«

»Na ja, und ich sollte auch zu Hause sein, für den Fall, daß ... nun, eben falls sie kommt.« Ein freudiges Strahlen ging über ihr Gesicht. »Aber bist du ganz sicher? Sonst könnte ich auch Davey fragen, ob er ... oh, nein, wohl besser nicht.« Sie schwieg einen kurzen Moment, dann sagte sie: »Ich hab' völlig falsch gelegen, nicht? Es ist überhaupt nichts zwischen dir und Davey?«

Ich schüttelte den Kopf. »Nein.«

»Dann tut es mir leid. Ich hatte es gehofft, und plötzlich war ich völlig überzeugt davon ... Aber ich kann verstehen, daß es nicht das Richtige für dich wäre.«

Schnell entgegnete ich: »Das ist es nicht. Es hat sich nur einfach nie ergeben. Ich ... ich habe nie daran gedacht. Ich hatte keine Ahnung, was er empfindet.«

»Dann sag ihm um Himmels willen nicht, daß ich's dir verraten habe.«

»Nein, bestimmt nicht.«

Wieder schwieg sie einen Moment, dann faßte sie plötzlich meine Arme und gab mir einen Kuß auf die Wange. »Nun gut, wenn's nicht sein soll, soll's nicht sein. Aber glaub mir, Kind, heute freue ich mich genauso für dich wie für mich selbst. Gute Nacht, und ich hoffe, sie kommt bald.«

24

Ich machte mir zum Abendbrot Rührei und aß die beiden letzten Pfirsiche. Die Mahlzeit erinnerte mich an die Zeit vor vielen Jahren, ohne Tischdecke und nur mit dem notwendigsten Geschirr und Besteck, das ich für mich zurückbehalten hatte. Nachdem ich abgewaschen hatte, machte ich einen Kontrollgang durchs Haus, um zu überprüfen, ob auch wirklich alle für den Umzug vorgesehenen Sachen mitgenommen worden waren. Das sagte ich mir jedenfalls, aber gleichzeitig wußte ich, daß ich irgendeine Beschäftigung suchte, egal was, nur damit sich in meinem Kopf nicht fortwährend dieselben Gedanken im Kreis drehten.

Wenn wir richtig vermutet hatten ... Wenn sie käme ... Wenn wir uns geirrt hatten und niemand käme ... Wenn sie nicht heute abend kam, wann dann? Wie lange würde ich warten müssen und mir immer dieselben Fragen stellen? Wenn wir aber richtig vermutet hatten ...

Und immer so weiter. Als ich mir eingestehen mußte, daß es mir nicht gelang, meine Gedanken auf irgend etwas anderes als die Rückkehr meiner Mutter zu richten, war ich wieder in der Küche angelangt. Nur der große Tisch und die vier Stühle, der Unsichtbare Gast, das Kamingerät und der Hocker waren übriggeblieben, um hier jemanden willkommen zu heißen.

Willkommen? Das Zimmer wirkte trotz meiner nachmittäglichen Bemühungen noch immer ausgesprochen traurig. Nun, vielleicht konnte ich mich hier noch sinnvoll betätigen.

Blumen, das war es! Blumen, die schönste Dekoration überhaupt, die jedem Raum etwas Lebendiges verliehen. Natürlich waren keine Vasen mehr da, aber Mr. Blaneys Milchflaschen würden auch genügen. Blumen und dann ein helles, warmes Feuer. Das war der beste Willkommensgruß.

Ich holte die Milchflaschen, spülte sie aus und stellte sie in der hinteren Küche bereit. Dann ging ich hinaus in den Garten.

Inzwischen war es fast neun Uhr, und bald würde es dunkel sein. Hinter den Bäumen lugte der erste Stern hervor. Der leichte Wind dieses Tages hatte sich gelegt, und durch die Abendstille klang das Plätschern des Baches ungewohnt laut zu mir herüber. Ich ging zum Gartentor und lehnte mich darauf. Während ich tief den Duft der Rosen einatmete, lauschte ich angestrengt, ob ich von der Straße her irgendein Geräusch hörte.

Nichts ruft die Erinnerung so lebhaft wach wie ein Geruch. Wenn mein einsames Abendbrot an dem blanken Holztisch mich in Gedanken fast ein Jahrzehnt zurückversetzt hatte, erinnerte mich der Duft der Rosen an eine noch weiter zurückliegende Zeit. Ich wußte, daß einige der Rosenbüsche aus dem Rosengarten der Hall stammten. Sir Giles hatte sie entfernen und durch moderne Sorten ersetzen lassen, die in den Augen seines Gärtners allerdings nur zweite Wahl waren. So hatte mein Großvater einige der alten Rosenbüsche hierher in seinen eigenen Garten gepflanzt. Die Mode hatte sich verändert, auch in bezug auf Pflanzen, und einige der Rosen waren heute schon selten anzutreffen. Nicht jedoch Großvaters Lieblingsrose, die robuste, sich überall ausbreitende Old Blush, die (wenn Davey und ich recht hatten) Lilias und ihr Mann ausgegraben und für Großvater mit zum Friedhof genommen hatten.

Wenn wir recht hatten. Da war es wieder, und das ermüdende Kreisen der Gedanken ging von vorne los. Würde sie kommen? Konnte es sein, daß wir uns geirrt hatten? Und wenn wir recht hatten, wie sollte ich der Situation begegnen?

Schluß mit der sinnlosen Grübelei! Schließlich war ich hinausgegangen, um etwas zu tun. Die Blumen gediehen trotz der Vernachlässigung des Gartens prachtvoll. Ich pflückte Lupinen und Iris, Akelei und einige Dolden von dem doppelten weißen Flieder, der in duftenden Wolken über das Dach des Schuppens herabhing.

Gerade wollte ich zurück ins Haus gehen, als ich das Geräusch hörte. Ein Auto bog von der Straße ein und kam langsam den Weg entlanggefahren. Da der Schuppen sich hinter dem Haus befand, konnte ich den Weg und das Gartentor nicht sehen. Einen kurzen Moment dachte ich, daß es vielleicht Davey war, aber das Auto war viel leiser als dessen alter Lieferwagen. Regungslos blieb ich stehen.

Der Wagen hielt, eine Autotür wurde geöffnet und leise wieder geschlossen. Das Gartentor quietschte in den Angeln, und gleich darauf klopfte jemand an die Haustür.

Noch bevor ich reagieren konnte, wurde die Tür geöffnet und ich hörte Schritte in der Küche. In dem rückwärtigen Fenster erschien ein Lichtstreifen, die Küchentür mußte einen Spalt offenstehen. Mein Herz klopfte bis zum Hals, als ich die paar Schritte vorwärts machte und durchs Fenster sah.

Außer dem Lichtstreifen war nichts zu sehen. Dann hörte ich eine Männerstimme rufen: »Kathy? Ist jemand da?«

Schnell stieß ich die Tür auf und ging in die Küche. Ein mir unbekannter Mann stand neben dem Kamin und betrachtete den Unsichtbaren Gast. Er war groß und schlank. Als ich eintrat, drehte er sich um und lächelte.

»Hallo, Sie müssen Kathy sein, richtig?«

Ich starrte ihn an. Er hatte dunkle Augen und dunkle, leicht graumelierte Haare. Ich schätzte ihn um die fünfzig. Sein Gesicht war von der Sonne gebräunt, seine Stimme und die Kleidung verrieten, daß er Amerikaner war. Er trug leichte Baumwollhosen, ein sportliches, teures Jackett und ein Halstuch. Für Miß Linsey hätte er in der Dämmerung auf dem Friedhof wohl als Zigeuner durchgehen können, tatsächlich gab es jedoch keinen Zweifel, daß er Lilias' respektabler Gentleman aus Iowa war.

Schließlich räusperte ich mich, um zu antworten, brachte jedoch keinen Ton heraus. Mit meinen Blumen im Arm stand ich da und starrte ihn an.

Er breitete beide Hände aus, als wollte er sagen: »Sehen Sie, ich bin nicht bewaffnet.« Als er wieder sprach, hatte seine Stimme einen beruhigenden Klang. Offensichtlich gab er sich alle Mühe, mir die schwierige Situation zu erleichtern.

»Ich hoffe, Sie verzeihen mir, Miß Kathy, daß ich hier einfach so eingedrungen bin. Es tut mir sehr leid, wenn ich Sie erschreckt habe, aber ich freue mich aufrichtig, Sie zu sehen. Ich brauche nicht zu fragen, ob Sie Kathy sind, nicht wahr? Ja, jetzt sehe ich, daß ich Sie erkannt hätte. Ich hätte Sie überall erkannt.«

Ich hatte meine Sprache wiedergefunden, allerdings war ich nicht in der Lage, auf seinen verbindlichen Umgangston einzugehen.

»Ist sie auch da?« fragte ich.

Seine Augenbrauen hoben sich, aber bereitwillig gab er mir in seiner angenehm klingenden breiten Aussprache Auskunft. »Das ist sie, ja. Sie sitzt draußen im Auto.« Als ich mich umdrehte, um zur Tür zu gehen, fuhr er rasch fort: »Nein, bitte ... Würden Sie bitte noch einen Moment warten? Ich glaube, sie ist genauso nervös wie Sie, deswegen hat sie mich gebeten, zuerst hineinzugehen und Ihnen zu sagen, daß sie draußen ist. Aber es sieht so aus, als wäre das gar nicht nötig? Wußten Sie denn, daß wir kommen würden?«

»Ich wußte es nicht, aber ich habe es vermutet. Und Sie sind Larry?«

»Ja. Larry van Holden. Ich bin so froh, daß wir uns kennenlernen, Miß Kathy.«

Er streckte mir eine Hand entgegen, und während ich mich fragte, wieviel meine Mutter ihm wohl über mich erzählt hatte, schüttelten wir uns die Hände. »Sagen Sie einfach Kathy. Schließlich sind Sie mein Stiefvater.« Ich legte die Blumen auf den Tisch. »Nun gut, vielleicht haben Sie recht. Vielleicht ist es besser, erst ein paar Dinge zu klären, bevor meine ... bevor wir uns sehen. Ich weiß es erst seit gestern, daß meine Mutter noch lebt, meine ich, und daß sie Sie geheiratet hat und in Amerika lebt. Davey Pascoe – sicher hat sie Ihnen von den Pascoes erzählt? Ja? – also, Davey hat gestern, als er in Tante Betsys Zimmer Sachen für den Umzug zusammenpackte, Briefe gefunden,

Briefe von meiner Mutter, die dort versteckt waren. Daher wußten wir, daß sie noch lebte. Vorher hatten wir schon von einigen merkwürdigen Vorfällen im Dorf gehört, und so haben wir uns zusammengereimt, daß Sie hier gewesen sind. Sie haben auch die Sachen aus dem Safe genommen, nicht wahr?«

»Ja.« Er zögerte. »Ich muß Ihnen sagen, daß wir eigentlich gar nicht vorhatten, hierherzukommen. Es war meine Idee, nach England zu fahren. Die Familie meiner Mutter stammt von hier, aus Hexham, das liegt etwas weiter nördlich, und ich wollte ihre Spuren verfolgen. Für Lilias war es schwierig, wieder in England zu sein. Einerseits hatte sie Heimweh und wollte sehnlichst etwas über Sie und ihre Mutter erfahren, andererseits hatte sie Angst, sich in Todhall blicken zu lassen, weil sie fürchtete, nicht willkommen zu sein. Dann haben wir in einer Lokalzeitung von den Plänen gelesen, aus der Hall ein Hotel zu machen und dies Cottage eventuell zu vermieten. Lilias wunderte sich darüber und machte sich Gedanken, ob ihre Mutter fortgezogen oder womöglich sogar gestorben sei, und man sie nicht benachrichtigt hatte. Daraufhin sind wir dann hergekommen, abends, damit man sie nicht erkannte, und Sie wissen, was wir vorgefunden haben. Das Cottage war leer, und die arme Lilias … nun, ich brauche Ihnen nicht zu sagen, wie sie sich gefühlt hat. Auf dem Weg zum Dorf haben wir am Friedhof gehalten, und da hat Lilias schon mit dem Schlimmsten gerechnet. Dann wollte sie, daß ich mit den Pascoes rede, aber sie waren nicht da, also bin ich zum Pfarrhaus gegangen. Nachdem ich dort mit dem Hausmädchen gesprochen hatte, mußten wir annehmen, daß Ihre Großmutter gestorben und die Schwester zurück nach Schottland gegangen war.«

»Ja, ich weiß. Ich habe auch mit ihr gesprochen, und sie hat gesagt ›Die alte Dame ist gestorben und ihre Schwester ist zurück nach Schottland gegangen.‹«

»Genau. Also sind wir hierher zurückgefahren. Lilias hat

vermutet, daß Ihre Tante nichts von dem Safe wußte, und wollte die Sachen herausholen. Natürlich kannte sie das Versteck des Schlüssels. Aber wir konnten den Safe trotzdem nicht öffnen, weil wir gar nicht erst drankamen.«

Ich wußte den Grund und mußte schmunzeln. »Weil das Werkzeug aus dem Schuppen verschwunden war?«

»Richtig. Was ist daran komisch?«

»Oh, nichts. Entschuldigen Sie. Bitte, fahren Sie fort. Sie sind dann Montagabend noch einmal hergekommen?«

»Ja, und dann haben wir sozusagen den Tresor geknackt. Ich habe die Sachen dabei.« Er faßte in die Tasche seines Jacketts und holte einen dicken Umschlag hervor, den er zwischen uns auf den Tisch legte. Dann fischte er Stück für Stück den restlichen Safe-Inhalt aus seiner Tasche. Ich erkannte Großvaters Taschenuhr, die kleine Schachtel mit seinen Orden, Großmutters Ringe und ihre Verlobungsbrosche.

Die ganze Zeit über hatte ich Larrys Erzählung nur mit halber Aufmerksamkeit zugehört, denn gleichzeitig war ich in Gedanken draußen in dem Auto vor dem Gartentor. Die Gegenstände auf dem Tisch, mit deren Verbleib ich in den Tagen seit meiner Ankunft so beschäftigt gewesen war, hatten angesichts der Entwicklung der Ereignisse fast jede Bedeutung verloren. Abwesend nahm ich den Briefumschlag in die Hand und drehte ihn hin und her, ohne ihn zu sehen, dann legte ich ihn wieder hin und öffnete die kleine Schachtel. Sie enthielt zwei Orden, fünf Goldsovereigns, einen Ehering, ein hübsches, billiges Armband, eine Brosche mit Perlen und Peridot-Steinen.

Ich hörte, wie Larrys leicht amüsiert sagte: »Es ist alles da. Ich weiß selbst nicht, warum ich die Sachen noch behalten habe, eigentlich wollten wir sie bei Ihrer Großmutter lassen, aber in der Aufregung habe ich es völlig vergessen. Wir hatten sie ins Handschuhfach gelegt.«

In Gedanken versunken, hörte ich kaum, was er sagte. Ich griff nach dem Armband: »Aber das Armband. Großmutter bekam es nach dem Busunglück aus Irland geschickt. Hier sind Ihre Initialen, sehen Sie?«

»Ja, ich weiß. Es war ein Schock für Lilias, als sie es entdeckt hat. Sie hat überhaupt nichts von dem Unfall gewußt, verstehen Sie?« Behutsam nahm er mir das Armband ab und legte es zurück in die Schachtel. »Es war der Beweis, daß es Cora und Jack waren, ihre Freunde, die bei dem Unfall getötet wurden. Lil hatte Cora das Armband zur Erinnerung geschenkt, als sie mit Jamie nach Amerika ging. Für diese Leute ist es nicht so üblich, Kontakte aufrechtzuerhalten, daher hat Lil nie von dem Unfall gehört.«

»Hm, Sie meinen, für die Zigeuner. Aber meine Mutter hat versucht, mit uns in Kontakt zu bleiben, sie hat noch ein paarmal aus Amerika geschrieben.«

Sorgsam legte er auch die anderen Gegenstände wieder in die Schachtel. »Das hat sie, ja, die Ärmste. Daher wußten Sie also schon, daß sie noch lebt und daß sie mich geheiratet hat. Sie kannten sogar meinen Namen.« Er lachte. »Wissen Sie, ich habe eben schon gedacht, ob Ihre Großmutter es vielleicht doch nicht ausgehalten hat, die Neuigkeit für sich zu behalten. Sie hat uns versprochen, nichts zu sagen, aber jetzt habe ich fast geglaubt, daß sie doch mit den Pascoes telefoniert hat.«

»Was? *Was haben Sie eben gesagt?*« Erst jetzt drang die Bedeutung seiner Worte zu meinem Bewußtsein durch. »Großmutter? Wovon reden Sie? Wie kann denn Großmutter etwas davon wissen? Wir hatten überhaupt keinen Kontakt, seit ich hier bin. Was meinen Sie damit, sie hat Ihnen versprochen, nichts zu sagen?«

»Nun, genau das. Wir kommen gerade aus Schottland zurück. Wir sind von hier aus gleich dorthin gefahren.«

»Schottland? Sie meinen, Sie sind in Strathbeg gewesen?«

»So ist es. Wir hatten doch angenommen, daß Ihre Großmutter gestorben war und Ihre Tante Betsy Lilias noch nicht einmal davon benachrichtigt hatte. Lil war so aufgebracht darüber, daß sie sofort nach Schottland wollte, um

Ihre Tante zur Rede zu stellen. Außerdem hoffte sie, daß Tante Betsy etwas über Sie wußte.«

»Ich verstehe ...« Ich holte tief Luft. »Ja, jetzt verstehe ich. Daran hatten wir gar nicht gedacht.« Ich sah den reichen, respektablen Gentleman meiner Mutter an und lächelte unwillkürlich. Meine arme Mutter war sicher aufgebracht genug gewesen, um es mit einem Dutzend Tante Betsys aufzunehmen, und mit ihm an ihrer Seite wäre es ihr bestimmt nicht schwergefallen. »Schade, daß sie Tante Betsy nicht viel früher zur Rede gestellt hat.«

»Das ist es, ja. Arme Lil. Auf der Fahrt nach Schottland hat sie all das gesagt, was sie ihr immer schon gern gesagt hätte, und in ihrer Erinnerung lebte die ganze furchtbare Zeit mit ihr wieder auf ... Aber das kann sie Ihnen selbst erzählen, zum Glück spielte es ja dann keine Rolle mehr. Als wir ankamen, stand Ihre Großmutter vor uns, lebendig und gesund. Sie traute ihren Augen nicht, das können Sie sich sicher vorstellen.«

»Es muß unfaßbar für sie gewesen sein.«

»Das war es. Ich hab' die beiden dann alleingelassen und bin draußen spazierengegangen, während sie sich unterhalten haben. Nun, dieses Stückchen von Schottland kenne ich jetzt sehr gut. Es ist sehr hübsch da, finde ich.«

»Und wie geht es meiner Großmutter? Hat sie die Aufregung gut überstanden?«

Er lächelte beruhigend. »Ja, es geht ihr gut. Sie scheint mir eine recht robuste alte Dame zu sein. Sie läßt Sie grüßen, und sie möchte natürlich, daß wir alle zusammen möglichst schnell zu ihr fahren.«

Ich antwortete nicht sofort. Der Schock darüber, daß Großmutter schon Bescheid wußte, wich der Erleichterung, daß es ihr gut ging. Aufatmend stützte ich den Kopf in die Hände und rieb mir die Schläfen. Nun, für mich gab es dadurch eine Schwierigkeit weniger, jetzt blieb nur noch die Begegnung mit meiner Mutter. Das würde ich auch noch schaffen. Ich hob den Kopf und sah Larry an.

»Ich bin sehr froh, daß es ihr gut geht, ich hatte befürchtet, daß es vielleicht zuviel Aufregung für sie ist. Ich ... ich möchte Ihnen danken für alles, was Sie getan haben, Larry. Es muß wunderbar für die beiden gewesen sein.«

Lächelnd sagte er: »Das kann man sagen. Aber ich denke, Lilias wird Ihnen alles weitere selbst erzählen wollen. Kathy, auch für Sie beide wird es wunderbar werden, aber ich weiß, daß es auch nicht einfach ist. Meinen Sie, ich kann sie jetzt hereinholen?«

»Ja.«

Er ging zur Tür und öffnete sie, blieb jedoch noch einmal stehen und sagte: »Aha, es kam mir auch so vor, als ob ich etwas gehört hätte. Neben dem Auto steht ein junger Mann und spricht mit ihr. Sie lacht sogar, also geht es ihr schon besser.«

»Das ist Davey Pascoe. Ich habe mir schon gedacht, daß er vielleicht heute abend noch vorbeikommt. Er ist der Sohn von ...«

»Ich weiß, wer er ist. Nun, das ist doch großartig. Dann ist das Eis schon gebrochen.« Freundlich lächelte er mir zu. »Und ich glaube, Sie werden es bestimmt schaffen, den Rest zu schmelzen. Also schlage ich vor, daß ich mich jetzt mit Davey unterhalte und wieder einmal ein bißchen spazierengehe, während Sie Ihre Mutter begrüßen.«

25

Durch die offene Tür sah ich Larry zum Wagen gehen, und gleich darauf kam Lilias durchs Gartentor.

Ich stand auf und umklammerte mit beiden Händen die Tischkante. Lilias blieb in der offenen Tür stehen.

Sie war jetzt gerade vierzig Jahre alt. Das schlanke Mädchen von den Fotos hatte etwas zugenommen, aber ich hätte sie erkannt; sie war noch immer eine der schönsten

Frauen, die ich je getroffen hatte. Zu der frischen, lebendigen Schönheit und dem sorglosen Charme von damals waren die Ausstrahlung von Sicherheit und der Glanz des sorgfältig gepflegten Äußeren hinzugekommen. Sogar in dem harten Licht und der trostlosen Umgebung der kahlen Küche hatte ihre Schönheit etwas Strahlendes. Ihre Selbstsicherheit wirkte im Moment jedoch leicht erschütterbar.

Einen Augenblick lang sah sie mich unverwandt an, dann breitete sich ein Lächeln auf ihrem Gesicht aus, und gleichzeitig füllten sich ihre Augen mit Tränen.

»Ach, mein Schatz ...« Ihre Stimme war noch dieselbe, und jetzt erinnerte ich mich auch an die entzückenden Grübchen, die sich beim Lachen immer in ihren Wangen gebildet hatten. Ich mußte an ihre Abschiedstränen denken, die mir in jener Nacht die Wangen benetzt hatten.

»Ich ... ich dachte die ganze Zeit, du wärst tot«, sagte ich.

Wieder erschienen die Grübchen, und sie fuhr sich mit einer Hand über die Augen. »Meine Güte, ich bin so glücklich«, sagte sie, »ich weine überhaupt nicht. Nein, ich bin nicht tot, ich war's auch nie, aber du – du hättest auch tot sein können und Mutter auch. Aber jetzt ... Lieber Himmel, eigentlich sollten wir einander in die Arme fliegen, nicht wahr? Aber laß uns das auf später verschieben, wenn wir uns ein bißchen besser kennen, ja?«

Sie trat auf mich zu, wobei sie ihren Blick nicht einen Moment von mir löste. »Nun, tatsächlich, Larry hat gesagt, du bist eine Schönheit, und er hat recht.« Sogar ihr helles Lachen war noch wie damals.

Ihr lockerer Ton machte mir den Anfang leichter. Ich lächelte zurück. »Es tut mir leid, ich weiß gar nicht, was ich sagen soll. Es kam alles so plötzlich ... Ich bin auch glücklich, natürlich, aber ich glaube, ich brauche ein bißchen Zeit ... Es tut mir so leid, daß wir all diese Jahre verloren haben, aber Großmutter und ich, wir wußten ja gar nicht ...«

»Ich weiß, Kathy, Liebes, mach dir keine Sorgen deswegen. Mutter und ich haben schon darüber gesprochen, ich weiß, daß die alte Hexe an allem schuld war. Und eben hat mir Davey erzählt, daß ihr beide gestern alles selbst herausgefunden habt, durch ein paar alte Briefe von mir.« Ihr Blick wanderte zur Seite. »Ihr habt sie natürlich gelesen?«

»Ja, tut mir leid, aber das ging nicht anders. Wir haben doch gedacht, daß du tot seist, und als Davey die Briefe gefunden hat, haben wir erst mal überhaupt nichts verstanden. Es war so wunderbar, zu erfahren, daß du noch lebst. Aber all diese Jahre ... Ich weiß, daß es für Großmutter und dich am schlimmsten war, ich war noch so klein, ich hab' dich zwar schrecklich vermißt, aber als Kind kommt man eher drüber weg. Trotzdem, all diese Jahre ohne dich ...« Meine Augen füllten sich mit Tränen, aber gleichzeitig stieg Wut in mir auf. »Wie konnte sie nur so etwas tun? Wie kann nur irgend jemand etwas so Schreckliches tun?«

»Eifersucht«, antwortete Lilias prompt. Ich sah sie an, hübsch und noch immer jung, schön angezogen, anmutig und strahlend; und tatsächlich konnte ich mir vorstellen, daß sie in Tante Betsys engem, kleinlichem Herzen Neid und Verbitterung hervorgerufen hatte. Lilias war jetzt dabei, im Raum umherzugehen, sich umzusehen, hier und da etwas anzufassen und in die Hand zu nehmen, als wollte sie ihrer Erinnerung nachhelfen. »Nimm's nicht so schwer, Liebling, es ist vorbei. Jetzt sind wir wieder zusammen, und wir haben noch so viele gemeinsame Jahre vor uns.«

»Ich weiß. Du hast recht. Aber trotzdem, ich finde es schwer, sich damit abzufinden. Ich kann noch verstehen, warum sie dich aus dem Haus haben wollte, aber nachdem du weg warst, auch noch den Kontakt zwischen uns zu zerstören, und das für immer und ewig ...« Ich seufzte tief auf. »Arme Großmutter. Was hat sie gesagt, als sie es erfahren hat?«

»Du meinst, nachdem wir aus dem siebenten Himmel wieder zurück zur Erde gekommen waren und darüber gesprochen haben, was eigentlich passiert war?« Sie lächelte, während sie den Vorhangstoff begutachtete. Dann sah sie mich an, und ihr Ausdruck wurde ernst. »Du wirst es nicht glauben. Ich sag's dir Wort für Wort, ich werd' es nicht vergessen. Sie sagte: ›Arme Betsy. Sie hat gedacht, daß sie das Richtige tut, sie wollte nur Kathy vor Sünde und mich vor Sorgen schützen. Sie war eine gute Frau, Lil, auf ihre Art. Versuch, sie so in Erinnerung zu behalten.‹« Humor und Wehmut mischten sich in ihren ernsten Blick. »Weißt du, was Larry gesagt hat, als ich ihm das erzählt habe? ›Dann möge der liebe Gott mich vor guten Frauen bewahren!‹« Sie lachte. »Und das hat er ja auch, wie wir beide wissen, nicht?«

Ich mußte gleichfalls lachen. »Willst du damit sagen, daß dein respektabler Gentleman aus Iowa – du weißt ja, ich hab' deine Briefe gelesen – nicht weiß, daß ... ich meine, nicht die Wahrheit über mich weiß? Ich habe mich schon gefragt, was du ihm erzählt hast. Er schien nicht im mindesten erstaunt, mich zu sehen.«

»Wir wußten, daß du hier warst. Mutter hat es uns gesagt.« Sie nahm eine Fliederblüte vom Tisch und hielt sie an ihre Nase, während ihre Augen mich darüber hinweg ansahen. »Nein, ich weiß schon, was du meinst. Okay, er denkt, du bist Jamies Tochter.«

»Verstehe.«

Schnell sagte sie: »Ich hab's ihm nicht ausdrücklich gesagt, aber ich weiß, was die Leute hier im Dorf damals vermutet haben, und dann haben wir später ja auch geheiratet. Also bot sich's an, und ich hab' einfach nie was dagegen gesagt. Alles andere habe ich ihm erzählt, nun, vielleicht nicht alles, aber doch das Wichtigste. Er weiß, warum ich von zu Hause fortgegangen bin, und er weiß von dem Brief, den Tante Betsy geschrieben hatte. Daher wußte er auch, warum ich mich davor fürchtete, nach Hause zurückzukehren, auch wenn ich euch noch so gerne wiedersehen wollte, dich und Großmutter.« Sie schwieg einen Moment. »Ich weiß, das war das Schlimmste, daß ich dich verlassen habe. Aber bei dem Leben, das mit Jamie auf mich zukam, immer auf Reisen, meine ich ... nun, ich dachte, es sei besser für dich, hierzubleiben. Und ich wollte auch zurückkommen, irgendwann, wenn sich etwas verändert hätte ... Aber das ist ja dann nicht passiert, im Gegenteil ... Kannst du das verstehen?«

»Ja.«

»Und du mußt mir glauben, ich habe niemals aufgehört, an euch zu denken, an dich, Mutter und an Rose Cottage. Das ist wirklich wahr. Ich glaube, Larry hat das gemerkt, und das ist der wahre Grund, weshalb er diese Reise vorgeschlagen hat, nicht seine eigene Familie. Er ist ein so guter Mann, und es war ein großes Glück für mich, daß ich ihn kennengelernt habe.«

»Das freut mich. Und natürlich glaube ich dir, daß du uns nicht vergessen hast. Ich habe es ja gemerkt, als ich deine Briefe gelesen habe, wie schlimm es für dich gewesen sein muß, keinen Kontakt mehr mit uns zu haben.«

»Ich schätze, ich muß unbedingt nachlesen, was in diesen Briefen eigentlich steht. Wo sind sie?«

Mit einer Kopfbewegung deutete ich auf den Unsichtbaren Gast. »In dem Safe.«

»Aha. Was meinst du, sollen wir ein Feuer machen und sie verbrennen? Ich hab' den Schlüssel in der Handtasche.«

Schon ging sie zum Kamin und griff nach den Streichhölzern auf dem Kaminsims, als hätte sie selbst sie erst gestern dorthin gelegt. Dann zündete sie eines an, bückte sich und hielt es an das zusammengeknüllte Papier in der Mitte der dünnen Anzündhölzer. Nachdem sie sich wieder aufgerichtet hatte, blieb sie stehen und sah zu, wie das Holz Feuer fing. Ich wußte, daß ihre Handlung ein Ausweichmanöver war, aber ich brachte nicht den Mut auf, die Initiative zu ergreifen. So saß ich schweigend da, während sie vorm Kamin stand und ins Feuer sah. Schließlich drehte sie sich um, ohne mich jedoch anzusehen. Sie griff nach ihrer Handtasche, die auf dem Tisch lag, aber noch bevor sie sie geöffnet hatte, sagte ich: »Du brauchst den Schlüssel nicht, der Safe ist nicht verschlossen. Davey und ich haben ihn aufgebrochen.«

»Ach so, ja, er hat es mir erzählt. Ich hab' nicht dran gedacht.«

»Mutter ... Mum ...«, begann ich mit belegter Stimme und räusperte mich.

»Sag einfach Lilias, wenn's dir recht ist, ja? Wir sind doch jetzt sozusagen fast gleichaltrig, und das wird auch so bleiben, das kannst du mir glauben!« Diesmal hörte sich der leichte Ton nicht ganz echt an, und ihr Lachen verklang schnell wieder. Verlegen standen wir beiderseits des Tisches und sahen uns an.

Ich räusperte mich noch einmal. »Laß doch die Briefe erst mal, wir müssen darüber sprechen, das weißt du auch, nicht? Ich muß es wissen.«

»Was mußt du wissen?«

»Du weißt, was ich meine.«

»Ja, ich glaube.«

»Es war nicht Jamie, stimmt's?«

Sie antwortete nicht gleich, sondern zog einen Stuhl an den Tisch und setzte sich mir gegenüber. Es sah aus, als würde sie sich im Zeitlupentempo bewegen und sich dabei innerlich darauf vorbereiten, eine schwierige Aufgabe in Angriff zu nehmen. Erst jetzt bemerkte ich, daß sich um ihre Augen und den Mund feine Fältchen abzeichneten. Ich setzte mich ebenfalls. Meine Mutter sah auf ihre Hände hinab, die sie vor sich auf dem Tisch gefaltet hatte. Schließlich blickte sie mich an.

»Nein, Liebling. Es war nicht Jamie.«

»Wer war es dann? Bitte, ich muß es wissen.«

Sie holte tief Luft, dann nickte sie und sagte: »Ich weiß. Ich weiß. Ich muß es dir sagen. Du mußt mir schon so viel verzeihen, und nun auch noch das. Ach, meine Güte, ich ... ich weiß nicht, wie ich anfangen soll.«

Abrupt fragte ich: »War es Sir James?«

Sie sah so schockiert aus, daß ich fast lachen mußte.

»Sir James? Aber nein! Was für eine Idee!« In dem Moment hätte sie das hübsche Hausmädchen von damals sein können, das empört gegen eine skandalöse Unterstellung protestierte. Sogar ihr Tonfall war plötzlich anders. »Wie kannst du daran überhaupt nur denken? Das hätte er niemals, niemals getan, und ich auch nicht. Das wäre eine wirkliche Schande gewesen! O nein, es war … es war nichts Schlechtes daran, oder jedenfalls haben wir das gedacht.« Während sie gedankenverloren vor sich hin sah, erschien wieder eine Andeutung ihres bezaubernden Lächelns auf ihrem Gesicht. »Ich war damals erst sechzehn, vergiß das nicht, und er war nicht viel älter, dein Vater, meine ich. Obwohl ich ihn mir irgendwie niemals als deinen Vater vorstelle. Es war eine sehr unschuldige Angelegenheit, weißt du.«

»Aber warum hast du dann niemals jemandem etwas davon gesagt, weder Großmutter noch mir? War er jemand, dessen man sich schämen muß?«

»Aber nein, was denkst du denn! Als wenn ich jemals … also gut, ich meine … was ich sagen will, ist, daß ich finde, du hast wirklich ein Recht zu wissen, wer dein Vater war, aber leider ist es so, daß ich es selbst nicht so genau weiß!«

Das verschlug mir den Atem; ich suchte nach Worten und brachte dann nur ziemlich taktlos hervor: »Was meinst du damit, du weißt es nicht? Meinst du, daß es so viele gab?«

»Aber nein!« protestierte sie wieder und lachte. »Natürlich nicht, jedenfalls gab es nur einen, der als dein Vater in Frage kam. Nicht, daß ich nicht immer viele zur Auswahl hatte, aber …« Sie lehnte sich vor und wurde ernst. »Du mußt mir glauben, Kathy, er war der erste und auch der einzige, bis ich Jamie kennenlernte. Als ich merkte, daß ich schwanger war, war er nicht mehr da, und ich wollte ihm nicht hinterherjagen und ihm Ärger machen, und … na ja, es hätte einfach nichts gebracht. Verstehst du?«

»Ich … ich glaube …«, sagte ich und fügte nach einem Zögern hinzu: »Nein, eigentlich nicht. Wenn du dich entschlossen hattest, nie wieder Kontakt zu ihm aufzunehmen, dann hätten doch Großmutter und ich es auch nicht getan. Also wenn es dein einziger … nun ja, dein einziger richtiger Geliebter gewesen ist, warum willst du dann noch immer niemandem sagen, wer er war?«

»Weil … ach, irgendwie klingt das jetzt alles verrückt, aber ich schwöre, es ist wahr. Okay, ich werde dir die ganze Geschichte erzählen.« Sie hob die Hände in einer Geste, als wollte sie sagen ›Ich gebe auf‹. »Es war im Sommer, und ich erinnere mich an jede einzelne Minute! Es war ein besonders schöner Sommer, und in der Hall wurde dauernd gefeiert. Fast jedes Wochenende war alles voller junger Leute, vorm Haus parkten viele Autos, man spielte Tennis und tanzte. Du kennst das gar nicht, später wurde es ruhiger in der Hall. Aber um diese Zeit … In allen großen Häusern waren solche Partys üblich, mit Dinner und Bällen und vielen jungen Gästen am Wochenende. Und alle hatten solchen Spaß!« Gedankenverloren blickte Lilias in die Flammen und sagte wehmütig lächelnd: »Auch in den Räumen der Dienerschaft ging es lustig zu. Natürlich hatten wir eine Menge Arbeit, aber das störte uns nicht, und wir bekamen gute Trinkgelder.«

Sie schwieg. Schließlich fuhr sie fort: »Ich arbeitete als Hausmädchen, das weißt du ja. Eines Abends waren alle beim Essen, und ich ging mit hoch, die Betten machen und das heiße Wasser nach oben bringen – das war damals noch so. Als ich in sein Zimmer kam, war er nicht zum Essen gegangen. Er hatte sich nicht einmal umgezogen. Im Oberhemd saß er auf dem Bett, hielt einen Brief in der Hand und weinte.«

Wieder gab es eine kurze Pause, dann erzählte sie weiter. Wie sie gesagt hatte, war es wirklich eine sehr unschuldige Geschichte. Der junge Mann – vielleicht achtzehn Jahre alt – war nachmittags mit den anderen vom Ausritt gekommen und hatte einen Brief vorgefunden. Darin teilte seine Mutter ihm mit, daß sein Hund tot sei. Er war dreizehn Jahre alt und für den Jungen wie ein guter Kamerad gewesen, fast solange er sich erinnern konnte. Jemand hatte ihn überfahren und auf der Straße liegengelassen. Weitere Einzelheiten hatte die Mutter nicht geschrieben, aber man konnte sich leicht vorstellen, daß das Tier ein qualvolles Ende erlitten hatte. Der junge Mann war so bekümmert, daß er nicht in der Lage war, die fröhliche Gesellschaft der anderen zu ertragen. Der Rest ergab sich ganz natürlich. Er hatte versucht, seine Tränen vor Lilias zu verbergen, während sie ihn einfach nur trösten wollte und in die Arme nahm.

So saßen sie nebeneinander, und er redete sich seinen Kummer von der Seele. Später brachte sie ihm noch heimlich ein Tablett mit Essen auf sein Zimmer. Die so begonnene Bekanntschaft blühte auf. Am nächsten Tag hatte Lilias frei; er holte sie mit seinem Auto am Ende des Weges nach Rose Cottage ab, und sie verbrachten den Tag zusammen. Noch ein paarmal sahen sie sich für einige Minuten während ihrer Arbeit in der Hall, und dann verabredeten sie sich abends. Wenn es dunkel geworden war, verließ er die Hall mit seinem Auto und wartete dann an der hölzernen Brücke auf sie. Lilias' Eltern gingen früh zu Bett, so daß es für sie leicht war, unbemerkt das Haus zu verlassen, um ihn zu treffen.

»Er blieb drei Wochen«, sagte sie. »Dann verabschiedeten wir uns, und er fuhr wieder ab. Wir waren ziemlich verliebt, aber wir wußten beide, daß eine Heirat nicht in Frage kam. Trotzdem war es eine wunderschöne Zeit, und wir mochten uns, und alles war sehr romantisch. Erst zwei, drei Monate später habe ich gemerkt, daß du unterwegs warst, und erst noch mal Wochen später habe ich gewagt, es Mutter und Vater zu sagen. Es hätte keinen Zweck gehabt, ihn aufzutreiben und ihm Ärger zu machen. Er hatte mir sowieso erzählt, daß er irgendwo im Ausland anfangen wollte zu arbeiten, in Indien oder Australien oder so.« Sie sah mich an. »Verstehst du jetzt?«

»Ja.« Eine ungewöhnliche Unterhaltung für Mutter und

Tochter, aber wie sie gesagt hatte, waren wir jetzt auf derselben Ebene. Ich nahm allen Mut zusammen und stellte die Frage, die mir im Verlauf ihrer Erzählung in den Kopf gekommen war. »Und bedeutet das, daß mein Leben sozusagen auf den Rücksitzen eines Autos begonnen hat?«

Einen Moment sah sie schockiert aus, dann kicherte sie. »Es war ein Zweisitzer. Alle Einzelheiten mußt du nun auch nicht wissen, finde ich! Aber wenn es wichtig für dich ist, ich glaube, es war dort oben beim Zigeunerweg.« Sie zuckte die Achseln und lachte. »Oh, Kathy, ich habe gewußt, daß ich dich genauso wie vorher lieben würde, trotz all der Zeit und allem, was inzwischen mit uns beiden passiert ist!« Erleichtert seufzte sie auf. »Ach ja, es ist alles so lange her. Aber eins weiß ich, wenn du der Lohn der Sünde bist, dann ist sie es wert.«

Einen Moment sagten wir beide nichts, dann streckte sie mir die Hände entgegen, und ich nahm sie und sagte: »Danke. Ich bin froh, daß ich es endlich weiß.«

»Ich auch. Wenn du wüßtest, wie sehr ich mich davor gefürchtet habe, dir das zu sagen! Und wenn du es unbedingt möchtest, dann könnten wir auch irgendwie bestimmt noch mehr herausfinden, was aus ihm geworden ist und wo er heute lebt, meine ich.«

»Nein«, sagte ich, »ich glaube, mehr will ich nicht wissen. Nein, bestimmt nicht.«

Ich empfand eine ungeheure Erleichterung. Seit ich nach Rose Cottage zurückgekommen war, hatte mich die Frage, wer mein Vater war, wieder sehr oft beschäftigt und auch beunruhigt. Als Lilias anfing zu erzählen, befürchtete ich noch, daß mein Vater womöglich ein verheirateter Mann mit Kindern oder einer der Chauffeure der Gäste gewesen war, der die Verantwortung für ein Kind nicht hatte übernehmen wollen. Nachdem ich nun die Wahrheit kannte, war mir plötzlich klar, daß es so oder so gar keine Rolle spielte.

Ich lächelte meine Mutter an. »Es ist ganz egal, wer er war.

Ich habe ein schönes Zuhause gehabt und eine wunderbare Mutter und wunderbare Großeltern. Nur, daß ich dich so vermißt habe ...«

Tränen stiegen mir in die Augen, und als Lilias mich in die Arme nahm und tröstete, weinte und lachte sie gleichzeitig. Schließlich ließ sie mich los und griff nach ihrer Handtasche, um ihr Make-up wieder in Ordnung zu bringen. Ich ging zum Kamin, kniete mich nieder und legte Holz nach.

Nach einem Moment des Schweigens drehte ich mich um und sagte: »Tut mir leid, aber ich muß dich doch noch etwas fragen. Warum hast du vorhin gesagt, du kannst dich nicht erinnern, wer er war? Du weißt doch noch alles ganz genau! Ich möchte nicht versuchen herauszufinden, wo er sich aufhält, das habe ich ja gesagt. Aber ich finde doch, daß ich ein Recht habe zu wissen, *wer* er war.«

Sie sah mich an, und in ihrem Blick mischten sich Verschmitztheit, Verlegenheit und eine nicht zu unterdrückende Heiterkeit.

»Ich habe vorhin nur gemeint«, antwortete sie, »daß ich mich nicht mehr an seinen Namen erinnern kann.«

»Lilias!«

»Ich weiß, ich weiß! Aber es ist so lange her, und irgendwie kommt es mir manchmal vor, als hätte ich das alles nur geträumt. Ich erinnere mich nur, daß er sehr gut aussah und wirklich süß war. Wenn er aufgeregt war, stotterte er manchmal ein bißchen, und er hatte einen roten Sportwagen mit einem Auspuff aus Kupfer und einem Lederriemen um die Motorhaube. Alle – auch ich – nannten ihn Bunny, aber ich glaube – ich bin sogar ziemlich sicher –, daß er George hieß.«

Einige Sekunden starrte ich sie völlig verdutzt an, dann brach ich in Lachen aus. Vielleicht keine ganz angemessene Reaktion, und es kann auch sein, daß eine Spur Hysterie im Ende meiner langen Suche lag, aber es war ein gutes Ende. Ich war eben die Tochter meiner Mutter, also lachte ich, weil ich mich erleichtert fühlte, und weil es wirklich komisch war. Nimm das Leben, wie es kommt …

Lilias starrte mich an, atmete erleichtert auf und fiel dann in mein Lachen ein. Und plötzlich war alles gut, sehr gut sogar, und all die verlorenen Jahre waren vorbei und erledigt. Die Zukunft gehörte uns. Amerika, Strathbeg, Rose Cottage, wo auch immer. Sie gehörte uns.

Meine Mutter richtete sich auf und rieb sich die Augen; und ich wußte nicht, ob ihre Tränen vom Lachen oder Weinen herrührten. »Ach, Kathy, mein Schatz! Ich liebe dich! Verflixt, jetzt habe ich den Schluckauf! Paß auf, ich bringe nur schnell mein Gesicht in Ordnung, und was meinst du, sollen wir dann den armen taktvollen Larry und deinen hübschen Davey hereinholen? Und gibt es hier vielleicht irgendwo einen Wasserkessel und ein bißchen Tee?«

26

Lilias ging nach draußen, um die beiden Männer hereinzuholen, und ich setzte den Wasserkessel auf. Dann bestückte ich unseren alten Toaster mit zwei Brotscheiben und war dabei, die Blumen in die Milchflaschen zu stellen, als Davey zu mir in die hintere Küche kam.

»Alles in Ordnung?« fragte er, und ich nickte.

»Ich bin nur vorbeigekommen, um noch mal nach dir zu sehen. Störe ich?«

»Überhaupt nicht.«

»Scheint ja ein sehr netter Kerl zu sein, der Amerikaner, wir haben uns gut unterhalten. Er besitzt eine große Maklerfirma, verkauft hauptsächlich Häuser und Grundstücke. Dann haben wir noch über Autos geredet. Er hat einen Armstrong-Siddeley gemietet und ist ganz begeistert davon. Ich dachte mir, daß du es sicher wissen wolltest.«

»Was? Daß er einen Armstrong-Siddeley gemietet hat?«

»Sei nicht albern. Du weißt genau, was ich meine.«

»Ja, stimmt. Es ist in Ordnung, Davey, mir geht's gut. Es war ... es war alles ganz locker.«

Er blieb noch immer neben mir stehen. »Kathy?«

»Hm?« Die ersten zwei Toastbrotscheiben sprangen hoch; ich nahm sie heraus, legte zwei neue ein und fing an, die gerösteten Scheiben mit Butter zu bestreichen.

»Was hältst du davon, wenn ich nach Hause fahre und meinen Eltern sage, daß Lilias und Larry hier sind und alles in Ordnung ist. Seit du heute nachmittag mit Mutter gesprochen hast, läuft sie durch die Wohnung wie eine Katze auf heißen Kohlen und fragt sich, ob sie nicht träumt. Sie kann's einfach nicht fassen.«

Ich überlegte einen Moment. »Ja, natürlich. Und wie wär's, wenn du sie gleich mit herbringen würdest? Ich glaube kaum, daß Larry und Lilias heute abend noch irgendwo anders hinwollen, und morgen fahren sie ja schon wieder nach Schottland. Frag sie, ob's ihnen recht ist, ich fänd's gut.«

Und außerdem, dachte ich, während ich weiter Toast herausnahm, nachlegte und mit Butter bestrich, würde es die Situation auflockern. Während die letzten beiden Brotscheiben im Toaster waren, brachte ich die Blumen ins Wohnzimmer und stellte sie auf den Kaminsims.

Lilias hatte inzwischen die Briefe aus dem Safe geholt und gelesen und war gerade dabei, sie lachend den Flammen zu übergeben. Aber während das Papier schwarz wurde und einzelne Ascheflöckchen durch den Schornstein entschwebten, sah ich auf ihren Wangen einen Widerschein des Feuers, als wären sie feucht von Tränen. Lilias fing meinen Blick auf, lächelte mich an, klopfte ihre Hände gegeneinander und sagte fröhlich: »So! Jetzt sind wir die Vergangenheit los, Kathy, und können auf die Zukunft anstoßen. Mit englischem Tee!«

Nachdem ich das Tablett auf dem kleinen Hocker vor

dem Kamin abgestellt hatte, stießen wir also mit den Tassen auf unser Wiedersehen an, und auf Lilias' Anregung hin beschlossen Larry und ich, uns zu duzen. Dann setzten wir uns vor das Feuer, um die Teile der Geschichte zusammenzutragen, die noch fehlten. Jedenfalls die, die man in Larrys Gegenwart erzählen konnte.

Ich war als erste an der Reihe. Großmutter hatte Lilias schon alles über die Jahre in Rose Cottage berichtet; von meiner Ehe mit Jon hatte sie ihr erzählt, was sie wußte. Sicher würde meine Mutter später mehr über diese stürmischen Monate wissen wollen, aber im Moment hielt sie sich an neutralere Themen. Sie fragte nach meinem Leben in London, meiner Arbeit, meiner Wohnung und meinen Freunden dort. Dann wollte sie wissen, was ich von Todhall hielt, wo ich – wie Larry in Hexham – ›meine Wurzeln wiederentdeckte‹.

Das brachte uns wieder nach Rose Cottage zurück, und ich erzählte, wie ich mich als Detektivin betätigt hatte und von Haus zu Haus gegangen war, um etwas herauszufinden, und wie Davey und ich gemeinsam versucht hatten, das Rätsel des aufgebrochenen Safes zu lösen. Halb amüsiert, halb wehmütig überhäufte Lilias mich mit Fragen über das Dorf und die Leute, mit denen ich gesprochen hatte. Larrys Vermutung, daß sie Heimweh gehabt hatte, war ganz offensichtlich richtig gewesen. Lächelnd saß er neben uns und hörte halb abwesend zu, als würde er einem Märchen lauschen. Ich bemerkte, daß er nur ab und zu höflich an seinem Tee nippte.

Als ich von Miß Linsey und ihrem Zigeunergeist auf dem Friedhof erzählte, sah Lilias ihren Mann prüfend an. »Ein Zigeuner? Nun ja, könnte man denken. Man sagt ja auch, daß man sich immer in denselben Typ verliebt, nicht wahr? Ich bin Larrys dritte Frau, und die anderen waren beide auch blond.«

»Und schön«, ergänzte Larry. Dabei sah er sie mit diesem liebevollen, bewundernden Blick an, der Amerikanern so leicht fällt und den Engländer überhaupt nicht zustandebringen.

Schließlich sprachen wir über Amerika, und ich erfuhr etwas über Iowa und ihr Zuhause dort und über die beiden Töchter, die inzwischen verheiratet waren, aber nicht weit entfernt wohnten. Einladungen und Versprechungen wurden ausgetauscht. Ich müßte unbedingt nach Iowa kommen und sie besuchen. Eigentlich könnte ich doch gleich mit zurückfliegen! Jedenfalls, wenn ich Urlaub bekommen würde. Sie hatten geplant, am folgenden Wochenende zurückzureisen, sagte Larry, aber das wäre leicht zu verschieben. Er mußte Anfang Juli wieder zu Hause sein, Lilias könnte jedoch auch länger bleiben und mich dann vielleicht später mitbringen! Natürlich konnte ich in der Zwischenzeit nicht hier in dem halb leergeräumten Cottage bleiben, und da sie Großmutter versprochen hatten, gleich zurück nach Strathbeg zu fahren und mich mitzunehmen …

»Heute abend noch?« unterbrach ich Larry. Ich erinnerte mich jetzt vage an erstaunlich hektische Amerikaner, die ich während des Krieges kennengelernt hatte.

Aber nein. Morgen. Heute abend würden sie zurück in ihr Hotel fahren. Nicht nach Corbridge, wo sie gewohnt hatten, während Larry die Spuren seiner Vorfahren aus Northumbria verfolgte; auf ihrem Weg von Schottland hierher hatten sie bei einem Hotel in Durham angerufen und Zimmer gebucht.

»Es heißt The Three Tuns«, sagte Larry, »und Durham ist nur zwölf Kilometer von hier entfernt. Ich habe ihnen gesagt, daß es spät werden würde, aber sie halten die Zimmer auf jeden Fall für uns frei. Für dich natürlich auch.«

»Vielen Dank, das ist sehr nett. Natürlich würde ich sehr gerne mit euch nach Strathbeg fahren, aber heute nacht möchte ich lieber hierbleiben. Ich muß noch … Ich habe noch etwas zu erledigen, und … Würde es euch etwas ausmachen, mich morgen früh hier abzuholen?«

Sicher hätte Larry darauf bestanden, daß ich mit ihnen

fahre, und es wäre mir schwergefallen zu erklären, warum ich das Cottage dem Komfort der Three Tuns vorzog, doch glücklicherweise rettete mich das Geräusch von Daveys Lieferwagen.

Lilias sprang hoch, lief zur Tür und riß sie auf.

»Annie! Ach, Annie!«

»Lil!«

Sie flogen sich in die Arme, und man hörte sie aufgeregt reden und kichern, während sie auf dem Gartenweg stehenblieben. Dann kamen sie ins Haus, und hinter ihnen tauchte ein breit grinsender Davey auf. Er zog sich eine leere Umzugskiste heran, die die Möbelpacker stehengelassen hatten, und setzte sich neben mich.

»Was ist mit deinem Vater?« fragte ich.

»Er wollte nicht mitkommen«, antwortete er, noch immer grinsend. »Er meinte, er wüßte schon, wie es ablaufen würde. ›Laß die beiden erst mal wieder zur Ruhe kommen‹, hat er gesagt, ›du kannst mir ja alles erzählen. Bestimmt werden sie noch mal herkommen, dann kann ich sie immer noch sehen.‹ Er nimmt das Leben leicht, mein Vater.«

»Wie du?«

»Ich versuch's. Und wie sehen jetzt eure Pläne aus?«

»Larry und Lilias bleiben heute nacht in Durham im Hotel und fahren morgen wieder nach Strathbeg. Sie wollen, daß ich mitfahre.«

»Und fährst du mit?«

»Ja. Mal abgesehen von allem anderen möchte ich gerne dasein, um Großmutter mit den Möbeln zu helfen. Obwohl das im Moment wohl am unwichtigsten ist! Larry wollte, daß ich gleich mit ihnen fahre und auch im Hotel übernachte. Aber ich möchte heute lieber noch hier bleiben. Alles kam so plötzlich, und jetzt ist es auch schon so spät, wenn du verstehst, was ich meine.«

»Ich glaube schon. Du willst noch mal drüber schlafen, bevor du alles hier aufgibst, hm?«

Überrascht sah ich ihn an: »Ganz genau.«

»Aber wirst du's tun? Alles hier aufgeben, meine ich?«

Mir war schon der Verdacht gekommen, daß Mrs. Pascoe ihm von meinem Plan erzählt hatte, Rose Cottage zu kaufen; aber seine Frage machte klar, daß er nichts davon wußte. Während ich noch mit der Antwort zögerte, wurde ich wieder von einer Unterbrechung von draußen gerettet. Davey hatte die Haustür offengelassen; denn das Feuer verbreitete zwar eine behagliche Atmosphäre, war jedoch für einen Juniabend eigentlich zu warm. So hörten wir das Gartentor quietschen und jemanden aufs Haus zukommen.

Meine Mutter, die mit ihrer Freundin am Fenster stand, sah hinaus. »Wer um Himmels willen ist das? Eine Frau mit einer Einkaufstasche.«

»Ach du meine Güte«, sagte ich, »Miß Linsey!«

»Tatsächlich! Larry, komm schnell, das ist die Hexe, die uns auf dem Friedhof gesehen hat! Was in aller Welt will sie so spät noch hier?«

»Weiß der Himmel«, sagte ich, während ich zur Tür ging. »Miß Linsey! Wie schön! Kommen Sie herein.«

»Oh, Kathy, ich hoffe, es macht nichts, daß ich so spät noch vorbeikomme, aber ich habe mir Sorgen gemacht, und gerade dachte ich ... oh!« Ihr Blick war an mir vorbei auf die überfüllte Küche gefallen. »Sie haben Besuch. Das wußte ich nicht. Ich dachte, Sie wären allein, deshalb bin ich ...« Sie schrie auf, als Larry sich von seinem Stuhl erhob.

»Das ist er! Da sind Sie also! Ich wußte, daß es stimmte. Das ist er! Das ist der Zigeuner.«

»Und ich bin auch da«, sagte meine Mutter. »Wie geht es Ihnen, Miß Linsey?«

»Lilias Welland!« Wieder kreischte Miß Linsey auf, dann übergab sie mir ihre Einkaufstasche, ging auf meine Mutter zu und nahm ihre beiden Hände. »Ich wußte, daß Sie es waren! Ich habe ihnen gesagt, daß Sie zurückkommen würden, aber niemand wollte mir glauben. Sie haben gesagt, Sie seien tot, aber ich wußte, daß das nicht stimmte. Ich habe

Sie so oft in meinen Träumen gesehen, und dann auf dem Friedhof, und ...«

Den Rest verstand ich nicht mehr. Die Einkaufstasche in meiner Hand hatte sich bewegt, und nun schrie auch ich und ließ sie fallen. Etwas schoß daraus hervor, sprang den Vorhang hoch und blieb auf der Gardinenstange hocken. Es war ein winziges getigertes Kätzchen. Mit verschrecktem Blick und gesträubtem Fell sah es auf uns herab.

»Sie hat ihre Vertraute mitgebracht«, flüsterte Davey mir ins Ohr, während Miß Linsey, die noch immer die Hände meiner Mutter hielt, über die Schulter zu mir sagte: »Die habe ich für Sie mitgebracht, meine Liebe. Es ist eine von Patsys, sie ist völlig stubenrein. Für alle anderen habe ich schon ein Zuhause gefunden, und diese wollte ich eigentlich behalten, aber sie kann Henry nicht ausstehen. Und da Sie doch nun hier im Cottage bleiben, habe ich gedacht, Sie würden vielleicht etwas Gesellschaft mögen.«

»Oh, vielen Dank, das ist sehr nett von Ihnen, und ich würde sie auch wirklich gern behalten. Aber wie kommen Sie darauf, daß ich hierbleibe? Tatsächlich wollte ich ...«

»Mein Traum letzte Nacht.« Der helle, intensive Blick richtete sich auf mich. »Daher wußte ich es. Ich sah Sie hier, es war Rose Cottage, das wußte ich, aber es sah anders aus.« Sie sah sich in der kahlen Küche um. »Es waren Möbel da, und ich glaube ...«

Ihr Blick wanderte zu Davey, und sie zögerte. Davey senkte den Kopf und murmelte »O nein«. Bevor Miß Linsey weitersprechen konnte, fiel ich schnell ein: »Also ich würde das Kätzchen wirklich gern behalten, wenn irgend jemand es da herunterbekäme! Und morgen fahre ich erst mal weg, mit meiner Mutter und Mr. Van Holden. Dies ist Mr. Van Holden, mein Stiefvater. Larry, darf ich dir Miß Linsey vorstellen, eine unserer Nachbarinnen.«

Larry schüttelte Miß Linsey die Hand, begrüßte sie freundlich und erkundigte sich nach ihrem Wohlergehen, was glücklicherweise ihre Aufmerksamkeit auf ihn lenkte.

»Sie hören sich an wie ein Amerikaner. Ich habe im Krieg einen getroffen, und dann sehe ich manchmal in Filmen welche. Aber ich wußte gar nicht, daß es in Amerika auch Zigeuner gibt. Indianer natürlich, aber die sehen wieder anders aus.«

Davey gab einen unterdrückten Ausruf von sich und sah ungläubig nach draußen. Lilias, die gerade versuchte, das Kätzchen von der Gardinenstange zu locken, folgte seinem Blick und griff nach meinem Arm.

»Grundgütiger«, flüsterte sie, »sieh dir das an! Sind das nicht die anderen zwei von der Hexenecke? Miß Mildred würde ich überall auf der Welt wiedererkennen, und Miß Agatha trägt ganz sicher noch immer denselben Hut.« Sie wandte sich Larry zu. »Larry, es scheint, als würden wir eine kleine Versammlung abhalten. Es kommen noch mehr Nachbarn. Die Besuchszeiten haben sich offenbar verändert, seit ich das letzte Mal in Todhall war, und würdest du bitte so gut sein und versuchen, diese Katze da runterzuholen?«

Larry streckte von seiner erhabenen Höhe von etwa ein Meter fünfundachtzig den Arm aus, löste vorsichtig Kralle für Kralle die Pfoten des Kätzchen von der Gardine und setzte es sich auf die Schulter, wo es hockenblieb. Ich ging zur Tür. »Miß Agatha! Miß Mildred! Wie schön, Sie zu sehen. Kommen Sie herein.«

»Es ist hoffentlich nicht zu spät?« begann Miß Agatha, und Miß Mildred drückte sich an ihrer Schwester vorbei und lehnte sich vorwärts, um zu flüstern: »Ist sie hier? Ist Bella hier?«

»Ja. Sie ist gerade vor ein paar Minuten gekommen.«

»Oh, Sie haben Besuch«, sagte Miß Agatha, als sie wie vorher Miß Linsey an mir vorbei in die überfüllte Küche blickte. »Siehst du, Millie, ich hab' dir ja gesagt, daß alles in Ordnung ist. Es gab wirklich keinen Grund, sich zu beunruhigen.«

Ich schaute sie verständnislos an, und Miß Mildred beeilte sich zu erklären: »Es ist nämlich so, daß Bella heute ziemlich viel geredet hat, über alle möglichen Dinge, die sie wieder gesehen haben will. Und dann sagte sie, daß sie zu Ihnen gehen und es Ihnen erzählen würde. Nun ja, und ich dachte, Sie wären allein und würden sich vielleicht aufregen, auch wenn Sie gesagt haben, daß es Sie nicht stört, ihr Gerede, meine ich. Jedenfalls sind wir deshalb gekommen.«

»Ich hab' dir ja gesagt, sie ist viel zu vernünftig, um sich von Bellas Unsinn ängstigen zu lassen«, sagte Miß Agatha. »Aber meine Schwester bestand darauf, also bin ich schließlich mitgegangen.«

»Aber jetzt, da so viele Leute da sind …«, fügte Miß Mildred hinzu.

»Nun, es war völlig unnötig«, beendete Miß Agatha.

Herzlich sagte ich: »Es war sehr nett von Ihnen, Miß Mildred. Von Ihnen beiden. Aber alles ist in Ordnung, es könnte gar nicht besser sein. Wollen Sie nicht hereinkommen? Es ist jemand hier, der Sie gerne wiedersehen würde.«

27

Es war Mrs. Pascoe, die verhinderte, daß die Situation außer Kontrolle geriet. Sie schob Davey und mich vor sich her in die hintere Küche.

»Nun, Kathy, ich weiß schon, was du jetzt befürchtest, aber das brauchst du nicht. Niemand wird in Gegenwart von Mr. Van Holden irgend etwas sagen, was er nicht hören sollte. Was auch immer du von diesen Damen denken magst, sie sind Damen. So, und nun der Wein, Davey. Ich wußte, daß du keinen da hast, Kathy, also habe ich eine Flasche zum Feiern mitgebracht. Es ist ein recht guter Jahrgang. Jeder bekommt ein Glas, und dann fahren wir die Damen nach Hause. So sind wir sie mit allem Anstand wieder los.

Ich denke, für dich und Lil war der Tag jetzt lang genug, nicht wahr?«

»Gute Idee«, sagte Davey und zauberte die Weinflasche hervor, die er vorher in der Küche abgestellt hatte. »Okay, Mum, das wird sie in Form bringen. Kathy, wo sind die Gläser?«

»Es sind keine mehr da«, sagte ich kleinlaut.

»Draußen im Schuppen sind ein paar Marmeladengläser«, schlug Davey vor. »Ich hab' sie gesehen, als ich das Werkzeug ausgeräumt hab'.«

»Benimm dich, Davey«, rügte seine Mutter. »Kathy, hör nicht auf ihn. Komm, wir spülen rasch die Tassen ab.«

»Moment, Liebes«, sagte Davey zu mir. »Sag jetzt nicht, daß du keinen Korkenzieher hast.«

»Das werde ich auch nicht, was denkst du denn von mir?« Ich lachte. »Selbstverständlich habe ich einen Korkenzieher.« Ich hatte ihn für das Essen mit Prissy dabehalten. Während Davey den Wein öffnete, wuschen Mrs. Pascoe und ich die Teetassen ab. Wir mußten nicht auf die Marmeladengläser zurückgreifen, denn plötzlich erschien Larry, noch immer das Kätzchen auf der Schulter, mit zwei eleganten Weingläsern neben uns; das Mietauto war mit einem vollständig bestückten Picknickkorb ausgestattet. Zusammen mit meinem Zahnputzglas hatten wir fast die nötige Anzahl beisammen, so daß sich nur Davey mit einem dicken Schraubglas begnügen mußte, das einst Fischpaste enthalten hatte und hoffentlich sauber war.

Meine Mutter stand inmitten der drei aufgeregten Damen von der Hexenecke. Tatsächlich waren die Sorgen, daß sie sie irgendwie in Verlegenheit bringen könnten, völlig unnötig gewesen. Es war ein fröhliches Durcheinander, bei dem alle eine Menge zu erzählen hatten und es ausführlich, laut und meist auch gleichzeitig taten. Davey unterbrach ihre Unterhaltung, als er mit dem Wein eintrat, der freudigen Beifall hervorrief. Dann bat Larry um Ruhe. Er stand vor dem erlöschenden Feuer, in der Hand eine Tasse mit Wein, auf der Schulter das Kätzchen, und wollte ganz offensichtlich eine Rede halten.

»Also, meine Damen – und Sie, Davey –, ich will jetzt nicht etwa eine Rede halten. Ich wollte nur sagen – lieber Himmel!«

Das Kätzchen hatte sich von seiner Schulter auf den Kaminsims gehangelt und war als Zwischenstation auf den Rahmen des Unsichtbaren Gastes getreten, der nun schief hing. Larry rief allgemeine Bewunderung hervor, als er einfach hinter sich langte, die Katze wieder ergriff und auf dem Arm hielt, während er fortfuhr, keine Rede zu halten.

»Ich möchte Ihnen sagen, wie sehr meine Frau und ich uns über den herzlichen Empfang freuen, der uns hier in Todhall bereitet wurde. Erst hat uns unsere wunderbare Tochter so warm und herzlich willkommen geheißen, und nun auch noch Sie. Es war mir eine große Freude, Sie alle kennenzulernen. Leider ist es schon spät, und Lilias und ich müssen bald abfahren, aber keine Angst, wir werden ganz bestimmt zurückkommen. Und dann hoffen wir, Sie alle wiederzusehen. Diese verflixte Katze hat ungefähr sechzehn Krallen an jeder Pfote. Was willst du mit ihr machen, Kathy?«

»Ich werd' sie behalten.«

»Aber wenn du morgen mit uns nach Schottland kommst . . .«, begann meine Mutter.

»Wir kümmern uns um die Katze, bis Kathy nach Hause kommt«, sagte Mrs. Pascoe. Lilias warf erst ihr, dann mir einen Blick zu, sagte jedoch nichts.

»Sie wollen das Kätzchen also wirklich behalten?« fragte Miß Linsey. »Das freut mich sehr. Ich achte immer darauf, daß sie alle ein gutes Zuhause bekommen. Wie werden Sie es nennen, Kathy?«

Ich lächelte die ganze Gesellschaft an. Meine Mutter und ihren respektablen Gentleman; Miß Linsey, die wahre Prophetin, die in ihrem Traum schon meine Zukunft vorhergesehen hatte; die anderen Hexen, die mich freundlich über ihre Picknickweingläser hinweg anstrahlten; Mrs. Pascoe, die mein Geheimnis teilte. Und Davey. Mein Herz tat einen Sprung, und ich erhob mein Zahnputzglas.

»Ich werde es George nennen. Auf George!«

»Auf George!« kam das vielfältige Echo, und alle tranken ihren Wein aus. Meine Mutter lächelte mysteriös und sah sehr glücklich aus. Obwohl ich ihr die Erschöpfung anmerkte, war sie schön wie ein Bild.

Dann wurde mir klar, wie sie das schaffte. Nachdem Larry ihr einen langen, prüfenden Blick zugeworfen hatte, übernahm er die Initiative. Er reichte mir das Kätzchen und dann schaffte er es, die drei Hexen, die sich überschwenglich von mir und den Pascoes verabschiedeten, aus dem Haus und den Weg hinunter zu seinem Auto zu geleiten; dabei wirkte es nicht im mindesten so, als würde er sie drängen. Meine Mutter blieb zurück und flüsterte Mrs. Pascoe ein paar Worte zu, bevor sie sich zu mir wandte, um mir Gute Nacht zu sagen.

»Bis morgen dann, mein Schatz. Ist das nicht wunderbar? Bis morgen.«

Eine Umarmung, ein Kuß, dann trat sie hinaus. Mitten auf dem Weg blieb sie noch einmal stehen und drehte sich um, als wollte sie das Bild tief in ihrem Gedächtnis verankern: den halbdunklen Garten mit der schwarzen Form von Rose Cottage und mich in der hell erleuchteten Tür. Dann ging sie weiter und zog das Gartentor hinter sich zu.

Während draußen Larry allen ins Auto half, sagte Mrs. Pascoe: »Wir müssen auch gehen, Davey, der Lieferwagen steht im Weg. Du mußt ihn zurückfahren.« Dann wandte sie sich zu mir: »Du hast mir doch vorhin diesen Brief mitgegeben, damit ich ihn einstecke.«

»Ja?«

»Ich hab' ihn wieder mit zurückgebracht. Ich dachte, wenn du sowieso nach Strathbeg fährst, möchtest du vielleicht lieber gleich mit Lady Brandon sprechen. Übrigens hat sie mich angerufen, bevor wir hergekommen sind. Sie wollte mir sagen, daß ihr jemand ein Angebot für Rose Cottage gemacht hat.«

»Das hat sie dir gesagt?« fragte Davey. »Und haben sie vor, es anzunehmen?«

»Was geht dich das denn an?« entgegnete seine Mutter. »Geh und fahr den Wagen aus dem Weg, Davey. Larry hat schon gewendet.«

»Ein Angebot für Rose Cottage?« Ich war so bestürzt, daß es mich selbst überraschte. »Aber sie würden es doch sicher nie verkaufen, ohne vorher mit uns darüber zu sprechen! Hat sie dir gesagt, ob Großmutter es schon weiß?«

»Ja. Sie freut sich darüber.«

»Großmutter? Aber über welchen Käufer würde sie sich freuen?«

»Über mich«, sagte Davey.

Wir starrten ihn an. Seine Mutter schlug sich die Hand vor den Mund und sagte nichts. Er lächelte mir zu.

»Da siehst du, daß es mich eine Menge angeht. Ich wollte dich danach fragen, Kathy, aber ich hätte nicht gedacht, daß ich auf diese Art dazu gedrängt werde, während das halbe Dorf zusieht, und Mutter mir dauernd erzählt, ich soll das Auto wegfahren.« Er streckte eine Hand aus, berührte jedoch nicht mich, sondern das Kätzchen, das daraufhin zu schnurren anfing und seinen Kopf an meinem Hals rieb. »Ich muß gehen. Aber ich komme morgen früh, bevor du abgeholt wirst – vielleicht kann ich dich dann fragen?«

»Ich bin da«, sagte ich.

Alle waren abgefahren. Stille kehrte ein, die einzigen Geräusche waren das Plätschern des Baches und das Schnurren des Kätzchens in meinem Arm, während ich zum Gartentor ging. Der Duft von Großvaters Rosen erfüllte die Luft. Der Ruf einer Eule erklang aus dem Park der Hall, eine andere antwortete aus der Richtung von Gipsy Lonnen.

Gipsy Lonnen, wo alles begonnen hatte.

Nun, jetzt wußte ich es. Soviel, wie ich jemals wissen würde. Soviel, wie ich wissen wollte.

Nimm die Liebe, wie sie kommt ...

Ich würde es versuchen. Letztlich war es eine Frage nach mir selbst gewesen, und nun war sie beantwortet. Es sind nicht die Wurzeln, die im Leben eine Rolle spielen, es sind die Blumen. Keine weiteren Fragen, kein weiterer Blick zurück. Ich hatte mich selbst gefunden, und ich wußte, wohin ich gehörte. Ich war ein Teil dieses Ortes, und er war ein Teil von mir. Mein Zuhause.

Ich hielt noch immer das Weinglas mit einem letzten Schluck in der Hand. Jetzt erhob ich es in Richtung der dunklen Baumwipfel von Gipsy Lonnen.

»Wer auch immer du warst, und wo auch immer du bist, möge Gott dich beschützen, George«, sagte ich.

Das Kätzchen, das sich zweifellos angesprochen fühlte, schnurrte.